EUGENIA SENIK

# DAS STREICHHOLZHAUS

Der Zytglogge Verlag wird vom Bundesamt für Kultur
mit einem Strukturbeitrag für die Jahre 2021–2024 unterstützt.

Autorin und Verlag danken für die Unterstützung:

FONDATION JAN MICHALSKI POUR L'ECRITURE ET LA LITTERATURE

MIX Papier aus verantwortungsvollen Quellen FSC® C014138

Die ukrainische Originalausgabe erschien 2019 unter dem Titel
Будинок із сірників, узятих із різних коробок bei Knyhy-XXI
in Chernivtsi und wurde für die deutsche Ausgabe in Zusammenarbeit
mit der Autorin vollständig durchgesehen.
Die Namen der handelnden Personen sind geändert.


Umschlaggestaltung und Illustrationen: Serhii Kostyshyn
Übersetzung: Matthias Müller
Lektorat: Andjelka Antonijevic
Layout/Satz: Hug & Eberlein, Leipzig–Basel
Druck: CPI books GmbH, Leck
ISBN: 978-3-7296-5076-3

www.zytglogge.ch

EUGENIA SENIK

# DAS STREICHHOLZHAUS

ROMAN

MIT ILLUSTRATIONEN
VON SERHII KOSTYSHYN

AUS DEM UKRAINISCHEN ÜBERSETZT
VON MATTHIAS MÜLLER

ZYTGLOGGE

... Die Besatzung ist startbereit. Bitte erneut den Zugang zur Umlaufbahn überprüfen...
15:05:15:00
2.5
200-5710
WS 400
EMAU
Temp: 22/37
Error: 0
102%
50%

# 1

Ich erwachte vom schrillen Läuten des Weckers, der mich aufforderte, aufzustehen und mein Zimmer zu verlassen. Odile war schon angezogen. Sie stand neben dem Fenster und goss sich Kaffee ein. Sie hatte mich nicht gesehen.

Bevor ich etwas sagte, blieb ich noch eine Weile in der Tür stehen und betrachtete die Stube im Morgenlicht. Ich versuchte mich daran zu erinnern, wie ich hierher geraten war. Es wurde mir langsam bewusst, dass dies von jetzt an mein Zuhause sein würde. Die Uhr an der Wand bestätigte mir, dass der Arbeitstag eigentlich schon begonnen hatte, aber Odile hatte mich nicht geweckt, bestimmt weil ich erst gestern angekommen war. Ab morgen würde ich wohl kaum mehr so lange im Bett bleiben können.

Was hatte mich hierhergeführt? Ich erinnerte mich nur noch an die tiefen, blauen Augen und den durchdringenden Blick. Er dauerte länger als die drei Sekunden, die bei einem Unbekannten noch angebracht waren, und war noch mehrere Tage lang in meinem Gedächtnis haften geblieben. Mich interessierte damals nur, wohin dieser Mann mit dem ausdrucksvollen Blick heimkehrte, zu wem er eilte, wer auf ihn wartete und wer der Sinn seines Daseins war. Es war dieser Blick, der mich hierhergebracht hatte, eine andere Erklärung hatte ich an diesem Morgen nicht.

In den nächsten Tagen wurde mir noch ein weiterer Grund meines Aufenthalts hier bewusst. Ich war einsam. Dort, auf der anderen Seite der Zivilisation, hatte ich öfters unerträgliche Anfälle von Einsamkeit erlitten, die nicht dem Üblichen entsprachen. Und seltsamerweise brachten mich diese Anfälle ausgerechnet in dieses Land, von dem es hieß, es sei zwar wirtschaftlich weit entwickelt, habe aber die einsamsten Menschen.

TÜÜÜ-ÜÜ-Ü...
Klick
08:15

«Sie sind reich und haben alles, deshalb sind sie einsam», sagte mir jener Mann mit den tiefen, blauen Augen, der sich an diesem Ort darum kümmerte, die Menschen gegen die Einsamkeit zu behandeln.

Es ist schwierig zu sagen, wie es dazu kam, dass ich ohne Arbeit und ohne Dach über dem Kopf dastand. Ich wusste keine Antwort darauf. Es war mir einfach plötzlich klar geworden, dass ich nicht mehr das tun konnte, was ich bis jetzt getan hatte, dass ich nicht mehr so leben konnte wie bis anhin. Es schien mir, als lebte ich an der Zeit vorbei, als gehe das Leben an mir vorüber. Eines schönen Tages kündigte ich meine Stelle, die mir keine Befriedigung mehr brachte. Ich hatte einen Monat Zeit, eine neue zu finden, um meine Mietwohnung nicht zu verlieren. Aber ich suchte keine. Und das geschah weder aus Sorglosigkeit noch aus Leichtsinnigkeit.

Meine engsten Freunde, denen mein Schicksal nicht egal war, boten mir zwar Geld an, ich lehnte jedoch meistens ab. Dies würde mein Problem nicht lösen, sondern nur mein nutzloses Dasein um einige Tage, Wochen oder Monate verlängern. Geld war sinnlos, ich brauchte kein Geld – mir fehlte das Leben. Ich wusste, dass es nicht leicht war, ein Mensch zu sein, und Freunde und Bekannte sind dazu da, einem die Existenz zu erleichtern. Ich aber hatte meine Leichtigkeit verloren und wollte niemandem zur Last fallen.

Einmal sah ich im Spiegel meinen düsteren Blick. Das Feuer war aus meinen Augen verschwunden, es war keine Wärme mehr in ihnen. Ich trieb im Strom des Alltags und verlor mehr und mehr den Kontakt zu mir selbst. Da bedankte ich mich bei allen für die Hilfe und gab zu, was alle, die mir noch helfen wollten, schon lange wussten: Ich war obdachlos.

Ich packte meine wenigen Sachen zusammen und fuhr mutig über die Grenze. Wenn ich meinen Platz auf der Erde schon nicht fand, dann war es mir auch egal, wo ich obdachlos war. Nur frei wollte ich sein.

So kam ich in das Obdachlosenheim. Hier fragte man mich nicht nach meiner Vergangenheit und warum ich kein Daheim mehr hatte. Und ich war sehr froh darüber. Man bat mich lediglich, zwei Dinge vorzuweisen: den Pass und die Telefonnummer eines Verwandten oder eines Freundes für den Fall, dass mir etwas zustoßen sollte oder ich schwer erkranken würde. Einmal nur wurde ich nach meinen Zukunftsplänen gefragt, worauf ich antwortete, ich hätte keine. Jener Mann mit den blauen Augen sagte, dass keine Pläne zu haben auch ein Plan sei. Ich lächelte und mir wurde warm. Das waren Worte, die man in einem solchen Moment hören wollte.

Da ich nicht nach meiner Ausbildung oder meinem Beruf gefragt wurde, sagte ich nicht, dass ich früher Lehrerin gewesen war, dass ich den Leuten Sprachen beigebracht hatte. Man wollte nur wissen, womit ich mich hier nützlich erweisen könne. Ich sagte, dass ich gut putzen könne, aber nicht so gut kochen, dass ich aber in der Küche helfen könne, falls Bedarf bestehe. Ich könne auch Dinge sortieren und die Waren aufstellen, denn ich sei sehr ordnungsliebend. Ich war froh, nicht mehr für die Unterkunft und die Verpflegung bezahlen zu müssen. Alle Ausgaben konnte ich mit meiner Arbeit kompensieren, die auf den ersten Blick zwar unbedeutend war, hier aber ihre Wichtigkeit hatte. Die Hauptsache war, dass ich gebraucht wurde. Ich wusste, dass nur ich den Staub so gewissenhaft von den Gestellen wischen und mich um die Blumen kümmern würde. Sie hatten dafür keine Zeit, Arbeit hatten sie mehr als genug. Außerdem war ich sehr froh, für mich allein arbeiten zu können. Wenn man eine Leere in sich fühlt, darf man nicht mit Menschen arbeiten, da diese Leere sonst weitergegeben wird. Und mit Kindern zu arbeiten, wäre sogar gefährlich. Aber auf das Aufräumen hat die Leere keinen Einfluss. So hatte ich mich mit gutem Gewissen an die Arbeit gemacht.

Ich wusste nicht, wie lange ich hierbleiben würde – zwei Monate, fünf Jahre? Ich wollte nicht darüber nachdenken. Zum ersten Mal seit langem fühlte ich mich gut. Endlich begann die Leichtigkeit wieder zu mir zurückzufinden.

Aber eins nach dem anderen.

# 2

Bei meiner Abreise hatte ich nur einen Rucksack dabeigehabt. Die Haare trug ich kurz, wohl zum ersten Mal in meinem Leben, und die Fingernägel hatte ich bis zur Kuppe geschnitten, was ich sonst nur selten tat. So hatte ich es entschieden.

Der Weg vor mir war lang und dauerte fast zwei Tage. Ich fürchtete mich ein wenig, aber ganz im Innersten war ich froh. Vor allem genoss ich den Vorgeschmack der Freiheit, die ich entdeckt hatte.

Die Grenze zu Polen überschritt ich zu Fuß. Es wurde mir gesagt, dass man das einmal erleben sollte – diese anmaßenden Worte hatten sich mir eingeprägt. Ich beschloss, das selbst zu überprüfen. Zahlreiche Drahtnetze und Stahlgitter trennten die Ukrainer vom Rest der Welt. Mehrere Passkontrollstellen, hinter Netze gepferchte Menschen, die ungeduldig warten, bis sie an der Reihe sind, endlich ins freie Europa zu gelangen und entweder im ersten Land, das ihnen seine Tore öffnet, Arbeit zu suchen, oder weiterzuziehen und sich auf der Welt zu verstreuen. Ich gehörte zu dieser zweiten Gruppe.

Im Bus nach Przemyśl, einer Stadt in Polen an der Grenze zur Ukraine, sagte ich mir: «Alles ist vorbei, du bist in der Freiheit.» Aber ich konnte es noch nicht glauben. Erst im Zug nach Krakau wurde es mir richtig bewusst, und ich fühlte eine tiefe Erleichterung. Ich kann das nur schwer erklären, denn ich liebe die Ukraine, und mein Leben dort war bis zu einem bestimmten Zeitpunkt auch ziemlich interessant und glücklich. Bis mir alles zu schwer wurde. Diese verschlossenen Türen und Gitter ließen mich weder am Tag noch in der Nacht in Ruhe.

Ich konnte nicht begreifen, warum wir Menschen, die wir uns alle unter dem gleichen Himmel bewegen, die wir alle von der gleichen Sonne beschienen werden, geteilt sind in solche, die fliegen können, und solche, die an den Boden, an dieses

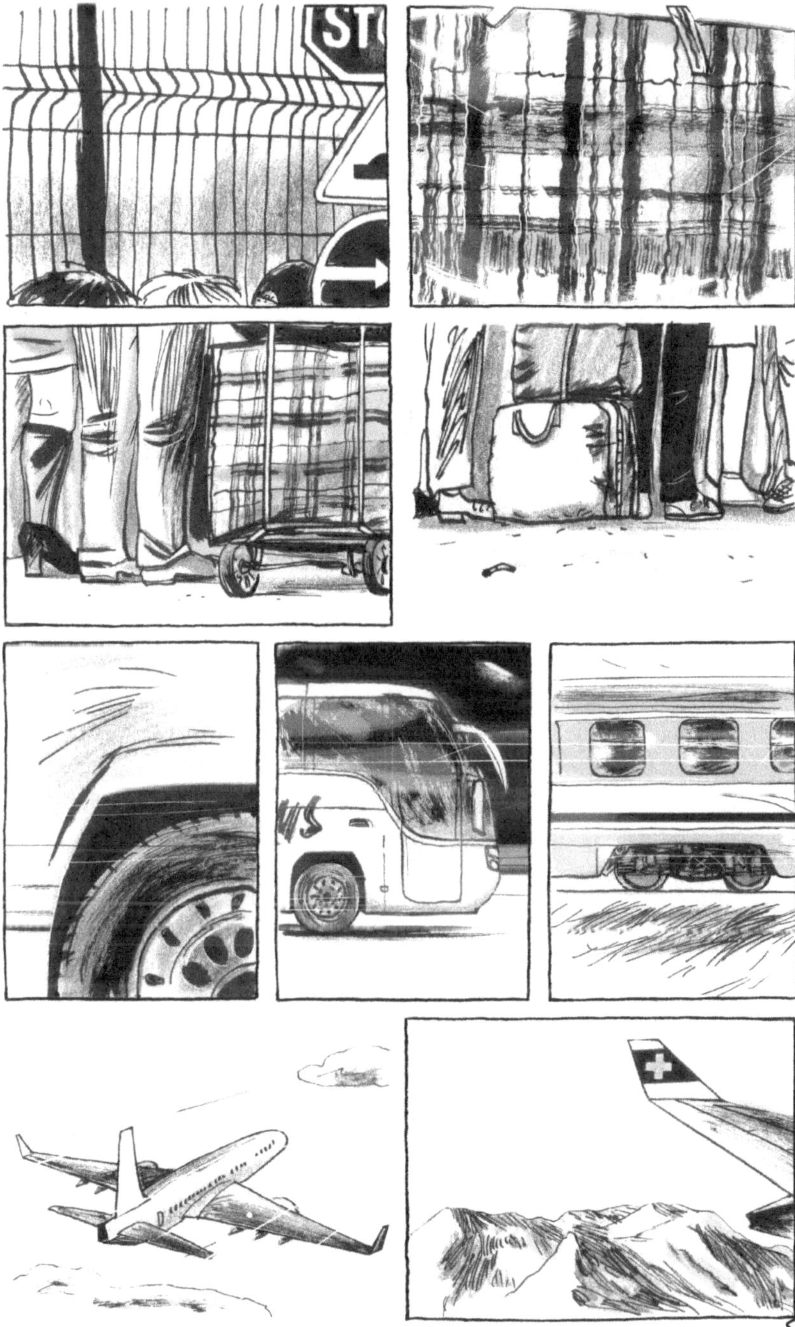

kleine Stückchen Erde gekettet sind. Ich wollte fliegen, wollte sicher sein, dass mir das zu jedem Zeitpunkt möglich war. Im Zug nach Krakau fühlte ich mich als Mensch, zwar nur in Form eines kleinen und unbedeutenden Staubkörnchens auf diesem Planeten, aber als freies Staubkörnchen, von dem niemand mehr etwas wollte. Niemand sah mir an den Grenzen nach, ich war frei, dorthin zu fliegen, wohin es mich trieb. Und ich flog los.

Ein kleines Flugzeug hob mich im Flughafen von Krakau in die Luft, und von diesem Moment an entschwand ich denen, die noch irgendetwas von mir wussten. Im Anflug auf Zürich bot sich meinen Augen ein Wunder – die Alpen. Sie waren herrlich.

Früher, als ich nach einem Flug den Fuß auf die Erde setzte, hatte ich bereits kurz darauf wieder Sehnsucht nach dem Himmel. Jetzt aber, wie ich die Alpen aus dem Fenster des Flugzeuges erblickte, verstand ich, dass die Erde ebenso einmalig ist wie der Himmel. Die weiche Landung gab mir das angenehme Gefühl, dass dieses Land mir freundlich gesinnt sein würde.

Ich musste noch zwei Züge nehmen, bis ich meinen Zielort erreichte. Die letzten Ängste verließen mich und machten einer tiefen Ruhe Platz. Ich wollte diese Ruhe sammeln, so wie den Tau auf einer Wiese, und sie denjenigen weitergeben, die ich hinter mir gelassen hatte. Wenn ich dieses Land in wenigen Worten hätte beschreiben müssen, dann hätte ich es das Land der absoluten Ruhe genannt. Und wenn ich vom Paradies auf Erden sprach, dann hatte ich genau dieses kleine Land vor Augen. Wenigstens schien es mir anfänglich so. Oder ich wollte glauben, dass es so sei. Vielleicht lag es an der Umgebung, in die ich nach meiner Ankunft geraten war, vielleicht auch an jenem Zustand, in dem ich mich damals befand. Aber die Ruhe war derart angenehm, dass ich sie nicht stören wollte. Die Leute hier lieben die Freiheit, ich fühlte das, sie lieben sie so sehr, dass sie nicht auf die Freiheit der anderen starren. Und das erste, was man mir hier gab, war die Freiheit zu handeln und die Ruhe des Daseins.

Ich wurde bei einer Frau namens Odile einquartiert. Sie stand den Obdachlosen schon seit vielen Jahren zur Seite und war einverstanden, mich bei sich aufzunehmen. In der Obdachlosengemeinschaft konnte ich nicht übernachten, da dort nur Männer wohnten und Samuel, der Leiter der Gemeinschaft, niemandem unnötige Probleme machen wollte.

Odile war eine reizende und für ihr Alter sehr aktive Frau. Ihr Mann Leland war Amerikaner, gebürtig aus Kalifornien, deshalb sprach sie Englisch, was mir das Leben hier beträchtlich erleichterte. Fast niemand hier sprach Englisch, höchstens Französisch. Die Jungs in der Gemeinschaft meinten im Scherz, sie müssten keine andere Sprache mehr lernen, da sie ja schon Französisch sprächen und gar nicht von hier weg wollten. Möglicherweise hatten sie recht: Wenn ich Französisch sprechen würde und dazu noch in der Schweiz geboren wäre, dann würde ich wohl kaum eine andere Sprache lernen und auch nicht wegziehen wollen.

Trotzdem dachte ich nicht, dass die Schweizer diese Reglosigkeit und Ruhe schätzten. Ich war mir nicht einmal sicher, dass sie die Stille überhaupt wahrnehmen, so wie die Menschen die Luft, die sie atmen, und die Fische das Wasser, worin sie schwimmen, nicht wahrnehmen. Die postkommunistischen Länder kamen mir nun wie die Hölle vor. Man musste dort geboren sein und die Kindheit und die Jugend verbracht haben, um die Ruhe wirklich schätzen zu können und sich nichts Größeres zu wünschen, als die Ruhe selbst. Es schien mir, den Schweizern würde ihr Frieden zuweilen auf die Nerven gehen, und da sie diesen nicht zu würdigen wussten, suchten sie jeden Anlass, um sich aufzuregen. Und womöglich hätte ich mich an ihrer Stelle genauso verhalten.

Aber ich war nicht an ihrer Stelle, und das freute mich. Mich freute auch die Gelassenheit in ihren Bewegungen und in ihrem Lebensrhythmus. Ich bewunderte ihren Sinn für den Wert der Erholung und für die qualitätsbewusste Ernährung. In diesem Land mit dem gut ausgebauten Sozialsystem war überhaupt alles gut, und deshalb konnten seine Bewohner die Freizeit mit Nähen und Stricken verbringen, mit der Hilfe für andere oder mit dem Zusammensein im Freundeskreis.

Mir war es, als ob ich aus dem Gefängnis entlassen worden war, als ob jemand beschlossen hätte, meinem Leidensweg ein Ende zu setzen und mich freizukaufen. Ich wurde abgeholt, in ein Auto gesetzt und in ein warmes und behagliches Haus am Rande der Stadt gefahren. Man gab mir zu essen, umsorgte mich respekt- und verständnisvoll, gab mir Ruhe und – was am wichtigsten war – Freiheit. Weshalb ausgerechnet mir, wusste ich nicht, aber es tat mir gut. Richtig gut.

Ich fühlte eine große Liebe, die aber nicht brannte, sondern mich mit einer tiefen Zärtlichkeit erfüllte. Ja, das ist es, eine Zärtlichkeit; ich fühlte eine Zärtlichkeit allen diesen Menschen gegenüber. Von dieser Zärtlichkeit ergriffen fühlte ich, wie meine Augen manchmal feucht wurden. Nein, ich weinte nicht, ich hatte einfach Tränen in den Augen.

Die ersten Tage in der Gemeinschaft ließ man mir für die Eingewöhnung. Ich konnte selbst entscheiden, wo ich während des Tages arbeiten oder wem ich helfen wollte. Das machte mich aber nicht passiv, im Gegenteil, durch das mir erwiesene Vertrauen bemühte ich mich, so viel wie möglich zu arbeiten. Hier wäre ein anderer Begriff als «arbeiten» angebracht, da ich ja tat, was mir gefiel, und wie es mir gefiel. Ich konnte mir erlauben, etwas ganz langsam und sorgfältig zu tun. Zum Beispiel die Gestelle gut abstauben und die Bücher daraufstellen. Ich verlor mich für einige Tage in der Welt der Bücher, es war nur schade, dass ich nicht verstand, was sie mir sagten. Aber mir gefiel es, ihre glatten Einbände zu berühren, den Staub von ihnen zu wischen und sie sorgfältig und nach Größe und Thema aufzustellen. Ich konnte für einen Augenblick innehalten und still eines der Bücher in den Händen halten. In einem solchen Moment blieb die Zeit für mich stehen.

Hier fand ich Bildbände mit Reproduktionen der Impressionisten, Michelangelos, Leonardo da Vincis ... Ich konnte sie anschauen, solange ich wollte, und sie dann wieder an ihren Ort zurückstellen. Ich hätte sie auch mit nach Hause nehmen können, doch hätte das keinen Sinn ergeben, denn ich war ja schon zu Hause. Niemand trieb mich an und kontrollierte mich, und dies gab mir eine gewisse Ruhe und den Wunsch, meine Sache aufs Beste zu machen.

Zu Beginn der folgenden Woche bekam ich einen festen Arbeitsplatz und einen Stundenplan zugewiesen; meine gemäßigte Arbeitsweise musste der Konzentration und der Schnelligkeit Platz machen. Die Eingewöhnungszeit war vorbei, und ich wurde den *Compagnons* – so wurden die Bewohner der Gemeinschaft genannt – gleichgestellt.

«Glaub nicht alles, was deine Augen sehen und deine Ohren hören. Du musst ausführliche soziologische Studien machen, um zu verstehen, wie dieses Land funktioniert. Trau dem ersten Eindruck nicht», sagte mir Samuel, als ich ihm meine Gedanken mitteilte.

Ich wollte aber keine soziologischen Studien machen, sondern einfach nur leben und eine gewisse Zeit in dieser Gemeinschaft verbringen. Ich wollte das Leben in einer isolierten Umgebung kennenlernen, es begreifen oder wenigstens versuchen, es zu verstehen. Dafür brauchte ich jemanden, der mich begleiten konnte, einen Menschen, der sich darin besser auskannte als ich. Samuel war während der ersten Etappe mein Begleiter, wie er jedem zur Seite stand, der neu in der Gemeinschaft war. Dies ahnte ich schon mit dem ersten Blick in seine tiefen, blauen Augen. Er antwortete mir auch auf die zahlreichen Fragen, die sich mir im Laufe der Tage stellten.

Ich konnte immer noch nicht sagen, wie lange ich vorhatte, hier zu bleiben, aber es schien mir, dass ich für immer bleiben wollte. Ich fühlte mich so gut, dass ich mir nichts mehr wünschte, als in dieser Lage zu verweilen. Samuel sagte, dass diejenigen, die in den ersten Tagen sagten, sie wollten für immer bleiben, es meist nicht lange in der Gemeinschaft aushielten. Ich hatte noch keine Antwort darauf, aber ich war gespannt.

# 3

Ungefähr zwanzig Männer unterschiedlichen Alters und unterschiedlicher Nationalität öffneten mir gastfreundlich die Tür zur Gemeinschaft und hießen mich warm willkommen. Sie schenkten mir eine übertriebene Aufmerksamkeit, so dass meine Wangen bei ihren Blicken erröteten. Diese Aufmerksamkeit rührte zum großen Teil daher, dass ich praktisch die einzige Frau unter ihnen war. Außerdem war ich jung und unverheiratet.

Ich reagierte auf ihre Wärme mit einem nicht weniger warmen Lächeln, denn mehr hatte ich nicht, und ihnen etwas anderes in ihrer Sprache als *bonjour* und *merci* zu sagen, konnte ich nicht. Ich erfreute mich an ihnen und an ihrer Gesellschaft.

Ich kam aus dem Staunen nicht heraus über die Stimmung, über ihre Fürsorglichkeit, ihre Bemühungen und ihre Sorge um mich. Im Gegenzug staunten sie über mein zartes Äußeres und jene Wärme, die ich ihnen zurückgab. Ich versuchte alles zu geben, was ich hatte, denn sie gaben mir das Wichtigste für meine rasche Genesung – das Gefühl, wichtig zu sein und gebraucht zu werden.

Hier fühlte ich, dass man mich mochte. Und zwar nicht nur wegen meines sympathischen Äußeren und des netten Lächelns, sondern einfach um meiner selbst willen. Auch ich mochte sie sofort. Alle zusammen. Es schien mir sogar, dass ich sie schon gernhatte, noch bevor ich hierherkam, ohne sie persönlich zu kennen, ohne zu wissen, wer sie waren und woher sie kamen. Jeder verhielt sich anders, und die Verständigungsprobleme hinderten einige daran, ihren Wunsch, mir zu gefallen, in die Tat umzusetzen. Aber sie gefielen mir alle; so verschieden sie waren, so sehr glichen sie sich auch wieder. Sie machten mir ohne Unterlass Komplimente und fragten ständig, ob es mir hier gut gehe. Ich wunderte mich über diese Frage, da doch alles wunderbar war: das Essen, der

Einsatzplan und die Arbeitsbedingungen. Nicht, dass ich keine Ansprüche hatte, ich war einfach unsäglich dankbar für alles. Jemand brachte mir Schuhe, jemand ein Kleid, jemand machte mir Kaffee und jemand gab mir sonst eine nette Kleinigkeit.

Bis ich auf einmal das Gefühl hatte, zu viel von ihrer Aufmerksamkeit zu erhalten. Als ob ich zu viel Schokolade gegessen hätte, auch wenn es die beste Schweizer Schokolade gewesen wäre. Aber auch davon konnte man zu viel bekommen, und mir wurde sie direkt in den Mund geschoben.

Ich unterhielt mich mit ihnen, sprach Deutsch oder Englisch, wenn es jemand verstand, später machte ich meine ersten Gehversuche auf Französisch. Ich fragte sie nach ihrem Leben, nach dem Befinden und den Erwartungen. Sie teilten sich mir gerne mit und kamen während der Arbeit auch manchmal zu mir, um mir ihre Geschichten zu erzählen. Ich hörte gerne zu, und sie erzählten gerne. Aus ihren Geschichten versuchte ich zu verstehen, warum wir alle hier waren. Ich sagte mir, wenn ich wisse, weshalb jeder von ihnen in diese Gemeinschaft geraten sei, so würde ich eine Antwort auf meine Frage finden, was ich hier tue.

Die Beziehungen zwischen mir und den Compagnons durchliefen mehrere Phasen, die wie Wellen auf mich einschlugen. Bereits im ersten Monat wurde die mir anfänglich bezeugte Aufmerksamkeit durch Gleichgültigkeit oder gar völliges Ignorieren abgelöst. Ich lächelte sie an, und jeder interpretierte dieses Lächeln auf seine Weise; ich hörte ihnen zu, und jeder reagierte anders darauf. Dabei hegte ich nicht den geringsten Wunsch, mit jemandem eine Beziehung anzufangen: Das Territorium war begrenzt, alles wurde aufmerksam beobachtet. Jemanden besonders auszeichnen wollte ich nicht. Ich versuchte, auf gleicher Höhe mit ihnen zu sein, eine von ihnen zu werden und in ihrer Welt aufzugehen. Ich wollte jedem von ihnen die gleiche Aufmerksamkeit widmen. Aber das war von Beginn an nicht möglich.

Als sie sich immer mehr auf mich zubewegten und dabei aber auf meinen Widerstand stießen, wurden sie oft wütend. Die einen hörten auf, mit mir zu sprechen, und schlugen die Tür vor meiner Nase zu, die anderen wandten sich von mir ab, wenn ich sie grüßte, und wieder andere aber trösteten mich und fragten, wie ich mich fühle. Und diese Wellen von Gefühlsbezeugungen schüttelten mich hin und her in dieser Welt der Männer, die ich zwar mochte, deren Anzahl mich aber überforderte. Alles, was ich jetzt brauchte, war ein Freund, oder noch besser, eine gute Freundin.

Ich hatte bis jetzt offensichtlich den Stellenwert der Frauen in meinem Leben unterschätzt. Ich hatte immer viele Freundinnen um mich herum, wohl deshalb war mir ihre Bedeutung nicht bewusst. Hier umgaben mich Männer; mir wurde zu viel Aufmerksamkeit zugeteilt, und in meinem Kopf begann es zu drehen.

Deshalb nahm ich mir vor, die Kontakte zu ihnen zu begrenzen. Odile riet mir, an Samstagen und Sonntagen nicht in die Gemeinschaft zu gehen. So verbrachte ich die Wochenenden ruhig in ihrem stillen Haus.

# 4

# Odile

Zur Gemeinschaft gehörten nicht nur die Compagnons, sondern auch viele Freiwillige. Diese kamen jeweils einen Tag in der Woche, um ihren Beitrag zu leisten. Es waren vor allem Frauen, meistens Rentnerinnen, die in der Kleiderabteilung auf dem zweiten Stock arbeiteten. Sie hatten einen eigenen Einsatzplan, und sie erledigten ihre Arbeit ausgezeichnet, so dass weder Samuel noch seine Mitarbeiter sich um diese Abteilung kümmern mussten. Ich meinerseits, obwohl auch eine Frau, wurde nur selten zur Arbeit im oberen Stockwerk eingeteilt. Und ich bestand auch nicht darauf. Die Arbeit mit den Jungs lag mir mehr.

Eine der Freiwilligen war Odile, die mich liebenswürdigerweise bei sich zu Hause unterbrachte. Odile fiel auch das Los zu, mir während dieser Zeit Mutter, Schwester und bald darauf auch Freundin zu sein. Sie war darauf nicht vorbereitet gewesen, und ich im Übrigen auch nicht.

Das erste, was Odile nach meiner Ankunft sagte, hatte sich mir für immer ins Gedächtnis eingeprägt: «Ich liebe die Menschen einfach.» Diese Worte bestätigten sich später täglich. Die Schlichtheit ihrer Liebe rührte mich bis ins Herz. Damals, noch am ersten Tag, fragte ich sie, um das Gespräch zu beginnen, wer das Bild, das im Flur hing, gemalt habe. «Das war Lees erste Frau. Sie malte sehr schön.» Diese Worte reichten aus, um zu verstehen, weshalb es wert war, Odile zu lieben oder wenigstens mit Hochachtung zu begegnen.

Meine Dankbarbarkeit dieser Familie und dieser Frau gegenüber war grenzenlos. Ohne zu wissen, wer ich war, noch was ich für einen Charakter und für Gewohnheiten hatte, waren sie damit einverstanden, mich, solange es nötig war, bei sich aufzunehmen. Odile überließ mir sogar ihr Zimmer und zog selbst ins Gästezimmer um, das ihr nun erwachsener Sohn früher bewohnt hatte. Sie besaßen ein wunderbares

LE

altes Haus, das fast am Stadtrand lag. Nur dasjenige der Gemeinschaft lag noch weiter außen.

Im Zimmer wurde ich mit Blumen und Stille empfangen. Am Dachfenster hatte ich meine besondere Freude. Ich hatte immer davon geträumt, ein Zimmer mit Blick auf den Himmel zu haben, um beim Einschlafen die Sterne zu sehen. Bilder schmückten die Wände, und auf den Gestellen standen Bücher und hübsche Kleinigkeiten. In allem war Odiles Hand erkennbar und mit ihr die Hand Frankreichs. Odile war Französischlehrerin und stammte aus Westfrankreich. Sie war äußerst arbeitsam, und trotz ihres Alters schien sie keine Müdigkeit zu kennen. Sie konnte viele Dinge fast perfekt und erledigte diese oft auch gleichzeitig. Sie sagte, dass sie diese Fähigkeit ihrer Mutter verdanke.

Odile liebte es zu plaudern und hatte immer einige interessante Geschichten aus ihrem Leben in Frankreich, Amerika, der Schweiz, Afrika oder Australien bereit. Sie ärgerte sich nur selten und klagte fast nie über ihre Gesundheit. Sie hatte meist gute Laune und einen großartigen Sinn für Humor.

Nachdem ich beschlossen hatte, an den Wochenenden nicht mehr in die Gemeinschaft zu gehen, verbrachten Odile und ich die Samstage und Sonntage mit Gesprächen. Sie half mir, Französisch zu lernen und begleitete mich während meiner ersten Schritte. Ich meinerseits half Odile im Haushalt, damit ich mich ihr für ihre grenzenlose Güte erkenntlich zeigen konnte. Auf diese Weise lernte ich, die Menschen so zu lieben, wie sie es tat. In ihrer Freizeit beschäftigte sich Odile gerne mit Sticken. Jeden zweiten Donnerstag zogen wir den Esstisch auseinander, damit sie und ihre Freundinnen sich in der Stube versammeln und an ihren Stickereien arbeiten konnten.

Ihre Liebe für die Farben konnte auch ein ungeübtes Auge feststellen. Bestickte Handtücher lagen im Bad, Bilder hingen im Wohnzimmer und an den Wänden der Veranda. Ihr erlesener Geschmack war sogar auf der Toilette zu erkennen: Eine kleine Blumenvase stand neben dem Waschbecken, eine Reproduktion Van Goghs blauer Schwertlilien hing an der Wand, die zartblauen Kacheln und die kleinen Teppiche passten farblich zusammen, ein Blumentopf stand auf dem Fensterbrett.

Dieser Raum wurde fast zu meinem Lieblingszimmer. Ich war bestrebt, ihn so sauber wie möglich zu halten, obwohl Odile mich nur selten um Hilfe bat. Wenn sie es aber einmal tat, dann mit viel Takt, indem sie sehr darauf bedacht war, der angesprochenen Person die Freiheit der Wahl zu lassen: «Würdest du mir nicht gerne helfen? Ich bräuchte nur für eine Viertelstunde deine Hilfe.» Alles, was ich tat, wurde unwichtig und trat in den Hintergrund, wenn Odile mich um etwas bat. Ich ließ alles fallen, womit ich mich gerade beschäftigte, um Odile zu helfen, worauf sie entgegnete: «Nein, nein, nicht sofort. Mach zuerst nur das Deine fertig.»

Sie und ihr Mann Leland ließen mir völlige Freiheit, gleichzeitig aber umsorgten sie mich. In ihrem Haus hatte ich auch genügend Zeit, für mich allein zu sein. Genau das brauchte ich unter der Woche, nach dem mit Gesprächen und Kontakten übersättigten Arbeitstag.

«Es bekümmert mich, dass du so einsam in deinem Zimmer sitzt, aber ich nehme an, dass du das Alleinsein brauchst.» Ich denke, es gibt nur wenige Menschen, die das verstehen können, und die einem diese Möglichkeit geben.

In unserer Freizeit gingen wir zusammen einkaufen, ins Kino oder Museum. Odile interessierte sich für vieles und konnte während unserer Kaffeepausen über alles sprechen. Sie hatte kein Mobiltelefon, war aber pünktlich, wenn wir uns verabredeten. Wenn Odile irgendwohin verschwand und weder ich noch ihr Mann wussten, wo sie war, saßen er und ich fast bewegungslos im Wohnzimmer und warteten ruhig auf ihre Rückkehr. Das Leben in diesem Haus schien während der Abwesenheit Odiles stillzustehen.

Odile lehrte mich das leise Glück. Nirgends und niemals zuvor war ich so glücklich, so ruhig glücklich wie in ihrem Haus.

# 5

Man konnte nicht eindeutig sagen, worin unsere Arbeit bestand. Die Komplexität unseres gemeinschaftlichen Lebens konnte nicht auf den einen Satz «Wir verkaufen gebrauchte Sachen» reduziert werden. Vielleicht konnte man es so zusammenfassen: Die Menschen brachten uns ihre alten Sachen oder auch neue, die sie nicht brauchten und nicht mehr brauchen würden. Wir sortierten sie, trennten die für den Verkauf geeigneten von denen, die ihre Existenz aufgeben mussten, und verkauften sie im Laden. Davon lebte die Gemeinschaft. Vom Staat erhielt sie keine Mittel. Nur einzelne Institutionen und Organisationen unterstützten sie. Zum Beispiel spendeten große Supermärkte Lebensmittel, deren Haltbarkeit kurz vor dem Ablauf stand. So gab es hier sehr viel zu essen, aber darauf komme ich später zu sprechen.

Ich wurde an einen besonderen Ort eingeteilt: an die Empfangsstelle für das «Material», wie hier die Gegenstände genannt wurden, mit denen die Gemeinschaft zu tun hatte. Ich konnte meinen Augen nicht trauen, als ich diese Unmenge an Material sah, die wie eine Lawine auf uns niederstürzte.

Auf einmal wurde mir bewusst, dass unsere Welt aus Dingen bestand. Aus Hunderttausenden, Millionen unterschiedlichster Gegenstände. Täglich, ja jede Minute entstanden auf der Welt neue Dinge und zeugten vom Wandel und der Vergänglichkeit der Welt und von uns selbst. Die Welt produzierte ohne Unterlass neue Waren, was aber geschah mit den alten?

Dinge werden hergestellt, um dem Menschen von Nutzen zu sein oder ihm Freude zu machen. Wir schenken jemandem einen Gegenstand, um ihm Anerkennung oder Wohlwollen, Dankbarkeit oder Liebe zu zeigen. Natürlich stellen wir unsere edlen Gefühle nicht einem dinglichen Äquivalent gleich, nein, aber es fällt uns Menschen halt leichter so; es ist einfacher, das

Gefühl, womit wir erfüllt sind, was wir aber nicht klar fassen und beschreiben können, in einen Gegenstand zu packen. Dieser erhält so die gewünschte Bedeutung und wird zum Symbol des Guten, der Großzügigkeit, der Dankbarkeit oder der Liebe. Das kann ein Stein vom Ufer eines Meeres sein oder auch ein Kugelschreiber mit einem schönen Aufdruck. Der Preis hat keine Bedeutung, denn für den Schenkenden und entsprechend für den Beschenkten hat das Ding einen eigenen Wert.

Dinge werden hergestellt, um verschenkt zu werden; und von «Schenken» bis «Erfreuen» ist es nur ein kleiner Schritt. Ein aufrichtiges Geschenk bereitet dem Beschenkten eine große Freude.

Wie lange aber hält diese Freude an, wenn sich die Welt dauernd ändert und wir uns in ihr? Unsere Welt ist eine unbeständige Materie. Das, was uns gestern noch erfreut hat, haben wir morgen schon wieder vergessen. So bereiten unsere Dinge nur vorübergehend und kurz Freude. Und schließlich haben sie ihre Aufgabe erfüllt. Wir haben unsere Gefühle in das Ding gelegt und ihnen eine Form gegeben, damit der Beschenkte unsere aufrichtigen Gefühle mit seinen Händen fassen kann. Denn wir sind körperliche Wesen und begreifen besser, was wir berühren können.

Das Ding weilt eine Zeit lang an einem sichtbaren Ort und bereitet uns jedes Mal Freude, wenn wir unseren Blick darauf richten. Etwas später schauen wir schon weniger oft hin. Und dann wird es in eine Ecke gestellt und noch später in eine Schublade gelegt. Wir erinnern uns wieder daran, wenn wir den Tisch aufräumen oder etwas suchen, nehmen es dann in die Hände und schenken ihm ein warmes Lächeln. Aber dann kommt der Zeitpunkt, wo das Ding auf den Dachboden oder in den Keller gestellt wird, denn auch in der Schublade fehlt der Platz. Von diesem Moment an hört seine Existenz für uns auf. De facto existiert es zwar noch, seinen ursprünglichen

Zweck aber erfüllt es nicht mehr, und es wird nicht mehr wahrgenommen.

Gleichwohl bewahrt das Ding seine Geschichte und gewinnt an Wert, während sich bei uns eine Unzahl neuer Dinge anhäuft, für die der Platz in den Zimmern und Schubladen knapp wird. Das ist für uns eine gute Gelegenheit, den Gegenstand wegzugeben, damit er weiterleben und andere Menschen – wenn auch nur für kurze Zeit – erfreuen kann. Denn ein Ding, das für den einen alt ist, ist für den anderen neu. Es freut uns, dass wir die Welt dadurch ein Stück weit vor der Verschwendung und dem Versinken in immer neuen Dingen retten können.

Für mich bedeutete das, was wir hier taten, die Rettung der Welt vor dem Überfluss an Dingen. Es war es der Mühe wert, denn die Verschwendungssucht der Menschen hatte mich immer bedrückt.

Viele betrachteten unsere Arbeit als minderwertig, vor allem, wenn sie unsere Hände sahen, deren Haut von der schweren Arbeit trocken und rau und voller Risse und Blasen war. Aber jemand musste die Haufen wegtragen, wenn die anderen schliefen, damit die Schlafenden nicht unter der riesigen Menge an Schachteln begraben worden wären.

Nur hatte ich das nicht sofort verstanden. Ich weinte, als ich sah, wie mitleidslos Dominique, in dessen Gruppe ich arbeitete, die Gegenstände fortwarf. Dominique machte seine Arbeit perfekt, sprach aber weder Englisch noch Deutsch, um mir den Grund für sein Tun zu erklären. Und mir flossen die Tränen, als er die schönen, weißen Teller mit dem feinen, blauen Blumenmuster zerbrach. Es traf mich, dass solches Geschirr, wie es in der Ukraine nicht mal die Menschen der Mittelschicht besaßen, hier einfach zerbrochen wurde, ohne dass die Hand ob dieser Brutalität erzitterte.

Meine Empfindlichkeit berührte Dominique, und er erklärte mir mit Hilfe seiner Arbeitskollegen aus der Gemeinschaft, die ein bisschen Deutsch sprachen, dass es hier derart viele solcher Sachen gäbe, dass, wenn er dies nicht täte, die Gemeinschaft bis zum Dach damit zugeschüttet wäre.

Jeden Tag sah ich neue Gegenstände, und ich empfand schon kein Bedauern mehr, sondern Wut. Ich konnte nicht verstehen, warum die Menschen so viele Dinge herstellten, wenn sie sie gar nicht brauchten. Ich wollte um jeden Preis und wie auch immer diese end- und nutzlose Produktion stoppen. Doch meine eigene Machtlosigkeit ließ mich verzweifeln.

Ich sprach mit den anderen Compagnons darüber, die aber fuhren ruhig mit ihrer Arbeit fort und beteuerten mir, dass es da nichts zu machen gäbe und uns nichts anderes bliebe, als immer weiter die Kartonschachteln auszupacken. Wenn man nur einen einzigen Tag aufhörte, würde einem das Ganze über dem Kopf zusammenbrechen.

Später erfuhr ich noch einen anderen Grund dafür, dass die Leute uns so viele Dinge gaben, die sie nicht mehr brauchten. Ich war erstaunt, in den Schachteln auch völlig untaugliche und kaputte Dinge zu finden. Man erklärte mir, dass es hier ziemlich teuer sei, den Abfall wegzuwerfen. Und wenn auch nur selten, kam es doch vor, dass die Leute nicht nur aus Großzügigkeit und mit dem Wunsch zu helfen ihre Gegenstände der Gemeinschaft brachten, sondern uns auch aus finanziellen Gründen die Entsorgung ihres Abfalls überließen – als ob wir nichts anderes zu tun hätten.

Bei meiner täglichen Arbeit an dieser Masse von Dingen kam es mir oft vor, als ob die Gesellschaft sehr durchdacht funktioniere. Jene, die an den Hebeln der Wirtschaft stehen – die großen Produzenten irgendwelcher Waren –, sind ausschließlich am Verkauf interessiert, am Wachstum des Verkaufs, am Wachstum der Produktion, am Wachstum ihres

Vermögens. Es ist ihnen scheinbar egal, dass sie ihren Planeten verschmutzen und somit ihr eigenes Haus, in dem sie gerade wohnen. Sie denken sich Sonderangebote aus: zwei für den Preis von einem, beim Kauf zweier gleicher Pullover erhältst du einen dritten als Geschenk; Weihnachtsaktionen, Neujahrsrabatte, Totalausverkauf. Offenbar sind das sehr kluge Leute, die sich diese Strategien ausdenken: Wir lassen uns von diesen Rabatten verführen und kaufen das, was wir im Grunde gar nicht brauchen, denn morgen, übermorgen oder vielleicht in einer Woche oder einem Monat tragen wir diese Dinge auf den Müll oder bringen sie in die Gemeinschaft.

Aber ich war trotzdem froh darüber, dass es mich gerade hierher verschlagen hatte. Denn ich erlag selbst oft der Versuchung, Dinge besitzen zu wollen. Hier war ich jeden Tag von hübschen Gegenständen, reizenden Kleinigkeiten, schönem Geschirr, einer Unzahl Kleider und einwandfreien Möbelstücken umgeben. Alles, was ich wollte, bekam ich für einen reduzierten Preis. Aber wenn ich dieses und jenes nehmen würde, hätte ich dann überhaupt Platz in meinem Zimmer? Und was sollten die Dinge in meinem Zimmer, wenn ich sie ja doch den ganzen Tag über um mich herum hatte, und ich in meinem Zimmer vor allem schlief? Ich konnte sie während der Arbeit berühren, sooft ich wollte, sie in den Händen halten, mich an ihrer Schönheit erfreuen; nachts aber konnte ich in Gedanken an das tagsüber Gesehene nicht einschlafen. Es waren zu viele Eindrücke, zu viel Begeisterung, zu viel Buntheit, zu viele Ideen und Kreationen. Ich brauchte Ruhe, aber die Dinge drangen in meinen Schlaf und ließen mich auch in der Nacht nicht los.

In der zweiten Tageshälfte packte ich die Schachteln mit dem Material, das für die Gemeinschaften in Polen und der Ukraine bestimmt war. Hier konnte ich mich davon überzeugen, dass noch viel Brauchbares und Hochwertiges weiterverwendet wurde: Geschirr, Spielsachen, Gebrauchsgegenstände und sogar Möbel.

Einige Wochen später warf aber auch ich viele schöne Teller, Gläser und Tassen auf den Abfall. Sie zerbrachen in Stücke, und ich zuckte nicht einmal mit der Wimper; nur Dominique blinzelte mir zu und lächelte beifällig. Das war das erste, was mich die Schweiz gelehrt hatte: sich nicht an Dinge zu binden, sondern sich auf das Wichtige zu konzentrieren, das zu wählen, was es wert war, und sich von dem zu trennen, was von der Arbeit ablenkt.

Von den Schweizern wollte ich auch lernen, mich zu schonen und nicht mehr auf mich zu nehmen, als ich tragen und aushalten konnte. Mein größter Fehler war aber, dass ich beim Start des Rennens zu schnell loslief, obwohl es ein langer Marathon werden sollte. Jeden Tag sah ich diese Schachteln, und ihr Gewicht und ihre Zahl lasteten auf mir. Ich wollte sie möglichst schnell auspacken, die Ware verteilen und die Sachen für Polen einpacken.

Einige der Compagnons legten mir die Hand auf die Schulter, sagten «slowly» und rieten mir, nicht zu hasten, da es auch morgen und in einem Monat noch Schachteln geben würde. Ich solle mich ein wenig abkühlen, denn so hitzig wie ich sei, würde ich bald brennen, und dann gäbe es niemanden mehr, der auspacken könne. Ich aber hob die Schachteln eine nach der andern auf, die schweren und die weniger schweren, bis mein Rücken es nicht mehr aushielt und ich den Rest des Tages im Bett verbringen musste. So schied ich für eine Weile aus dem Rennen aus.

Nach einer Zeit merkte ich, dass die Compagnons jeden geeigneten Moment ausnutzten, um sich auszuruhen. Und ich sah auch, dass sie teilweise schon älter waren, Krankheiten hatten oder aus psychischen Gründen einige Aufgaben nicht übernehmen konnten. Ich verstand, dass dies eine Gemeinschaft war, und dass jeder Compagnon nach seinen Fähigkeiten arbeitete. Und wenn auch alle gleich viel Taschengeld erhielten, tat jeder nur so viel, wie es ihm seine körperliche und geistige Verfassung erlaubte. Ich hingegen war jung und voller Kraft und Energie. Und deshalb nahm ich gern viel auf mich und hatte meine Rückenschmerzen rasch vergessen. Ich dachte damals nicht, dass die Kräfte die Eigenschaft besaßen, zu Ende zu gehen, wenn man sie nicht erneuerte.

Ich schlief wenig, denn abends hatte ich Mühe einzuschlafen, und am Morgen fiel es mir immer schwerer aufzustehen. Einmal in der Nacht wachte ich wegen großer Schmerzen in den Beinen auf, am folgenden Morgen achtete ich aber nicht mehr darauf. Tags darauf taten mir meine Beine aber schon so weh, dass ich kaum noch einen Schritt tun konnte. Der Körper reagierte schnell auf die ungewohnte Belastung. Ich war viel auf den Beinen, setzte mich während der Arbeit aber nie hin, um mich auszuruhen. Und so kam der Moment, an dem meine Beine nicht mehr wollten.

Ich hatte nicht begriffen, warum die Compagnons sich die Freiheit nahmen, sich während der Arbeit auszuruhen. Ich tat das als Faulheit ab, ohne aber eine Bemerkung zu machen. Erst mit der Zeit verstand ich, dass sie nicht faul, sondern klug waren, denn sie wussten, dass es noch ein Morgen und ein Übermorgen gab, ja noch viele Monate und vielleicht Jahre. Und wenn man sich jetzt nicht für fünf Minuten hinsetzte, kam man am nächsten Tag nicht mehr auf die Beine.

Ich hatte fast jede Nacht Schmerzen in den Muskeln und den Gelenken, die Knie plagten mich und die Knöchel taten mir weh. Ich merkte jetzt, dass ich mich schonen musste, ich konnte so nicht weitermachen. Der Schlafmangel erschöpfte mich. Mir kam jetzt wieder in den Sinn, wie ich bei meiner Ankunft dachte, diese Schachteln auszupacken und die Waren zu sortieren sei ja gar keine Arbeit, sondern eine Kleinigkeit. Ich hatte nicht verstanden, warum die anderen so müde, apathisch und niedergedrückt waren. Jetzt aber wurde mir bewusst, dass wir vor denselben Karren gespannt waren. Ich begann, ihre Erschöpfung zu fühlen und wurde Teil ihrer Gemeinschaft. Dabei war die Erschöpfung nicht nur körperlicher, sondern auch seelischer Natur. Die Unendlichkeit der Schachteln, die Ausweglosigkeit und Verzweiflung und das Bewusstsein der eigenen Machtlosigkeit lasteten schwer auf mir.

Und am Schlimmsten wurde es dann, wenn wir mit unserer Erschöpfung nicht mehr fertig wurden und einer über den andern herfiel. Jene Atmosphäre der Ruhe und Stille, die ich zuerst festzustellen meinte, wurde zu einer Atmosphäre der Frustration und der Belastung. Ich wollte nur noch schlafen, wollte mich in mein Zimmer einschließen und nichts mehr sehen, weder diese vollen Schachteln noch die Menschen, mit denen ich diese Schachteln auspackte. Anstatt einander zu helfen, ließen wir unsere Gereiztheit aneinander aus. Nach dem Abendessen ging jeder schweigend in sein Zimmer und zog sich in seine Welt zurück.

In meiner abgeschiedenen Welt las ich nach der Arbeit Kobo Abes Erzählung *Die Frau in den Dünen*. Dieses Buch beeindruckte mich durch die präzise metaphorische Beschreibung der menschlichen Existenz, durch den Vergleich des Lebens mit dem unaufhörlichen Herausschaufeln des Sandes aus dem Haus. Jeder meiner Tage begann mit dem Wegschaufeln dessen, was uns die Leute brachten, und endete damit, dass ich die aussortierten Dinge in Kartonschachteln für Polen packte. Ich fürchtete, bald den Verstand zu verlieren. Ich fühlte, dass mir der Sand schon bis zum Hals stand.

Ich wollte schlafen, wollte aufgeben, wollte, dass diese Schachteln das Haus unter sich begraben würden. Dieses endlose Herausschaufeln des Sandes erschöpfte mich. Die unersättlichen Menschen aber stellten immer neue Dinge her. Was sollte man damit tun? Jemand musste dies alles beiseite räumen. Jemand musste über den ruhigen Schlaf der sorglosen und wohlhabenden Schweizer wachen, musste ihren Sand wegschaufeln, damit er sie nicht unter sich begrub. Dieser Jemand waren wir, die der Wind wie Sand von überall her auf der Welt in dieses Land der totalen Ruhe und der endlosen Menge an Dingen wehte.

# 6

# Giorgio

Einmal am Morgen fand ich unter dem zahlreichen Kleinkram, den ich auf die Gestelle verteilte, ein kleines, aus Streichhölzern gefertigtes Häuschen. Als ich es in die Hände nahm, musste ich an uns denken, die wir trotz unserer Verschiedenartigkeit zusammenhielten und nicht nur ein kleines Häuschen, sondern ein ganzes Haus bildeten. Unsere Zusammensetzung wechselte zwar häufig, ab und zu fiel ein Streichholz heraus und es wurde durch ein neues ersetzt, aber das Haus blieb stehen. Die vielen Streichhölzer, aus denen unser Gebäude bestand, hatten alle eine andere Form und oft auch einen andersfarbigen Kopf. Jedes war einmalig, besonders und einzigartig. Und nun öffne ich die erste Streichholzschachtel, nehme ein Hölzchen heraus und beginne zu erzählen. Es ist Giorgio. Er war Italiener.

Giorgio sprach wenig. Er hörte gerne zu und ließ nur selten ein gleichgültiges Wort fallen. Aber dennoch gaben mir seine wenigen Worte mehr, als wenn er sich ausführlich zu einem Thema geäußert hätte.

Einmal während der Arbeit, als wir zum ersten Mal gemeinsam zum Auspacken der Schachteln eingeteilt waren, fragte ich ihn nach seinem Leben. Zu meinem Erstaunen platzte er los und erzählte in einem Atemzug, dass er mehr als zehn Jahre lang Drogen genommen hatte, im Gefängnis gewesen war und zwei Kinder hatte. Dann lachte er, hob die Arme hoch, wie das nur die Italiener konnten, und beendete seinen kurzen, aber inhaltsreichen Bericht mit dem Satz: «Ich habe aus meinem Leben einen Salat gemacht!»

Ich bat ihn dann, mir beim Heraustragen der Abfallsäcke zu helfen, und gerade als wir beim Papiercontainer waren, sagte er – nicht als Frage, sondern als Behauptung – die für mich wichtigen Worte: «Ich weiß, warum du das wissen willst. Du möchtest das Leben verstehen.»

Da ist mir auf einmal klar geworden, warum die Gespräche mit Giorgio für mich so wichtig waren. Nicht, weil er einer der wenigen war, die Englisch sprachen, nein, er war der Einzige, der mir den Grund für meinen Aufenthalt in der Obdachlosengemeinschaft genannt hatte. Treffender als er hätte ich es selbst nicht sagen können.

Ich hatte viele Fragen, bevor ich hierhergekommen war. An wen richteten sie sich? Vielleicht an das Leben selbst. Ich fragte zu oft nach dem Warum und bekam keine Antwort darauf. Ich verstand dieses Leben nicht, ich wusste nicht, warum alles so ist, wie es ist. Warum töten Menschen ihresgleichen und warum hat jemand das Recht zu entscheiden, wer leben kann und wer nicht? Warum besitzen einige Menschen Paläste und andere leben auf der Straße? Und warum leiden beide an derselben Krankheit – an der Einsamkeit? Und warum wird diese Krankheit nicht behandelt? Warum wird sie nicht als eines der großen Probleme der Menschen anerkannt?

Ja, ich wollte das Leben begreifen. Das Leben in seiner kleinen Form, das Leben in dieser Gemeinschaft, in diesem Streichholzhaus. Ich dachte, wenn ich nur einen Teil des Ganzen, auch nur den allerkleinsten davon verstehe, dann würde ich auch das Ganze begreifen.

Ich brauchte nur einen Menschen richtig und ganz zu erfassen, um alle Menschen zu verstehen. Und dieser eine Mensch war ich selbst. Durch die tägliche Arbeit und das Zusammenleben mit den andern sollte ich zu mir selbst finden.

Jede freie Minute ging ich zu Giorgio, um mir Einzelheiten aus seinem Leben erzählen zu lassen. Langsam überwand er den Abstand zwischen uns und kam aus seinem Schweigen heraus. Er sprach mit mir über das, woran zu denken er wohl Angst hatte.

«Ich wurde in Saronno, unweit von Mailand geboren. Da verbrachte ich zwei Jahre im Gefängnis und nahm Drogen, obwohl ich mir vorgenommen hatte, mein Leben zu ändern. Ich hatte viel Zeit zum Nachdenken. Draußen waren meine Frau und meine zwei Kinder. Der Sohn war damals vierzehn, die Tochter drei Jahre alt. Stell dir vor, ich saß da und dachte nach und war bereit, mein Leben völlig zu ändern. Ich träumte, wie ich aus dem Gefängnis kommen und zur Familie zurückkehren würde. Ich hatte vor, ein neues Leben anzufangen. Aber nach der Entlassung wollte meine Frau sich von mir trennen. Sie wollte nichts mehr mit mir zu tun haben.»

Unterdessen schlug Giorgio den Weg der Besserung ein und brach nach seiner Entlassung mit den Drogen. Anderthalb Jahre verbrachte er in einem Rehabilitationszentrum in Italien. Zusammen mit anderen Drogenabhängigen schloss er sich von der Außenwelt ab, ging im Wald spazieren, dachte über das Leben nach, machte eine Psychotherapie und führte Tagebuch.

«Weißt du, es fiel mir wirklich schwer loszukommen, ich nahm bereits ziemlich harte Drogen. Aber dort im Wald dachte ich an meine Freunde von früher. Die meisten waren an einer Überdosis gestorben, einer in seinem Bett, ein anderer über der Kloschüssel in seinem Erbrochenen. Da dachte ich und fühlte es mit meinem ganzen Wesen, dass ich so nicht sterben wollte, und dass ich überhaupt noch zu jung zum Sterben war.»

«Und warum kamst du in den Knast?»

«Wegen Diebstahls. Ich hatte einen Partner, und zusammen stahlen wir Wertsachen aus Juweliergeschäften. Wir waren ziemlich geschickt, bis die Diebstähle allzu kühn wurden und wir erwischt wurden. Aber ich bedaure es nicht, ich bin sogar froh, dass man uns damals fasste. Wer weiß, wie das sonst geendet hätte.»

«Weshalb hast du gestohlen? Wegen der Drogen?»

«Am Anfang nicht. Ich wollte nur für meine Familie sorgen. Es war schwierig, eine anständige Arbeit zu finden. Als mein Sohn geboren wurde, musste ich die ganze Familie durchbringen, dafür aber reichte mein Lohn nicht. Und ich war nicht der einzige in dieser Lage. Deshalb taten wir uns zusammen. Weißt du, nachdem ich es einmal versucht hatte, wurde es zur Gewohnheit; ich wurde abhängig vom Gefühl, jeden Augenblick fallen zu können und das Leben zu riskieren. Aber dann ging's wie geschmiert, und du beginnst schon, den nächsten Einbruch zu planen. Es wird zur Leidenschaft, ein Adrenalinkick, ein Zeitvertreib, ein Spiel mit dem Rest der geordneten Welt. Wir wollten wissen, wie lange es uns gelingen würde, trocken an Land zu kommen. Es gab nur diese eine Frage: Wir sie oder sie uns? Sie kriegten uns lange nicht, und wir kamen zu mehr Geld, als wir für unsere Familien gebraucht hätten. Dann kamen die Drogen. Bestimmt verloren wir unsere Geschicklichkeit auch wegen ihnen.»

Nach der Entzugstherapie wollte Giorgio eine Arbeit finden, was aber fast unmöglich war. Wenn er schon vor dem Gefängnis keine Arbeit gefunden hatte, dann war es danach noch aussichtsloser. Er versuchte dann sein Glück in Frankreich, aber auch dort gab es keine Arbeit für ihn. Schließlich wandte er sich an das Sozialamt, und das Einzige, was man ihm dort riet, um eine Unterkunft zu finden, war, die Obdachlosengemeinschaft aufzusuchen.

In Frankreich war er in fünf Obdachlosengemeinschaften, fand aber nirgends seine Ruhe. Drei Jahre später kam die Schweiz an die Reihe. Im Kanton Tessin hätte er ziemlich gut gelebt, wenn es nicht zu einem Konflikt mit einem anderen Compagnon gekommen wäre. Nach einer der zahlreichen Auseinandersetzungen wurden beide fortgeschickt, und Giorgio kam nach La Chaux-de-Fonds. Aber er trauerte immer noch der vorherigen Gemeinschaft nach, vor allem wegen der Sprache. Giorgio war mit seinem ganzen Wesen Italiener. Die italienische Sprache war ihm heilig. Manchmal wirkte sein Patriotismus zwar belustigend, aber es lag etwas kindlich Naives darin, der Glaube an das lichte Land der Träume, das wohl nur in seinem Herzen existierte.

«Ich esse diese Trauben nicht, wenn sie nicht aus Italien sind. Ich esse nur italienische Lebensmittel», sagte Giorgio und suchte das Herkunftsland auf der Etikette.

«Antonio, warum mahlst du keinen italienischen Kaffee? Ich kann keinen Schweizer Kaffee trinken, er schmeckt nach nichts!»

«Aber du isst doch auch Schweizer Kuchen, warum trinkst du denn keinen Kaffee aus der Schweiz?»

«Der Kuchen aus der Schweiz schmeckt gut, der Kaffee aber ist schrecklich. Du hast doch italienischen Kaffee, ist es denn so schwierig, italienischen Kaffee zu mahlen?»

«Ich werde dir italienischen Kaffee mahlen und Gift dazutun, dann hast du deinen italienischen Kaffee gehabt!»

Wenn Giorgio erschöpft und deprimiert war und sichtbar verkümmerte, dann fuhr er nach Italien. Er sagte, er versuche dort Arbeit zu finden und zu bleiben, denn ohne Italien könne er nicht leben. Aber nach nicht einmal einer Woche war er wieder zurück und um die Erkenntnis reicher, dass das nicht mehr das Italien war, das er liebte, die Menschen waren anders und die Straßen schmutzig. Sein Italien wurde zur Illusion, zu einer Utopie. Aber die Liebe zum Land ließ nicht nach. Und darin äußerte sich seine Neigung zur Leidenschaft. Ich erkannte diese Gefahr nicht gleich und war deshalb nicht vorsichtig genug.

Als Giorgio einmal zur Arbeit in der Küche eingeteilt wurde, bat er mich, ihm dabei zu helfen. Während des Zubereitens des Abendessens sagte mir Giorgio unter anderem, dass ich

Insalata di Giorgio. Ingredienti:

* * *

– Antonio, warum mahlst du keinen italienischen Kaffee? Ich kann keinen Schweizer Kaffeetrinken, er schmeckt nach nichts!

Aber du isst doch auch Schweizer Kuchen, warum trinkst du denn keinen Kaffee aus der Scweiz? –

– Der Kuchen aus der Schweiz schmeckt gut, der Kaffee aber ist schrecklich…

Ich werde dir italienischen Kaffee mahlen und Gift dazutun, dann hast du deinen italienischen Kaffee gehabt! –

der einzige Mensch in seinem ganzen Leben sei, der ihn so sehe, wie er wirklich sei. Ich verstand sofort, was er meinte, denn ich erkannte den Kern seines Wesens und machte mir nichts aus seiner Vergangenheit. Da ich nicht antwortete, fuhr er fort:

«Ich brauche dich, Anna. Ich brauche dich in meinem Leben.»

Ich stand erstarrt da und schwieg. Das Einzige, was ich hervorbringen konnte, war: «I am sorry.»

Ich hatte vergessen, was ich mir ganz am Anfang versprochen hatte. Ich hatte nicht mehr daran gedacht, Distanz zu wahren, hatte mich dazu hinreißen lassen, das Rätsel des Lebens lösen zu wollen.

Beim Abendessen saßen Giorgio und ich nebeneinander, waren angespannt und sprachen kein Wort. Und ebenso schweigend kehrte ich danach zu Odiles Haus zurück. Giorgio und ich hatten viele interessante Gespräche gehabt, aber diesmal fand ich keine Worte mehr, weder für ihn noch für mich.

# 7

# Fabien

Kaum hatte ich die beiden nächsten Streichhölzer aus ihren Schachteln genommen, zerbrachen sie auch schon. Warum sie zerbrachen, wusste ich nicht. Vielleicht waren sie nicht stark genug, um die Wände zu tragen. Aber nicht die Wände wankten, als die zwei Streichhölzer brachen, sondern ich. Möglicherweise war mein Streichholz gerade nebenan. Die übrigen Compagnons aßen weiter und scherzten und lebten, als ob nichts passiert wäre. Und ich fuhr unermüdlich mit meiner Suche nach dem Warum fort.

Als erster ging Fabien. Leute wie er wurden als Touristen bezeichnet. Touristen gingen in ihrem Leben durch zwanzig oder dreißig Obdachlosengemeinschaften in verschiedenen Städten oder Ländern, als ob sie auf der Flucht wären. Jedes Mal beteuerten sie erneut, dass in der nächsten Gemeinschaft alles anders werden würde, dass das neue Umfeld sie ändern und ihre Probleme lösen würde und sie mit dem gesparten Geld ein neues Leben beginnen würden. Aber dauernd kam etwas dazwischen.

Fabien und ich waren nicht sehr eng befreundet, aber wir fanden doch ab und zu Zeit zum Scherzen und zum Lachen. Er war um die vierzig und von kräftiger Statur, weshalb er oft auf dem Lastwagen oder in der Möbelabteilung arbeitete. Seine himmelblauen, ruhigen Augen standen im Widerspruch zum lauten und explosiven Lachen, mit dem er auf seine eigenen Witze reagierte. Ebenso explosiv war sein Charakter, der ihm keine Ruhe ließ und ihn von Ort zu Ort trieb. Gerade wegen seines Charakters hatte ich nicht die Gelegenheit, ihn näher kennenzulernen, obwohl ich mehrere Versuche dazu unternahm.

Noch einige Wochen vor seiner Abreise hatte er mir auf meine neugierige Frage nach seinen Plänen geantwortet: «Wie soll ich wissen, wann ich gehen werde? Weißt etwa du, wann du hier weggehen wirst?»

Das war Fabien, ein Franzose mit polnischen Wurzeln. Sein Vater war Pole, seine Mutter Französin. Er selbst sah sich als Weltbürger.

Fabien kam kurz nach mir in diese Gemeinschaft, vielleicht erschien mir deshalb sein Weggang allzu früh und unerwartet. Aber er sagte, dass die Zeit zu gehen gekommen sei. Für ihn war das nicht zu früh, sondern gerade rechtzeitig. Und so ging er.

Aber er ging auf eine schmerzhaft schöne Weise. Er wartete, bis sich alle zum Abendessen hingesetzt hatten, trat nach vorne ins Licht, wie auf eine Bühne, und las uns zum Abschied das Gedicht *Wenn–* von Rudyard Kipling vor. Den Text hängte er dann zur Erinnerung gut sichtbar im Speisesaal auf. Das Gedicht und Fabiens Sinn für Poesie, der über seine groben Witze hinausging, berührten mich. Verbarg er hinter Scherzen und lautem Lachen seine Verletzlichkeit? Schrieb er selbst Gedichte? Bestimmt gab es noch vieles, das wir über Fabien nicht wussten.

Und noch etwas rührte mich fast zu Tränen. Er hatte eine deutsche Übersetzung des Gedichtes gefunden, den Text in einen edlen goldenen Rahmen getan und mir gegeben, damit ich verstehen konnte, was er den andern auf Französisch vorlas. Er wollte verstanden werden und benutzte Kiplings Gedicht dazu, und dabei vergaß er auch mich nicht. Da merkte ich, wie wenig die Menschen gewöhnlich auf ihre Nächsten achteten, auf diejenigen zum Beispiel, die sich in einem Sprachvakuum befanden, in dem das Gedicht *Wenn–* erst recht nicht verstanden wurde. Fabien war sich dessen bewusst, dabei kannten wir uns nicht einmal einen Monat.

Auch wenn er so schnell wieder ging, hinterließ er doch eine Spur – eine kurze zwar, aber eine tiefe.

*Dann ist die Erde dein und alles, was auf ihr ist,*
*Ja mehr noch: du wirst ein Mensch, mein Sohn!* [1]

1 Aus *Wenn* – von Rudyard Kipling (1895)

# 8

# Zoran

Am nächsten Morgen ging es mit der Arbeit weiter, und ich hatte nur noch Zeit, Fabien zum Abschied zu umarmen. Er umarmte mich zweimal kräftig und bat um Gottes Segen für mich, und ich tat dasselbe für ihn. Dann fuhr er los, wir anderen nahmen unsere Arbeit wieder auf, und die Mauern stürzten nicht ein.

Danach ging Zoran, was mich ernsthaft erschütterte. Wenn ich beim Weggang des ersten nur leicht wankte, so wurde beim zweiten gründlich an meinem Streichholz gerüttelt.

Zoran war noch später als Fabien in die Gemeinschaft gekommen. Wir drei waren wohl deshalb oft zusammen, weil wir ungefähr zur selben Zeit hier eingetroffen waren. Zoran kam aus Serbien, lebte aber schon ziemlich lange in der Schweiz. Er hatte eine Frau und zwei bezaubernde Kinder. Während der Arbeit kam er einfach auf mich zu und erzählte mir von seinem Leben, zeigte mir ein Bild seiner Töchter und erklärte mir, was er auf dem Herzen hatte.

Zoran hatte Alkohol- und Drogenprobleme gehabt. Aber er wiederholte immer wieder, dass er schon lange damit aufgehört habe und sein Leben neu beginnen möchte. Er hatte die Arbeit verloren, seine Frau aber schaffte es nicht, die Familie mit den beiden kleinen Kindern und dem erwachsenen Mann aus eigener Kraft durchzubringen. Ich verstand sie und sagte das Zoran mehr als einmal. Er aber wiederholte immer wieder, dass diese Gemeinschaft die niedrigste Stufe für ihn sei, und ihn der Aufenthalt und die Arbeit hier demütigen würden.

«Ich habe früher viel Geld gehabt und mir schwere goldene Ketten und einen Haufen anderes teures Zeug kaufen können, aber das ist jetzt alles vorbei.»

Und er zog unter dem T-Shirt eine ziemlich grobe goldene Kette hervor, gleichsam als Beweis für sein früheres, erfolgreiches Leben.

Einmal beim Sortieren des Kinderspielzeuges stieß ich auf eine Sammlung aus dem Verkehr gezogener Münzen verschiedener Länder. Darunter befand sich auch eine Münze aus dem ehemaligen Jugoslawien, und ich dachte sofort an Zoran, dem ich damit eine Freude machen wollte. Ich ahnte nicht, was für einen Schmerz ich ihm damit bereiten würde und was der Grund für diesen Schmerz war.

Zoran sagte, dass dieses Geld nichts mehr wert sei. Ja, Tausend Schweizer Franken, das wäre was, nicht aber eine Münze aus Jugoslawien, einem Land, das es schon lange nicht mehr gebe. Ich sagte ihm, das sei doch seine Geschichte und vielleicht wolle er diese Münze zum Andenken aufbewahren. Er aber wollte nicht. Später kam er auf mich zu, er war auf Streit aus. Ich roch den Alkohol, der in der Gemeinschaft verboten war, ganz besonders bei der Arbeit und im Laden, wo er mit den Kunden arbeitete. Ich sagte Samuel nichts, dazu waren andere da. Ich nahm Zoran den Streit nicht einmal übel, und am folgenden Tag war ich wieder freundlich zu ihm, denn ich gab dem Alkohol die Schuld an seinem Verhalten.

Während der nächsten Woche sah ich ihn fast nur noch betrunken, ich versuchte, ihm aus dem Weg zu gehen. Er aber kam zu mir und als er mich ansprach, schwieg ich. So machten es fast alle Compagnons, niemand wollte sich einmischen oder ihn verurteilen, denn jeder hatte seine eigene Geschichte. Warum aber diejenigen schwiegen, deren Aufgabe es war, etwas dagegen zu tun, konnte ich nicht verstehen. Ich verstand nur, dass Zoran Hilfe brauchte und dass sein Verhalten nichts anderes als ein Hilferuf war. Aus eigener Kraft schaffte er es nicht, gegen seine Abhängigkeit anzukommen. Er brauchte professionelle Hilfe. Die Gemeinschaft aber war nicht der Ort, wo Alkoholismus behandelt werden konnte.

Eines Abends nach der Arbeit ging ich zu Samuel und bat ihn, Zoran zu helfen, bevor es noch schlimmer werde. Am selben Abend packte Zoran seine Sachen und verließ die Gemeinschaft. Das ging mir zu Herzen, ein solches Ende wollte ich nicht.

Noch einige Tage vor seiner Abreise hatte mir Zoran seine Geschichte erzählt. Er erzählte mir vom Krieg, der ihn von einem Tag auf den andern erwachsen werden ließ. Eben war er noch ein vierzehnjähriger Schüler gewesen, am nächsten Tag schon hielt er eine Waffe in den Händen. Das traumatisierte ihn zutiefst.

Seine Beziehung zum Vater war schwierig, dauernd gab es Streit in der Familie. Schließlich, bereits nach dem Zerfall Jugoslawiens, nahm seine Mutter alle ihre Kräfte zusammen und emigrierte mit ihren Kindern in die Schweiz. Hier bekamen sie Sozialhilfe, und später heiratete Zoran eine Serbin.

Aber die Wunde verheilte nicht; seit er vierzehn Jahre alt war, nahm er Drogen. Ihm war die Jugend gestohlen worden. Von einem Tag auf den andern war er vom Kind zum Mann geworden.

«Es gab auch Alkohol, aber wie soll ich von den Drogen loskommen, wenn ich schon so lange drauf bin?»

Bis heute hatte er das nicht überwunden. Er verharrte auf diesem Kahlschlag, auf dieser Brache, in diesem Abgrund. Niemand, der einen Krieg beginnt, denkt an solche Menschen wie Zoran. Sie werden von ihren Wurzeln getrennt, in ihrem Erwachsenwerden gehindert und in den Straßengraben der Gesellschaft geworfen.

Ich wusste nicht, ob ich daran schuld war, dass Zoran die Gemeinschaft verlassen musste. Ich sagte Samuel noch einmal: «Bitte, jagt Zoran nicht weg. Es ist Winter, und er wird draußen nicht überleben.»

Samuel antwortete mir nur: «Bitte, sag nicht ‹bitte›, ich weiß, was ich tue.»

Wir saßen beim Abendbrot, als Zoran aus Samuels Büro trat. Wie immer taten wir so, als sei nichts gewesen. Ich saß neben Giorgio und bat ihn leise, etwas zu tun.

Er stand auf und ging Zoran hinterher. Er sagte ihm etwas, kam zurück und beruhigte mich, dass es nicht meine Schuld sei und dass Zoran schon zurechtkommen würde. Und übrigens kenne er die Regeln der Gemeinschaft und wisse, was passiere, wenn gegen die Regeln verstoßen würde.

Ich aber hatte nur eins im Kopf: Zoran braucht Hilfe. Ein Mensch trinkt nicht ohne Grund, es tut ihm etwas weh, und wenn er den Schmerz nicht mehr erträgt und er nichts mehr dagegen tun kann, dann geht er zum Arzt. Zoran musste behandelt werden, sein Leben auf der Straße weiterzuführen würde für ihn das Ende bedeuten.

Ich konnte damals nicht verstehen, was ein Mensch zu einem normalen Leben noch anderes braucht als ein warmes Zimmer, gutes Essen, respektvolle Behandlung, ein Umfeld und die Möglichkeit zu arbeiten und auf eigenen Beinen zu stehen. Warum haben Menschen nicht die Kraft, sich wieder zu erheben, wenn ihnen doch die Möglichkeit dazu gegeben wird? Aus welchem Grund brechen sie innerlich? Reicht ihnen die Fürsorge nicht, mit der ihnen hier begegnet wird?

Ich gab mir Mühe, aber ich konnte es nicht verstehen. Vielleicht wusste ich damals einfach noch nicht, was Krieg bedeutet.

9

# Samuel

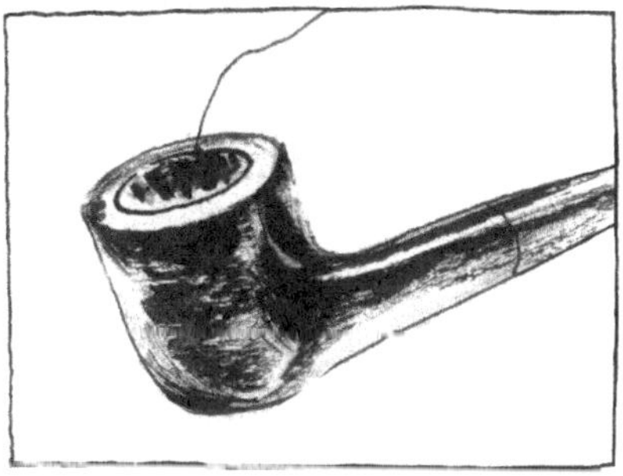

Wenn die Bewohner der Gemeinschaft die Streichhölzer waren, das heißt die Ziegelsteine, die die Wände bildeten, so war Samuel der Leim oder der Zement, der das ganze zusammenhielt, damit es nicht einstürzte und unser wichtiges Werk nicht zunichte gemacht wurde.

Am nächsten Morgen vor der Arbeit rief Samuel mich in sein Büro und sagte mir, er habe mit Zoran noch ein langes Gespräch geführt, bevor er ihn entlassen habe. Zoran habe zugegeben, dass er ernsthaft drogenabhängig sei und nicht die Kraft besitze, seine Sucht zu bekämpfen.

Samuel schickte ihn nicht auf die Straße, wie ich befürchtet hatte. Er fand für ihn einen Platz in einer anderen Gemeinschaft, am selben Ort, wo seine Frau und Töchter wohnten. So konnte Zoran jedes Wochenende seine Kinder besuchen. Außerdem durchlief Zoran nun ein Wiedereingliederungsprogramm und konnte jederzeit hierher zurückkehren, sofern er Drogen und Alkohol sein lassen würde. Die Tür dieser Gemeinschaft bleibe für ihn offen, hatte ihm Samuel versprochen.

Das alles erzählte mir Samuel, wofür ich ihm sehr dankbar war und was mich tief berührte. Wie ich geahnt hatte, war er mehr als nur der Leiter dieser Obdachlosengemeinschaft. Er ließ mich mit meinen Sorgen um Zoran und meinen Schuldgefühlen nicht allein. Er erachtete es als notwendig, mich und die Compagnons über Zorans weiteren Weg zu informieren. Ich sah, dass wir großes Glück hatten, in dieser Gemeinschaft untergekommen zu sein und unter Samuels Obhut zu stehen.

In Europa, vor allem in Frankreich, sind diese Obdachlosengemeinschaften allgemein bekannt, und die Medien berichten regelmäßig darüber. Die Leute begeben sich gerne in deren Gebrauchtwarenläden. Auch in der Schweiz sind sie verbreitet, was wohl der Grund dafür ist, dass es hier keine Obdachlosen im eigentlichen Sinne des Wortes gibt. In der Ukraine hingegen kennt sie niemand, nicht einmal diejenige in Lwiw[2], die einzige im Land.

Es gibt fast 350 Obdachlosengemeinschaften in 37 Ländern der Welt. Jeder ihrer Bewohner hat jederzeit die Möglichkeit, von der einen in eine andere Gemeinschaft in einer anderen Stadt oder einem anderen Land zu ziehen. Warum bin ich gerade in diese Gemeinschaft geraten? Warum ist diese Gemeinschaft für mich zu etwas besonderem geworden, warum ist der Leiter gerade dieser Gemeinschaft so außergewöhnlich?

Wahrscheinlich erhält das, was wir in einem ganz bestimmten Moment erleben, den Status des Besonderen, und auch wenn dies etwas anderes gewesen wäre, so wäre es genau in diesem Augenblick für uns ebenso zu etwas Besonderem geworden. Wie ich später erfahren hatte, war gerade diese Gemeinschaft eine der besten. Ich wusste nicht warum, ich kannte keine andere, aber ich wusste eines: dass es mir hier sehr gut ging.

Erstens gab es hier nur wenige Bewohner, was die Betreuung und Leitung der Gemeinschaft einfacher machte. Genauso schien es sich auch mit diesem Land zu verhalten, dessen Kleinheit sich ebenfalls auf seine innere Ordnung auswirkt. Und darin liegt offensichtlich sein Geheimnis. Gewisse Menschen sind für gewisse Bereiche verantwortlich und von diesen Menschen gibt es ausreichend, damit in der Schweiz überall Ordnung herrscht. In der Ukraine ist es in dieser Hinsicht schwieriger. Das Leben in der Ukraine ist im Gegensatz zum Leben in der Schweiz unorganisiert. Es gibt zwar eine Menge gutes Land, mit dessen Verwaltung klappt es jedoch nicht. Es gibt so viel von allem, dass man nicht weiß, wo und womit man anfangen soll, um Ordnung zu machen.

2 Stadt im Westen der Ukraine; deutsch: Lemberg

Und zweitens verstand es Samuel, alles auf besonders geschickte Weise zu organisieren – sowohl auf wirtschaftlicher als auch auf emotionaler Ebene.

Dem Geheimnis seiner Begabung wollte ich auf die Spur kommen. Bevor ich hierhergekommen war, hatte ich viele Menschen kennengelernt, die im Sozialbereich arbeiteten und die ihr Leben dem Dienst an der Menschheit widmeten. Aber nur selten war ich auf jemanden wie Samuel gestoßen. Schon bei meiner ersten Begegnung mit ihm konnte ich mit Bestimmtheit sagen, dass er am richtigen Ort war. Wenn man von Berufung spricht, hatte er seine zweifellos gefunden.

Samuel sagte mir mehrmals bei verschiedenen Gelegenheiten, dass auch in der Schweiz die Menschen an Depressionen leiden und sie nicht selten Selbstmord begehen. Ich solle das nicht vergessen und mich keiner Illusion hingeben.

«Es ist ein existentielles Problem», sagte er. «Viele Menschen in diesem Land sind einsam.»

Ob Samuel auch sich selbst miteinschloss, wenn er über die Einsamkeit der Menschen sprach, wusste ich nicht.

Er fuhr fort: «Auch in der Schweiz gibt es viele arme Menschen, sonst gäbe es hier nicht all diese Obdachlosengemeinschaften. Trau deinen Augen nicht! Zweifle! Im Moment siehst du nur die Alpen, die Seen und die Ordnung darum herum. Aber um die Situation in diesem Land zu verstehen, reicht ein Jahr nicht.»

So wusste ich nun, dass ich auf dieser existentiellen Reise einen besonderen Begleiter hatte, einen Menschen, der sich selbst einmal die Frage nach dem Warum gestellt hatte.

Ich war froh, wenn ich während der Arbeit ab und zu mit Samuel sprechen und ihn etwas fragen konnte, das über das Alltägliche hinausging. Er antwortete immer gerne, teilte seine Ansicht mit und half mir bei meiner Suche nach den Antworten. So konnte ich ihn fragen, ob es Compagnons gäbe, die in

Le mouvement de notre communauté n'est pas un manège stationné pour tourner en rond,
mais une roulotte pour aller de l'avant, tous ensemble.

dieser Gemeinschaft geblieben und nicht wieder weggegangen seien. Von diesem Drang des Menschen weiterzuziehen wurde ich später noch mehrmals Zeugin. Aber trotzdem gab es auch einige, die längere Zeit in dieser Gemeinschaft blieben und wenigstens fürs erste nicht beabsichtigten, sie gegen eine andere zu tauschen.

Im Speisesaal neben dem Tisch für das schmutzige Geschirr hing eine kleine Tafel an der Wand mit der Aufschrift: *Le mouvement de notre communauté n'est pas un manège stationné pour tourner en rond, mais une roulotte pour aller de l'avant, tous ensemble.* Diese Idee gefiel mir gut. Noch bevor ich genügend Französischkenntnisse besaß, um sie selbst lesen zu können, hatte sie mir Samuel bereits erklärt. Es ging darum, dass sich die Gemeinschaft nicht im Kreis bewege, sondern ein Wagen sei, der mit allen Passagieren vorwärtsfahre. Ich sah, wie man die Compagnons begleitete, die die Kraft zum Entschluss fanden, in ihre Heimat zurückzukehren, um ein selbständiges Leben zu führen. Man freute sich für sie und man dankte ihnen für ihre gute Arbeit. So einer war Paulo, ein Spanier. Ich sah ihn nur noch einige Tage, bevor ich seinen Platz einnahm, nachdem er nach Hause zurückgekehrt war.

Samuel jedenfalls war Franzose und war zufällig in die Schweiz geraten, wie wir andern auch. Sein Weg war nicht weniger kompliziert und verwickelt als die unsrigen gewesen. Vielleicht schenkten wir ihm deshalb unbewusst unser Vertrauen. Er war einer von uns, war von seiner Heimat getrennt und auf der Suche nach einem Sinn. Ab und zu schien es, als ob er uns genauso brauchte wie wir ihn. Er gab uns oft zu verstehen, dass der Zement ohne Ziegelsteine selbst keine große Bedeutung habe. Nur dank ihnen hielt auch er sich an seinem Platz.

Beim Abendessen erzählte Samuel manchmal die Geschichte der ersten Gemeinschaft und ihres Gründers. Wir

Un jour, l'abbé Pierre a dit...
EMMAÜ
NIERS
BÂTISSEURS

liebten diese Abende, wo er etwas länger als gewöhnlich mit uns zusammensaß.

«Die erste Gemeinschaft wurde 1949 in Paris gegründet. Wegen des Krieges fanden sich viele Menschen auf der Straße wieder und übernachteten unter freiem Himmel auf zerrissenen Pappkartons. Alle diese Menschen hatten einst ein eigenes Zuhause und ein ruhiges und friedliches Leben. Jetzt hatte dieses von den Bomben zerstörte Leben seinen Wert eingebüßt.

Angesichts der ausweglosen Situation gab es viele, die sich von der Brücke ins Wasser stürzten. Einem jungen Priester gelang es gerade noch rechtzeitig, einen solchen Mann von seinem Sprung in die Seine abzuhalten. Der Priester Pierre bat den unbekannten Mann, ihm beim Bau einer Unterkunft für die obdachlosen Menschen zu helfen. Er sagte ihm: ‹Dir kann es egal sein, wann du ertrinkst, ich aber brauche deine Hilfe jetzt. So verschiebe für eine Weile deine Reise ins Jenseits.›

Der Mann, der den Namen Georges trug, folgte dem Priester und wurde zu seinem ersten Compagnon. Indem er half, die Gemeinschaft aufzubauen, erkannte er seinen eigenen Wert. Er sah, dass er für die andern nützlich sein konnte und wollte sich nun nicht mehr in die Seine stürzen. Die Menschen, die Abbé Pierre um sich versammelte, fanden eine Möglichkeit, für ihren Lebensunterhalt aufzukommen. Sie sammelten alte Dinge, kaputte Möbel und anderes, was wohlhabende Menschen wegwarfen. Indem sie diesem Material ein zweites Leben gaben, kamen sie gleichzeitig für das eigene auf. Die Möbel wurden repariert und die kleineren Dinge gereinigt und ausgebessert, so dass alles wieder gebraucht werden konnte. Dieses Material wurde in einem eigenen Laden verkauft, wo die Menschen aus der Gemeinschaft arbeiteten und wohnten. Auf diese Weise erkannte jeder seinen Wert und Nutzen für die Menschheit.

Die Nachricht über dieses Werk verbreitete sich rasch, und die Leute brachten ihre alten Gegenstände, um den Obdachlosen zu helfen. Später bildeten sich in Frankreich und bald auch in anderen Ländern immer mehr solche Gemeinschaften, und heute existieren sie fast auf jedem Kontinent.»

Samuel erzählte das so, als ob er selbst am Aufbau der ersten Gemeinschaft teilgenommen hätte. Und auch wenn seine Erzählung sich wie ein Märchen anhörte, folgten wir ihr alle aufmerksam, denn wir wollten auch an das glückliche Ende glauben. Dabei merkten wir aber, dass die ursprüngliche Idee des jungen Priesters sich gewandelt und sich später fast zur Unkenntlichkeit verändert hatte. Darüber sprach man nicht während des Abendessens, und auch sonst nicht. Darüber schwieg auch Samuel. Er rief mir nur ab und zu den Satz in Erinnerung: «Glaub nicht alles, was deine Augen sehen und deine Ohren hören.»

Und in der Tat musste man genau hinschauen und hinhören, um festzustellen, dass dieses Land nicht nur guten Käse und gute Schokolade produzierte, sondern auch eine beträchtliche Selbstmordrate aufwies. Auch wenn keine Bomben die Häuser dieser Menschen zerstörten und die Menschen keinen Hunger litten, bedrückte sie doch etwas. Was fehlte diesen Menschen, die schon so viel hatten? Womöglich die Wärme und die Gegenwart anderer – wer weiß?

# 10

Die Arbeit gefiel mir sehr, und es wurde mir immer klarer, von welcher Bedeutung sie war. Und so hatte ich an einem dieser immer gleichen Tage auf einmal das Gefühl, ich würde die Welt retten.

Als Kind hatte ich schon immer davon geträumt, Leben zu retten, sei es als Ärztin, als Feuerwehrfrau oder als Rettungsschwimmerin. Mein kindlicher Traum, die Welt zu retten, belustigte sowohl meine Altersgenossen als auch die Erwachsenen. Sicher schien ihnen dieser Traum, im Gegensatz zu mir, zu wenig konkret und zu vage. Es brachte mich fast zur Verzweiflung, dass keine meiner Tätigkeiten mich mit Zufriedenheit erfüllte, sondern dass ich das Gefühl hatte, untätig, ja überflüssig zu sein. Dabei wollte ich nützlich sein und das Bewusstsein haben, etwas Wichtiges zu tun.

Während der Vorweihnachtszeit, als ich den Weihnachtsschmuck zum Verkauf vorbereitete, legte ich in jedes der Päckchen meine ganze Liebe und Freude; und die Leute, die den Schmuck kauften, erhielten diese Liebe als Geschenk. Am wichtigsten für mich war, dass sie dies auch fühlten. Sie gingen zur Kasse und baten, der Person, die diese Päckchen gemacht hatte, zu sagen, dass sie wunderschön seien. Ich spürte, wie mir vor Freude Flügel auf dem Rücken wuchsen. Sie entfalteten sich und gaben mir Schwung und Inspiration, mit doppelter Kraft weiterzuarbeiten.

Ich ließ nicht den geringsten Gegenstand außer Acht, der noch gerettet, ausgebessert, geklebt oder gereinigt werden konnte. Ich setzte es mir zum Ziel, die Menge an Müll auf ein Minimum zu reduzieren. Und ich hatte auch wirklich das Gefühl, die Welt zu retten. Ich rettete sie vor der weiteren Produktion von Dingen, vor den Abfällen, vor dem Mangel an Liebe – so stellte ich mir das vor und daran glaubte ich. Und dann konnte ich sagen, dass dies die beste aller Arbeiten war, die ich je getan hatte.

Doch es kamen wieder die Momente, in denen ich müde war, vor allem emotional müde. Ich hatte nicht die Kraft zu lächeln, die Wände erdrückten mich und ich wollte diesen endlosen Fluss von Dingen und Weihnachtsschmuck nicht mehr sehen. Ich wollte einfach weg. In solchen Momenten verstand ich die Compagnons, die von einer Gemeinschaft zur anderen zogen, in der Hoffnung, dass sich damit etwas ändern würde. Ich wollte gehen, wollte das Streichholzhaus verlassen, um eine andere Welt zu sehen. Da ich aber nicht wusste, was ich genau wollte, wurde meine Verzweiflung noch größer. Ich hatte mein früheres Leben zurückgelassen, hatte Freunde und Familie verlassen und eine Arbeit aufgegeben, die mir einst Freude bereitete, aber was war danach gekommen? Und auf einmal wurde mir klar, dass es nicht um die Arbeit oder die Freunde ging, nicht einmal um die Familie oder das soziale Umfeld, nein, der Grund meiner Verzweiflung lag in mir selbst. In mir stimmte etwas nicht. Und eigentlich stimmte in allen von uns, die unter diesem Dach weilten, etwas nicht.

Mit meiner Liebenswürdigkeit und meiner mitfühlenden Liebe, die ich normalerweise für jeden und alle zusammen empfand, war es auf einmal vorbei. Das Einzige, was mich beruhigte, war, dass ich mir dessen bewusst war. Und genau gleich ging es meinen Gefährten. Wenn einer von ihnen bedrückt war, sagte er, dass das seine Sache sei, dass sich das in seinem Kopf abspiele, und niemand anders daran schuld sei. Damit retteten sie mich aus meiner Not. Damit gaben sie mir die Kraft und das Gefühl, nicht allein zu sein. Ich brauchte die Liebe von außen, wenn ich selbst keine in mir hatte. Ich wollte, dass mich jemand umarmte und seine Wärme mit mir teilte. Und in einem solchen Moment kam einer der Jungs schweigend auf mich zu und umarmte mich fest. Manchmal fragte mich einer etwas, und als ich antwortete, dass ich müde sei, suchten sie sofort nach einem Mittel, mir zu helfen. Sie fühlten mit mir. Das war diese mitfühlende und heilende Liebe, an der es in der Welt oft mangelt. Sie wurden für mich mehr als eine Familie. Sie waren meine Lehrer und Ratgeber im Alltag. Sie waren meine Stütze.

Die Arbeit in der Gemeinschaft hatte gegenüber derjenigen in anderen Institutionen oder Unternehmen den Vorteil, dass es in Momenten innerer Schwäche möglich war, die Art der Tätigkeit und den Arbeitsort für eine Weile zu wechseln, um eine psychische Erschöpfung zu vermeiden. Eines Morgens entdeckte ich meinen Namen auf dem Zeitplan in der Spalte *Camion*. Zuerst dachte ich, es sei ein Scherz, weil dies normalerweise eine Arbeit für Männer war. Aber ich hatte in der Tat Samuel gegenüber einmal angedeutet, dass ich gerne mitfahren und schauen möchte, was das für eine Arbeit auf dem Lastwagen sei. Und so kam es, dass am Morgen der Lastwagen mit mir zusammen auf seine Tour losfuhr.

Es war eine doppelte Überraschung für mich, denn erstens wusste ich nicht, wohin die Fahrt gehen sollte, und zweitens, was wir zu tun haben würden. Aber ich hatte das Gefühl, eine echte Rettungsfahrerin zu sein, die auf Mission geschickt wurde. Ich stellte mir vor, dass auch Feuerwehrleute so losfuhren: emotional erregt, und mit einer angenehmen Ungewissheit. Sie wissen nicht, was sie erwartet und wie schwierig ihre Aufgabe sein würde, aber sie sind innerlich zu allem bereit. So war auch ich bereit für alles.

Wir fuhren in die nahe Stadt. Vor uns taten sich die Alpen in ihrer göttlichen Schönheit auf, darunter erstreckte sich der ruhige Neuenburgersee. Diese Aussicht bot sich uns auch an den Fenstern der Wohnung, aus der wir die Sachen abholen mussten. Die bezaubernden Zimmer im zweiten Stock eines alten Hauses mit einer steilen Holztreppe waren unser Arbeitsplatz.

RAS
TI ON
AGE

Man hatte uns gesagt, wir sollten alles wegtragen. Alles, von den Teebeuteln und Gewürzen über das Toilettenpapier und die Shampoos bis hin zu den Lampen, den Schränken und den Betten. Die Wohnung sah aus, als ob deren Bewohner noch am Morgen in die nächste Bäckerei gegangen wären, um Croissants zu kaufen, oder als ob sie wie üblich zur Arbeit gegangen wären. Es kam mir vor, als würden wir die Wohnung ausrauben. Wir waren allein, die Bewohner waren weg. Es war wie ein sorgfältig geplanter *Italian Job*. Unser Team war gut aufeinander eingespielt, jeder hatte seinen eigenen Arbeitsbereich, jeder erledigte seine Aufgabe genau und schnell und hinterließ keine Spuren. Innerhalb einiger Stunden hatten wir alles aus der Wohnung entfernt, wie man von uns verlangt hatte. Nur war es kein Raub. Ich fragte mich, warum die Leute ausnahmslos alles weggaben, dafür musste es einen Grund geben.

Die Frau, die uns die Tür zu dieser reizenden Wohnung geöffnet hatte, war die Cousine der Besitzerin. Sie sagte, diese sei vor längerem nach Zürich gezogen und werde nicht zurückkehren. Sie wollte hier einige Arbeiten durchführen lassen und die Wohnung dann vermieten. Die Wohnung sollte neu eingerichtet werden, weshalb sie die Sachen nicht mehr brauchte.

Mir gefiel diese Arbeit nicht weniger als das Sortieren des Materials und das Aufstellen der Gegenstände in den Abteilungen unseres Ladens. Die Hauptsache für mich war, dass ich beim Auspacken der Kisten nun wusste, woher die Sachen stammten. Ich wusste, in welchem Gestell, in welcher Wohnung und in welcher Stadt die Teller gestanden hatten, die ich dann am Nachmittag schon in meinen Händen hielt. Ich kannte die Geschichte dieser Dinge und wusste, warum ihre Besitzer sie nicht mehr brauchten. Und so bat ich, auch ein anderes Mal wieder auf den Lastwagen mitgenommen zu werden. Und ich wurde wieder mitgenommen.

RÉC

Manchmal mussten wir an einem Tag mehrere Orte anfahren: Jemand gab uns Bücher, jemand einen Sessel, jemand einen Kühlschrank, und ich genoss gleichzeitig die Schönheit der winzigen Schweiz. Jedes Mal fuhr ich mit dem Gefühl los, eine Überraschung zu erleben: Einmal war niemand zu Hause, und wir vertraten uns vor der verschlossenen Tür die Füße; ein anderes Mal wurden wir freundlich empfangen und mit Kaffee und Schweizer Schokolade bewirtet; und ein drittes Mal wurden wir gebeten, an einem anderen Tag wiederzukommen.

Ich wurde aber nur selten auf den Lastwagen mitgenommen, da meistens Möbel geliefert wurden, die zu schwer für mich waren, und ich sonst den Platz einer der Männer eingenommen hätte. Sie hatten Kräfte, die ich nicht hatte. Trotzdem bat ich immer wieder, mitgenommen zu werden, da mein Eifer und mein Wunsch, die Dinge zu reparieren, nachließen, wenn ich deren Geschichte nicht kannte und sie wieder zu seelenlosem Material wurden.

# 11

# Narayan

Narayans Reich war die Küche. Er arbeitete fast nie außerhalb deren Grenzen, höchstens ab und zu im Laden. Und überhaupt nie fuhr Narayan mit den andern Jungs auf dem Lastwagen mit. Sein Körper und sein Gemüt waren von zarter Beschaffenheit. Seine sanfte Art äußerte sich nicht nur in seinem Blick, sondern auch in seinen Bewegungen und seiner Körperhaltung.

Narayan kam aus Indien. Sein Zuhause war viel weiter entfernt als die Heimatländer der anderen Compagnons. Obwohl Narayan recht gut Englisch sprach, fiel ihm der Kontakt mit den andern nicht leicht. Auch ich brauchte längere Zeit, um an ihn heranzukommen. Ich versuchte, mit ihm in einer eigenen Sprache zu kommunizieren: Ich lächelte ihm jedes Mal zu, wenn ich in seiner Nähe war, und nickte leicht mit dem Kopf, als würde ich ihn grüßen oder ihm meine Anerkennung zeigen.

Narayan kochte wunderbare vegetarische Gerichte, wofür ich ihm doppelt dankbar war. Und so nickte ich ihm noch deutlicher zu, um ihm für das Mittag- oder Abendessen zu danken. Die Jungs aber waren mit seiner Speisekarte nicht zufrieden – ihnen fehlte das Fleisch, sie beschwerten sich ständig über Narayans Fastengerichte. Dies führte oft zu Konflikten in der Küche, zu lauten Streitereien und zu Traurigkeit, die sich danach in Narayans Augen ausdrückte.

Aus Indien brachte er die Sonne mit, die sich in seiner Haut widerspiegelte und sein Lächeln prägte. Dieses Lächeln war nicht immer und nicht für jeden sichtbar, aber wenn es sich auf seinem Gesicht ausbreitete, schien auch die Sonne am Himmel heller. Mit der Zeit tauschten wir immer häufiger ein paar freundliche Worte aus. Ich war bestrebt, sein Essen zu loben, besonders wenn die Jungs mit dem Speiseplan unzufrieden waren. Ich verteidigte ihn auch manchmal und sagte, dass viele Menschen nicht die Möglichkeit hätten, so etwas zu essen. Ich erinnerte sie daran, dass sie allzu schnell vergessen hätten, woher sie gekommen waren. Narayan selbst ließ sich nicht auf den Streit ein. Er hörte schweigend zu und ging dann in sein Zimmer. Doch er bemerkte mein Wohlwollen seiner Kochkunst gegenüber, und dies war der Spalt, durch den ich es schaffte, in seine Seele zu gelangen und sein Vertrauen zu gewinnen.

Später erzählte er mir, dass er eine junge Frau in Indien habe und daher eine besser bezahlte Arbeit in einem indischen Restaurant in der Schweiz suche. Er bemühte sich, Französisch zu lernen, und Odile half ihm, indem sie ihm kostenlos Unterricht gab. Die Sprache fiel ihm schwer, aber er war so sehr entschlossen, sie zu erlernen, dass er ganz aufhörte, Englisch zu sprechen und damit auch mich zwang, mich mit ihm auf Französisch zu unterhalten. Er hatte ein Visum für ein halbes Jahr, deshalb musste er bald wieder nach Indien zurückkehren, sich neue Dokumente ausstellen lassen und wieder in die Schweiz fliegen. Narayan war der Bewohner der Gemeinschaft, der mit Sicherheit wusste, dass dies nur ein vorübergehender Aufenthaltsort in seinem Leben sein würde.

Er hatte nie Alkohol- oder Drogenprobleme gehabt, litt an keiner psychischen Störung und war intelligent genug, um zu wissen, was er vom Leben wollte, und dass er seine Handlungen Schritt für Schritt planen musste. Gerade deshalb wandte er nicht zu viel Kraft auf für Streitereien und die inneren Angelegenheiten der Gemeinschaft. Er musste sich in Geduld üben und direkt auf sein Ziel zuhalten, auch wenn das nicht immer leicht war. Er wollte nur für sich und seine Frau ein etwas besseres Leben haben als das, was sie in Indien hatten. Dieser starke Wunsch, aus seiner Kaste auszubrechen, trieb ihn voran und gab ihm die Kraft für seinen Sanftmut.

Wenn wir die Gelegenheit hatten, alle zusammen an den See oder ins Schwimmbad, in die Berge oder in eine andere

Stadt zu fahren, schloss sich uns Narayan aber gerne an. Wie ein Kind lernte er, in einem flachen Becken zu schwimmen, stellte sich zum ersten Mal auf die Skier und fuhr langsam einen kleinen Hügel hinunter. Als er fiel, stand er wieder auf, schüttelte den Schnee von sich und stieg immer von neuem auf den Hügel, um eines Tages auf der Piste fahren zu können. Im Thermalbad schwammen wir durch den Tunnel ins Schwimmbecken nach draußen, in den Winter hinein. Die felsigen Alpen reihten sich um uns auf, die Luft war so frisch, dass das Glücksgefühl wuchs und uns für einen Moment unsere eintönige tägliche Arbeit vergessen ließ.

Narayan wollte in vollen Zügen leben, und ich verstand seinen Wunsch sehr gut. Wir ergriffen beide jede sich uns bietende Gelegenheit, aus der Gemeinschaft hinauszugehen und die Welt draußen zu erkunden. Wir wollten das Leben jener freien Schweizer kennenlernen, deren Dinge wir jeden Tag unermüdlich sortierten und ausbesserten, das Leben jener, die so wenig über unser Dasein wussten. Wir stellten uns vor, selbst ein Teil dieses schönen freien Lebens zu sein.

Diese Schönheit gab Narayan Kraft, weiterhin seine Speisen aus Reis zu kochen und den Angriffen der unzufriedenen Compagnons standzuhalten. Die meisten Konflikte hatte Narayan mit Antonio, der die Küche als sein Territorium betrachtete. Und wie sehr sich die Leiter auch für Narayan einsetzten, Antonio fand immer eine Gelegenheit, ihm allein gegenüberzustehen, ihm die Regeln der Küche darzulegen und dem Inder zu erklären, er könne gar nicht kochen. Wir bekamen diese Konflikte mit, wenn aus der Küche der Lärm zu uns drang. Es war Antonio, der Narayan schreiend antwortete, als dieser ihn höflich bat, nicht in die Küche zu kommen, während er koche. Uns war es unangenehm, aber gleichzeitig belustigte es uns, dass zwei erwachsene Männer es nicht fertigbrachten, sich ein Territorium zu teilen.

Narayan wusste, dass er diese Zeit durchstehen musste, wie wenn er durch einen dunklen Tunnel zu seinem Ziel schwimmen müsste. Deshalb ertrug er die Kränkungen und tat schweigend das seine. Bis er eines Tages eine Stelle in einem indischen Restaurant in Zürich fand und die Gemeinschaft verließ. Von da an musste er auch noch Deutsch lernen, insbesondere den schweizerdeutschen Dialekt. Aber er war hartnäckig und fleißig. Wahrscheinlich nahm er sich schon damals vor, seinem zukünftigen Kind einmal das bestmögliche Leben bieten zu können.

Einige Zeit darauf erhielten wir von Narayan die Nachricht, dass seine Frau zu ihm gekommen war. Und noch später erfuhren wir, dass sie ein Kind bekommen hatten. Ich freute mich selbst wie ein Kind für Narayan und für sein bescheidenes menschliches Glück, das er durch übermenschliche Anstrengungen und seine ungebrochene Willenskraft erreicht hatte.

# 12

# Luc

Luc arbeitete in der Bücherabteilung. Bevor er hierherkam, waren die Bücher chaotisch, ohne System und ohne Ordnung aufgestellt. Niemand wusste, wo sich welches Buch befand. Nach seiner Ankunft in der Gemeinschaft wurde Luc gebeten, sich an die Bücher zu machen, womit er sofort einverstanden war. Er räumte auf und schuf die perfekte Ordnung.

Luc erzählte wenig von sich, lächelte aber immer nett und hörte gerne zu. Auch wenn es ihm nicht immer danach war, zeigte er es nie und hörte trotzdem zu. Mir schenkte Luc immer Gehör. Er stellte fast nie Fragen, sondern lauschte allem, was ich erzählte. Er lauschte mit Geduld, besonders meinem bescheidenen Französisch.

Die Bücher waren das einzige, womit ich mich in meiner großen Abteilung nie beschäftigte. Die Bücher und die Bilder. Um sie kümmerte sich Luc. Er verschwand zwischen den Büchern und sortierte sie gewissenhaft nach Gattung und Thema; in alphabetischer Reihenfolge. Wahrscheinlich konnte er deshalb den Menschen so gut zuhören, weil er sich auch in die stillen Bücher hineinhören konnte. Manchmal kam Luc zu mir, um mir ein interessantes Buch zu zeigen. Dann ließen wir die Arbeit für fünf Minuten ruhen und unterhielten uns über die Ozeane, die Sterne oder die Impressionisten. Wir sprachen viel über die Impressionisten und Van Gogh. Wenn Luc Bildbände über Van Gogh fand, gab er sie mir. Ich betrachtete sie gerne, es waren jedes Mal andere – dieselben Bilder, aber andere Reproduktionen und Beschreibungen. Ich besaß schon viele solche Bände, aber ich nahm sie trotzdem, weil es Luc war, der sie mir gab. Und wenn Luc etwas gab, war es unmöglich, es nicht zu nehmen, weil er darauf achtete, wem er was gab. Ukrainische Bücher fand er keine, aber er fand polnische. Auch die gab er mir. Es waren Kochbücher oder philosophische Wörterbücher. Und wenn ich auch nicht vorhatte, daraus zu kochen, so nahm ich die Bücher doch immer, weil sie von Luc waren.

Manchmal am Vormittag musste Luc mit dem Lastwagen mitfahren, und ich blieb allein im riesigen Laden. Ich freute mich dann umso mehr, als er wieder zurückkehrte und am nächsten Morgen genauso still und ruhig die Bücher in die Regale stellte wie zuvor. Es schien, als ob er nicht nur die Bücher und nicht nur seine Gedanken ordnete, sondern auch den Raum darum herum. Alles richtete er ein. Ich ging dann zu ihm, um mich mit ihm zu unterhalten oder ihm etwas zu zeigen, was ich nicht kannte und für das ein Platz im Laden gefunden werden musste. Wir machten Scherze. Luc hatte einen großartigen Sinn für Humor und war unendlich gütig. Man konnte ihn sich nur schwer wütend oder verärgert vorstellen.

Luc war einer der wenigen Compagnons, die selbst Schweizer waren. Überdies kam er aus dem Kanton, in dem sich auch unsere Gemeinschaft befand. Von seiner Familie erwähnte er am häufigsten seine Schwester, die er am Wochenende oft besuchte. Er sagte, ich sei ihr irgendwie ähnlich. Er aber sah nicht aus, als wäre er mein Bruder. Wahrscheinlich, weil ich keinen Bruder hatte. Aber Luc könnte gut einer für mich werden und war es in gewisser Weise auch geworden.

Wenn er nicht besonders zum Reden aufgelegt war, sagte er, dass er nicht ausgeschlafen habe oder dass das Wetter schlecht sei. Ich hingegen sprach immer, aber als es Luc nicht gut ging, schwieg ich und ließ seine Lieblingsmusik laufen. Er mochte Gwen Stefani und nannte sie seine «kleine Gwen». Als ich Norah Jones oder Moby abspielte, hatte Luc auch nichts dagegen. In Mobys Musik empfanden wir dieselbe Stimmung. Zwischen den Stücken ging ich zu Luc und sagte ihm, dass man die in die Melodie gelegten Gefühle auch ohne Worte spüren könne. Luc antwortete, dass dies das Wesen der Kunst sei.

Wenn ich aus dem Laden ging und Luc die Musik wechselte, machte mir das nichts aus, denn es war seine geliebte

Gwen, die er dann abspielte. Es freute mich, dass Luc zufrieden war. Das hieß, dass es ihm bald besser gehen würde.

Nach dem Mittagessen arbeitete er hauptsächlich mit den Kunden im Laden. Jemand brauchte einen Tipp, um die gesuchte Ware zu finden, jemand brauchte Hilfe, um das Gekaufte zum Auto zu tragen. Er verstand sich gut mit den Menschen, war umgänglich und schnell bereit für ein Gespräch. Deshalb suchten die Kunden auch oft eine Gelegenheit, sich mit ihm zu unterhalten.

Aber trotzdem machte auch Luc die Monotonie der Arbeit müde, und auch er wurde manchmal für ein paar Tage an einer anderen Stelle eingesetzt. Dann arbeitete jemand anderes mit den Kunden im Laden. Aber niemand konnte Luc vollständig ersetzen und mit den Kunden sprechen wie er. Wie sehr sich die andern auch bemühten, Luc blieb unübertroffen in seiner Aufmerksamkeit und Liebenswürdigkeit den Menschen gegenüber.

Er sagte nicht, warum er in die Gemeinschaft gekommen war. Natürlich hatte ich ihn mehrmals danach gefragt, obwohl dies hier eigentlich nicht üblich war. Ich wollte nur verstehen, warum er hierher geraten war. Er aber wich meinen Fragen aus. Er nahm seinen Bücherwagen und flüchtete vor mir, ich aber blieb ihm auf den Fersen. Dann blieb er stehen und erklärte, dass es ihn viel Mühe koste, über seine Vergangenheit zu sprechen, und dass dazu ein besonderer Moment nötig sei. Er versprach mir, dass er mir alles erzählen würde, wenn die Zeit dazu kommen würde. Er sagte dies, damit ich ihn in diesem Augenblick in Ruhe lassen würde.

Luc ging zu einer Psychotherapeutin, der er alles erzählte. Einmal zeigte er mir einige weiche, orangefarbene Sessel, die gerade zum Verkauf aufgestellt worden waren, und erklärte mir, dass dies die Sessel seiner Psychotherapeutin seien, die neue gekauft und die alten der Gemeinschaft gegeben habe.

Auf einem der Sessel hatte er jeden Montagnachmittag gesessen und ihr seine langen Geschichten und verworrenen Gedanken mitgeteilt. Ich dachte dann, dass er diesem Sessel mehr über sich erzählt hatte als mir.

Aber auch wenn er sich mir nie offenbaren würde, wäre mir das egal. Er war für mich wichtig und würde wichtig für mich bleiben, genau so, wie ich ihn kannte und wie ich mich immer an ihn erinnern würde. Heiter, lächelnd und unendlich gütig.

Wenn ich sagen soll, was das größte Geschenk war, das ich von Luc bekommen hatte, und welches ich mein Leben lang aufbewahren würde, dann sind dies nicht die Bildbände Van Goghs, sondern die schlichten Worte *c'est pas grave.* Sie klangen in meinem Kopf mit einer Intonation, die Luc ganz eigen war. Zuerst dachte ich, es sei der Akzent jener Region, in der er aufgewachsen war. Aber nein, so sprach nur er das aus. Und später auch ich, nachdem mir Luc diese magischen Worte und mit ihnen auch ihre Intonation beigebracht hatte. Er zog den zweiten Vokal auf eine besondere Weise in die Länge und hob den Laut A in die Höhe, worauf er die Stimme beim zweiten A abrupt fallen ließ. Der Ausdruck hieß so viel wie «das macht nichts» oder «das ist nicht so wichtig», was bedeutet, dass nichts so wichtig ist, dass es überhaupt nichts außerordentlich Wichtiges gibt.

Luc hörte mir sehr oft und lange zu. Er war aufmerksam und fragte dann ebenso ernst:

«Anna, weißt du was?»

«Was?»

«C'est pas grave!»

Wir lachten, und dann wiederholte ich diese Worte und war einverstanden, dass das nicht so wichtig sei. Wichtig war nur, dass wir hier waren, dass wir beieinander waren. Einfach, dass wir sein konnten.

# 13

# André

Erst nach längerer Zeit wurde ich wieder zur Fahrt mit dem Lastwagen eingesetzt. Schon der Gedanke, die Alpen und Seen wiedersehen zu können, machte mir Freude. Doch wir sollten nicht weit fahren: Die Wohnung mit den Sachen, die wir abholen mussten, befand sich in einer Gegend ganz in der Nähe.

Es war ein interessantes Quartier, da es sich dem Blick von außen verschloss. Die grauen Gebäudeblöcke waren in schmalen Reihen angeordnet und enthielten ungefähr dreihundert Wohnungen. In den Erdgeschossen befanden sich ein Kindergarten, eine Grundschule, ein Coiffeursalon, ein Café und ein kleiner Lebensmittelladen. Es war wie eine größere Gemeinschaft, in der alle einander kannten und wie in einer großen Familie lebten. Wie wir später erfuhren, waren das staatliche Wohnungen, die normalerweise an Arbeitslose und Sozialhilfeempfänger vermietet wurden, hauptsächlich an Ausländer, die aus allen Ecken der Welt hierhergekommen waren. Es war ein Quartier für die Armen. In meiner Vorstellung sah Armut natürlich anders aus, aber wir waren ja hier in der Schweiz.

Wir traten in die Wohnung, in der schon niemand mehr wohnte. Ihr Bewohner war gestorben, der Luft nach zu urteilen erst vor kurzem. Wir öffneten die Fenster und fingen schweigend an, die Sachen in die Kartons zu packen. Es gab viel zu tun. Die Schlüssel bekamen wir von den Nachbarn. Nach dem Betreten der leeren Wohnung hatte ich erneut das Gefühl, in jemandes persönlichen Raum, in jemandes Privatleben einzudringen. Aber hier war das Leben schon zu Ende, nur die vielen Dinge, die sich im Laufe der Jahre angesammelt hatten, waren geblieben.

Wir waren zu dritt: Stéphane, ein junger Zivildienstleistender, Jean-Louis, ein Mitarbeiter, und ich. Stéphane pfiff eine Melodie, die ständig ihre Stimmung änderte – einmal klang sie lustig, einmal nahm sie einen traurigen Tonfall an.

Dabei sprachen wir über das, was wir aus dem Leben dieses Mannes erfahren hatten. Dass es ein Mann war, entnahmen wir den Dokumenten und dem darin eingeklebten Bild, die auf dem Tisch lagen. Wir kamen zum Schluss, dass auch er ein Ausländer war. Er hatte zwar einen französischen Vornamen, André, aber der Nachname war eindeutig fremder Herkunft. Er war nicht sehr alt, zum Zeitpunkt seines Todes zählte er erst 66 Jahre, aber er war wahrscheinlich ziemlich krank, da in den Schränken, auf den Tischen und auf dem Nachttisch viele Medikamente, Spritzen und Arztrezepte lagen. Der Mann wollte nicht so früh sterben. André hatte auch einen Hund gehabt, auf der Veranda befanden sich eine Packung Hundefutter und ein Fressnapf, und im Wohnzimmer auf dem Sofa lagen eine Decke und Kissen, auf denen der Hund offenbar geschlafen hatte. Sie waren voll von feinen, kurzen Tierhaaren, die an meinen Kleidern hängen blieben, als ich beim Abstellen der vollen Schachteln an das Sofa stieß. Auf diesem Sofa war einst André gesessen, auf dem Tisch stand eine halb ausgetrunkene Tasse Kaffee. Daneben befanden sich ein Aschenbecher mit einem Zigarettenstummel und ein Blatt Papier, auf das er Datum und seine Körpertemperatur notiert hatte. Manchmal war sie niedrig, aber meistens normal. Er hatte sie mehrmals am Tag gemessen und sie täglich aufgeschrieben. An einem der Tage hörten die Aufzeichnungen auf.

Im Kühlschrank in der Küche war eine Pfanne mit gekochtem Essen, das bereits verdorben war. Im Wohnzimmer standen Tontöpfe mit Blumen, deren Blüten mit ihrer lebhaften und satten rosa Farbe einen fast unanständigen Eindruck hinterließen. Mit dem Tod ihres Besitzers drohte auch ihnen der Untergang. Aber trotz der ausgetrockneten Erde leuchteten die zarten und feinen Blüten, als ob die Seele dieses Mannes in ihnen erblühte und schließlich ihren Frieden gefunden hätte.

Jean-Louis trug die Schachteln hinaus, in die wir die verschiedenen kleinen Gegenstände gelegt hatten. Er hielt beim Sofa mit den weißen, kurzen Hundehaaren inne, auf dem der Besitzer einst gesessen und der Hund geschlafen hatte. Er unterbrach als erster unser Schweigen. Ich war froh, dass jemand sich endlich traute, das auszusprechen, was wahrscheinlich jeder von uns dachte: Jean-Louis sagte, dass diese Dinge vom Leben einer bestimmten Person zeugten, dass sie sich eins nach dem andern hier angesammelt hatten und geliebt wurden, und dass sie uns sehr viel über die Person erzählen konnten, die hier gelebt hatte. Wenn wir dann mit der Arbeit fertig sein würden, wenn wir alle Dinge in Schachteln gepackt und aus der Wohnung getragen hätten, dann würde es keine Beweise mehr dafür geben, dass jemand hier gelebt hatte, Kinder bekommen hatte und gestorben war, als ob die Person nie existiert hätte. Ich wurde traurig, aber es war trotzdem wichtig, dass wir darüber sprachen, weil uns alle eines Tages der Tod erwarten würde. Und Stéphane beruhigte uns und sagte, das sei normal, dass sei eben das Leben, oder vielmehr der Tod, der auch zum Leben gehöre.

Unter den anderen Papieren auf dem Tisch befand sich auch eine kleine Fotografie einer Frau, anscheinend seiner Ehefrau. Und man konnte nur noch mutmaßen, ob sie bereits früher gestorben war, ob sie irgendwohin weggezogen war oder ob sie sich vielleicht getrennt hatten. Der Zustand der Wohnung jedoch verriet die bereits längere Abwesenheit der Frau. Sachen lagen verstreut auf dem Boden, es war unordentlich, das Geschirr war nicht abgeräumt und Abfall lag auf den Tischen. Er war krank und schwach, das war klar. Er rauchte auch viel, sehr viel, überall lagen Tabak, Tabakbeutel, Filter und Zigarettenpapier. In der Schweiz rauchen viele Leute Selbstgedrehte, weil dies billiger ist. André rauchte auch solche.

Am Geschirrschrank hing eine Kinderzeichnung mit der Aufschrift *Pour mon père,* und über dem Tisch ein Foto von zwei hübschen, noch ganz kleinen Mädchen. Das waren seine Töchter. Ich fragte mich, wo sie wohl jetzt seien, in welche Länder oder Städte sie das Schicksal verschlagen habe. An diesem Tag waren wir mit dem Packen fertig, und als letztes ergriff ich eine Schuhschachtel mit dem Schriftzug *Nike*. Darin lag ein schönes Spielzeug, ein Clown mit einem Gesicht und Händen aus Porzellan, die Schuhe waren aus Plastik und das übrige aus Stoff. Eigentlich war es nur ein Schuh, denn den rechten hatte er verloren und deshalb wurde er auch nicht mehr sichtbar aufgestellt. Sein schönes und sorgfältig bemaltes Gesicht hatte einen warmen Blick und ein liebes Lächeln. Es war ein guter Clown. Auf dem Rücken hatte er einen kleinen Schlüssel. Wenn man ihn drehte, ließ der Clown eine sanfte und angenehme Melodie ertönen und bewegte seinen Oberkörper im Takt der Musik.

Bei der Rückfahrt schwiegen wir fast den ganzen Weg, und ich dachte an Jean-Louis' Worte. Ich wusste, dass ich morgen diese Sachen mit Dominique auspacken würde, dass wir etwas erbarmungslos in den Müll werfen, etwas im Laden für einen tiefen Preis aufstellen und etwas nach Polen oder in die Ukraine schicken würden. Und von diesem Moment an würden alle Dinge ihren Wert und ihre Geschichte verlieren und nur noch nach wirtschaftlichen Kriterien beurteilt werden: ließ es sich noch verkaufen oder nicht? Auch wenn sie bis vor kurzem für jemanden noch wichtig waren.

Aber vielleicht wäre André froh zu wissen, dass diese Dinge jemand anders erwerben würde und sie somit weiter existieren würden, dass sie jemandem eine Freude bereiteten, wie sie es einmal ihm getan hatten. Außerdem stellte sich heraus, dass André selbst Kunde unseres Ladens gewesen war, denn auf einem Untersatz fanden wir noch unser altes Preisschild. Wir konnten nur hoffen, dass es sein Wille gewesen war, uns seine Sachen zu überlassen.

Mein Wille war es, über André zu schreiben, bevor alle Beweise seiner Existenz verloren waren. Es war gut, dass er wenigstens mit einem Schritt, mit einem noch nicht verlorenen Schuh in meine Seele getreten war und darin seine Spuren hinterlassen und mich wohl auch etwas gelehrt hatte. Ich wollte ihm dafür danken und ihm einen Raum geben, in dem er für die anderen weiterleben konnte.

Am nächsten Morgen fand ich den schönen Clown in einer Schachtel, die nach Polen geschickt werden sollte. Ich drehte noch ein wenig den Schlüssel auf seinem Rücken, schloss die Augen und lauschte dieser angenehmen Melodie, bevor ich mich endgültig von ihm verabschiedete. Ich musste mich damit abfinden, dass er seine Geschichte verlieren würde, vielleicht um eine neue zu bekommen, wer weiß. Aber der verlorene rechte Schuh wird immer an seine lange Reise und seine ungewöhnliche Vergangenheit erinnern. Oder war es eine ganz gewöhnliche Vergangenheit? Das würden wir nicht mehr erfahren.

Die Pflanze hatten wir auch mitgenommen. Ich goss sie großzügig und fand im Laden einen Platz für sie. Ich stellte sie ans Fenster, damit sie den Schein der Sonne nicht vergessen würde. Am Nachmittag, als der Laden für die Kunden geöffnet war, ging ich in die Halle, um mir die blühende Pflanze anzusehen, aber sie war schon nicht mehr da. Jemand hatte den Topf gekauft und ihn nach Hause genommen. Ich lächelte, da sich nun jemand gefunden hatte, der sich an Andrés Stelle um die Pflanze kümmern würde, und vielleicht auch um seine wiedergeborene Seele.

In der nächsten Woche fuhren wir wieder zu Andrés Wohnung, um das abzuholen, was wir das erste Mal nicht geschafft hatten. Diesmal waren unsere Bewegungen lebhafter, wir fühlten eine Verbundenheit mit dieser Wohnung und mit Andrés Leben. Wir nahmen das Geschirr und einige Möbel und sprachen bereits beherzter und auch mit etwas mehr Abstand. Gleichzeitig bemühten wir uns, auf die kaum sichtbaren Spuren des menschlichen Lebens achtzugeben, die so schnell verwischt wurden und verschwanden. Wir waren diejenigen, die sie verwischten. Die Kleider, Socken und Pullover, die am Trockner hingen, zeugten beharrlich davon, dass er nicht im Sinn hatte, so früh zu gehen. Ich war vom Wunsch erfüllt, diesen Menschen anhand der Reste und Überbleibsel seines Lebens kennenzulernen und seine Gegenwart in den alltäglichen Dingen festzuhalten. Ich wollte nicht glauben, dass die Menschen so spurlos verschwanden. Und trotzdem fuhren wir weiter damit fort, seine Spuren zu verwischen.

Er ging gerne fischen. Ich sah das, als ich beim Garderobenschrank im Flur die Oberbekleidung einpackte. Dort waren lange, bis über die Knie reichende Gummistiefel und verschiedene Jacken. Er fuhr auch Motorrad, zumindest früher einmal. Jetzt hielt ich seinen Helm und seine Lederjacke mit den groben Flicken an den Ellenbogen in meinen Händen. Er hatte ein interessantes Leben geführt, dieser André …

Ich hätte gerne gewusst, wo seine Frau war, ob sie noch lebte, wo seine Kinder waren und warum er sein Alter allein verbracht hatte. Und dann gab es noch den Hund. Wo war er hingekommen, wer hatte ihn zu sich genommen?

Jean-Louis kündigte an, dass wir in zwanzig Minuten unseren heutigen Besuch beenden müssten. Ich fühlte, dass ich noch nicht bereit war zu gehen, dass ich noch nicht alles wusste und dass ich noch nicht alle Teile des großen Puzzles beisammenhatte.

Unterdessen legte Jean-Louis einen kleinen Regenschirm auf den Tisch, auf dem ich die letzten Schachteln packte. Als ich ihn fragte, ob das Andrés Schirm sei, antwortete er, dass er nun mir gehöre. Ich lächelte und packte ihn ein. Es war schön, etwas von André zu haben. Ein kleines Zeichen meiner kurzen Anwesenheit in seiner Welt, auch wenn erst nach seinem Tode. Wir setzten uns in den Lastwagen, und Jean-Louis dankte Stéphane und mir für die hervorragende Arbeit. Wir hatten viel geschafft an diesem Tag. Und das nächste Mal? Nein, das nächste Mal würden sie mich nicht mitnehmen können, weil dann die Möbel abtransportiert würden. Dazu brauche es Kraft. Es tat ihnen leid, aber ich könne nicht helfen.

Das war also mein letztes Mal gewesen, ich sollte die Wohnung nicht mehr sehen können, aus der alles weggenommen, aus der das Leben weggewischt worden war? Ich sollte das nicht mehr sehen! Als ob es dieses Leben nie gegeben hätte. Vielleicht war es besser so.

Ich bat Stéphane, mir das nächste Mal den vollen Namen dieses Mannes aufzuschreiben, zur Erinnerung. Stéphane brachte mir dann auch eine Kopie des Führerscheins und ein zerknittertes Foto von André auf dem Sofa mit. Damit fand unsere Bekanntschaft ein Ende.

Was hatte mir André sagen wollen, was hatte er mich gelehrt? Ich wusste und sah es noch nicht klar. Dass das Leben vergänglich ist, dass unsere Spuren sich verlieren, oder im Gegenteil, dass die äußeren Spuren gar keine Bedeutung haben, wenn wir in den Herzen der Menschen Spuren hinterlassen? So wie sie André in meinem Herzen hinterlassen hatte. Und warum er, warum in meinem Herzen, wenn doch tagtäglich Tausende von Menschen sterben?

Als ich am Abend aus der Gemeinschaft in Odiles Haus zurückkehrte, fiel dichter Schnee, der sich auf meine Augenlider legte und mich nur mit Mühe die Straße sehen ließ. Ich nahm Andrés kleinen blauen Schirm aus meinem Rucksack und lächelte leise durch Tränen hindurch. Vielleicht brauchen wir einander, ging es mir durch den Kopf, um uns zu einem bestimmten Augenblick vor Schneestürmen zu schützen. Auch nach dem Tod. Dieser kleine Gegenstand wird mich an André erinnern und daran, dass wir andere schützen können, wenn auch nicht vor Unglück, so doch wenigstens vor Regen und Schnee.

# 14

# Horia

Im Vergleich zu den meisten Compagnons war Horia schweigsam. Einige hielten ihn für verschlossen und ungesellig. Ich würde eher sagen, Horia war bescheiden. Er hatte das Leben nicht von seiner allzu besten Seite kennengelernt und wusste, dass jedem sein Platz, sein klar umgrenzter Bereich zugewiesen war. Horia kannte ihn, ging nicht darüber hinaus, störte die andern nicht und war bemüht, niemanden unnötig mit Bitten zu belästigen.

Horia war aus Rumänien hierhergekommen, zusammen mit seinem Freund Mihai, der ebenfalls Rumäne war. Mihai war schon früher einmal hier gewesen. Er wusste, dass die Lebens- und Arbeitsbedingungen in dieser Gemeinschaft gut waren, deshalb hatte er seinen Freund mitgenommen. Mihai sprach ein wenig Englisch und Französisch, während Horia nur einige Wörter Französisch kannte. Dies war auch der Hauptgrund für seine Verschlossenheit und sein Schweigen. Wahrscheinlich hätte er während der Mittagspause beim Kaffee gerne ein bisschen geplaudert, aber er sagte nur freundlich lächelnd: «Anna, comment ça va?» Ich schaffte es, mich mit ihm zu unterhalten, wenn auch nur in einem kurzen Dialog und mit einer beschränkten Anzahl Wörter. Er erzählte mir, dass er zuvor in einer französischen Gemeinschaft gewesen sei, dass dort aber etwas schiefgelaufen sei und er und Mihai sie deshalb verlassen hätten. Das war in diesen Gemeinschaften nichts Neues. Ihre Bewohner kamen und gingen. Manchmal blieben sie Jahre, aber das war eher die Ausnahme, meistens gingen sie nach einigen Monaten oder gar Wochen wieder.

Die meiste Zeit arbeitete Horia in der Möbelabteilung oder fuhr mit dem Lastwagen mit. Er war von guter körperlicher Verfassung und besaß Ausdauer. Leute wie er waren in der Gemeinschaft gefragt. Außerdem war er ruhig und wich Konflikten aus. Schweigend erledigte er seine Arbeit, schweigend aß er zu Abend und ging dann in sein Zimmer. Doch das bedeutete nicht, dass er menschenscheu war, denn Horia fuhr gerne mit uns an den See oder in die Berge, wenn sich die Gelegenheit dazu bot. Er war froh, wenn er für eine Weile das Streichholzhaus verlassen konnte.

Wie allen, die gerade eben angefangen hatten, Französisch zu lernen, musste man auch Horia aufmerksam zuhören und ihm Zeit lassen, langsam die richtigen Worte zu finden. Ich sprach selbst kaum besser Französisch als er und wusste deshalb, dass sich das Warten lohnte, wenn jemand sich Mühe gab zu kommunizieren. Aber wir hatten es noch aus einem anderen Grunde nötig, dass man uns aufmerksam zuhörte: Jeder von uns hatte dort, in seinem Land oder in seiner Stadt, seine eigenen Dornenwege, seine schwierigen Erfahrungen gemacht und fühlte daher das Bedürfnis nach besonderem Verständnis und Fürsorge. Doch gingen wir nicht davon aus, dass uns die Schweizer oder die Mitarbeiter der Gemeinschaft verstehen konnten, jene, die ein Zuhause und Ruhe hatten. Sie mochten uns zwar anhören, aber würden sie zur Ursache unseres Schmerzes vordringen können? Gerade deshalb war ich so auf die Kommunikation mit den Jungs angewiesen, die hier lebten. Sie verstanden mich, und ich verstand sie. Oft brauchten wir nicht einmal Worte dafür. Uns reichten ein paar Blicke und ein Lächeln.

Wenn die Jungs an den See und im Herbst oder Winter ins Schwimmbad fuhren, ging ich jeweils mit. Auch ich hatte es nötig, ab und zu aus unserer ruhigen Welt auszubrechen. Wir hatten dann mehr Zeit für Gespräche, wofür wir während der Arbeit selten Gelegenheit fanden, denn am Ende des Arbeitstages gingen fast alle müde auf ihre Zimmer.

Einmal, als wir ins Schwimmbad fuhren, kam ich mit Horia ins Gespräch. Ich wollte von ihm wissen, warum er hier sei. Er erzählte mir in seinem rumänisch-französischen Sprachgemisch von seinem schweren Leben in Rumänien. Er sprach über die Krise, die dem EU-Beitritt vorangegangen war und die ihn gezwungen hatte, ins Ausland zu gehen, um Geld zu verdienen. Er fuhr nach Österreich und ließ Frau und Sohn zu Hause. Als er wieder zurückkam, hatte seine Frau bereits einen anderen Mann gefunden. Nach der Scheidung überließ er seinen Teil des Hauses dem Sohn und machte sich auf die Suche nach einem neuen Zuhause.

«Warum das alles, Horia?»

«Was weiß ich, warum?! Jetzt ist Rumänien in der EU, alle sind froh darüber, ich aber habe in dieser Zeit meine Familie und mein Zuhause verloren. Ich will nicht mehr dorthin zurück.»

Das Französische machte Horia Mühe. Während der Zeit in der Gemeinschaft und bei seiner täglichen Arbeit mit französischsprechenden Menschen machten seine Sprachkenntnisse keine großen Fortschritte. Mich störte das nicht, denn ich wusste schon ziemlich viel über ihn, obwohl wir beide nur unser gebrochenes Französisch miteinander sprachen. Aber oft waren die mangelnden Sprachkenntnisse der Grund dafür, dass die Jungs wieder wegmussten – natürlich nicht aus eigener Initiative. Man sprach sie zuerst darauf an und bat sie, die Sprache zu lernen, wenn sie in der Gemeinschaft bleiben wollten. Falls sich dann ihre Kenntnisse im Laufe einiger Monate nicht verbesserten, wurden sie gebeten, einen anderen Ort zu suchen.

Der Tag war gekommen, als auch Horia gebeten wurde zu gehen. Ich war betrübt, denn er war einer der besten Arbeiter. Er war körperlich stark und ausdauernd, trat nie mit den anderen Bewohnern der Gemeinschaft in Konflikt und alles, was er brauchte, war ein ruhiger Platz, ein Zuhause, das er hier in seinem kleinen Zimmer gefunden hatte. Man gab ihm eine Woche Zeit, um einen neuen Platz zu suchen, vielleicht in

* Karpaten, Rumänien
** Alpen, Schweiz

einer anderen Gemeinschaft. Es war kurz vor Jahresende, wir wurden zu einem Ausflug in die Alpen eingeladen. Ich war froh, dass Horia auch mitfuhr, denn ich wollte, dass er diesen schönen Anblick noch sehen konnte, bevor er sich auf den Weg machen würde.

Horia fuhr nicht Ski, so ging er am ersten Tag nicht mit auf den Berg. Und am nächsten Tag mussten wir bereits wieder zurück. Bevor wir abreisten, spazierten wir noch eine Weile durch die Straßen des kleinen Dorfes, und nach dem Mittagessen sagte man uns, wir sollten in einer Stunde unsere Sachen packen und sie zu den Autos bringen. Da blieb Horia stehen und bat mich, mit ihm auf die Seilbahn zu kommen, damit er die Alpen noch von oben sehen könne.

«Vielleicht fährst du allein hoch, und ich warte unten auf dich?»

«Nein, gehen wir zusammen auf die Seilbahn, ich bitte dich!»

Ich hatte verstanden. Horia wusste nicht, wie man eine Fahrkarte kaufte und in die Kabine stieg, so ging ich gerne mit, um ihm zu helfen. Wir fuhren hoch, und vor uns eröffnete sich das atemberaubende Panorama der schweigenden, verschneiten Alpen. Die Sonne schien so grell, dass sie vom Schnee reflektiert wurde und uns blendete. Wir gingen schweigend ein Stück. Nur gelegentlich hielten wir an und sogen die Ruhe der unerschütterlichen felsigen Berge in uns ein.

Horia war glücklich und traurig zugleich. Ich fühlte diese Traurigkeit und die Freude, die zu einem Ganzen verschmolzen waren und sich auch auf mich übertrugen. Aber ich wusste nicht, wie ich ihn trösten sollte, und so fuhr ich mit dem Schweigen fort. Die Zeit rückte voran, und wir mussten hinunter und zurück in die Gemeinschaft. Wir waren nicht frei und fühlten das wahrscheinlich beide, während wir die mächtigen und uns herausfordernden Alpen anschauten. Sie flohen nirgends hin, sie waren schon seit Urzeiten hier, aber sie zeigten uns allen ihre Größe und ihre Freiheit. *Der Wind weht, nur die Berge stehen still.*[3]

Am nächsten Tag packte Horia seinen spärlichen Besitz zusammen, verabschiedete sich bescheiden und machte sich auf den Weg. Wir hatten uns zum letzten Mal gesehen.

3 Chinesische Redensart

# 15

Vom ersten Tag meiner Anwesenheit in der Gemeinschaft bis zum letzten Augenblick arbeitete ich fast die meiste Zeit im Laden im Erdgeschoss. Auf dem Arbeitsplan fand ich meinen Namen entweder unter *Tri des bibelots* oder später auch unter *Magasin des bibelots*. Was *bibelots* hieß, konnte mir niemand klar und eindeutig erklären. Erst später, während des Arbeitsprozesses, begriff ich die Bedeutung dieses Wortes.

«Was sind *bibelots*, Etienne?», fragte ich in der ersten Woche den Mitarbeiter, der für das Erdgeschoss zuständig war.

Etienne zog sein Handy hervor und suchte nach der Übersetzung in Google. Als er sie fand, streckte er mir das ukrainische Wort entgegen: «Брелоки – Schlüsselanhänger».

«Nein, das ist eine falsche Übersetzung. Das kann nicht sein.»

«Was meinst du dann, was *bibelots* heißt?

«Alles.»

«Alles?»

«Ja, alle nur vorstellbaren und unvorstellbaren Dinge.»

«Da hast du wohl recht.»

So musste ich mich also um *alles* kümmern. Und alles musste ich je nach Herkunft und Zweck in den verschiedenen Abteilungen des Ladens platzieren. Ich wusste nicht, wer vor meiner Ankunft im Laden gearbeitet hatte, aber es herrschte hier nicht einmal andeutungsweise eine Ordnung.

Nach dem Sortieren im *tri bibelots* füllten Dominique und ich die für den Verkauf im Laden bestimmten Gegenstände in Kartonschachteln. Die vollen Schachteln stellte ich auf den *chariot*, den Wagen, und schob diesen in den Laden, wo ich die Gegenstände auf den Regalen aufstellte. Zu Anfang verschwand ich für längere Zeit zwischen den Gestellen, so dass Dominique ziemlich viele Dinge selbst sortieren und einpacken musste und sogar noch dazu kam, ein paar Zigaretten zu rauchen.

Ich stellte nicht einfach alles zufällig irgendwo ins Gestell, sondern verschob zum Teil ganze Regale und ordnete die Dinge neu an, damit aus dem totalen Chaos zumindest der Ansatz einer Ordnung entstand. Und es gelang mir auch – schrittweise, Tag für Tag, Woche für Woche. Ich sah immer deutlicher die Grenzen zwischen den Regalen und Gestellen hervortreten. Jedes Mal brauchte ich weniger Zeit, um die Waren aufzustellen, denn wenn ich einen Gegenstand in die Hand nahm, wusste ich sofort, wo er hingehörte. Von da an konnte ich mehr Zeit damit verbringen, mit Dominique das Material zu sortieren. Und nachdem ich auch langsam Französisch gelernt hatte, konnte ich mich mit ihm auch ein wenig unterhalten. Er sprach über seine Lieblingsmusik und die Filme, die er kürzlich gesehen hatte, über seine Mutter, die an Krebs gestorben war, und seine Einsamkeit, die seitdem sein Leben prägte.

«Ich hasse den Krebs. Er nimmt so vielen Menschen das Leben ... Und er hat mir meine Mutter genommen. *Scheiß-Cancer!*»

Er kannte nur das eine Wort auf Deutsch und versuchte mit diesem, seinen Gefühlen für diejenigen Ereignisse einen Ausdruck zu geben, die ihm Schmerzen bereiteten. Dominique war in solchen Momenten trotz seines reifen Alters ein verletzlicher Junge. Deshalb brauchte er diese Arbeit in der Gemeinschaft, auch wenn er eine eigene Wohnung hatte und Sozialhilfe bezog. Er brauchte uns.

Dominique und ich waren ein großartiges Team. Ohne Worte und ohne lange Erklärungen stimmten wir uns aufeinander ab und arbeiteten wie eine Schweizer Uhr. Und nicht einmal in jenen Momenten, als ich müde war und bat, mit dem Lastwagen mitzufahren, konnte ich mir vorstellen, dass jemand anderes in diesen gut eingestellten Mechanismus, in unsere totale Ordnung eingreifen könnte.

Leider ließ sich das aber nicht vermeiden. Wenn auch nur selten, so wurde mir doch ab und zu eine andere Arbeit gegeben. Dann wurde jemand anderes an meiner Stelle in den Laden eingeteilt, der auch die Ordnung anders verstand. Als ich dann ins *magasin bibelots* zurückkehrte, hatten alle Bewohner und Angestellten der Gemeinschaft die Gelegenheit, Zeugen meines Wutanfalls zu werden, den sie mir kaum zugetraut hätten.

Um mich zu beruhigen, versicherte mir Etienne, dass nun niemand mehr die Waren in meiner Abwesenheit aufstellen würde. Er erklärte: «Le magasin bibelots, c'est la maison d'Anna.»

Es war wirklich mein Zuhause. Denn das Zuhause war für mich nicht nur der Ort, wo der Mensch wohnt und seine Habseligkeiten aufbewahrt, wo er schläft, sich ausruht, seinen Lieblingsbeschäftigungen nachgeht und seine Freunde empfängt. Das Zuhause ist auch der Ort, um den sich der Mensch kümmert. Ohne Sorge um die Unterkunft kann diese nicht zum vollwertigen Zuhause werden. Ich hatte keinen beständigen Wohnort, aber ich hatte einen Ort, um den ich mich kümmerte. Und deshalb wurde das *magasin bibelots* von Anfang an mein Zuhause.

Jedes plötzliche Eindringen in ihn bereitete mir Schmerz und Unmut. Ich verteidigte kämpferisch mein Territorium, womit ich diejenigen verärgerte, die mit mir im Team arbeiten wollten. Ich brauchte niemanden und schickte sie sofort auf andere Abteilungen. Ich sagte, dass ich alles allein schaffen könne, auch wenn es manchmal schwierig sein würde. Ich grenzte mich ab und wollte mit niemandem die Arbeit und Sorge um diese Abteilung teilen. Sehr wahrscheinlich wollte ich, dass man mir die Möglichkeit gab, mich wenigstens hier zu Hause zu fühlen.

Im Laufe der Zeit lernte ich viele Gegenstände kennen, die ich noch nie zuvor gesehen hatte. Um sie einem bestimmten

Regal zuweisen zu können, musste man zuerst wissen, wofür sie bestimmt waren. Die Regale wurden aufgeteilt nach Geschirr, Dekor, Sportartikel, Spielzeug und Kinderartikel, Haushaltsgegenständen, Werkzeug, Vasen und Tongefäßen, Schmuck, Uhren und Antiquitäten, Büromaterial, Elektrogeräten, Bildern und Büchern.

Um die letzteren beiden sorgten sich andere Mitarbeiter. Ich kümmerte mich weder um die Bilder und die Bücher noch um die Elektrogeräte. Die Geschirrabteilung wurde in mehrere Unterabteilungen aufgeteilt: Trink- und Weingläser, Tassen und Teekannen, komplette Bestecksets, Kochtöpfe und Pfannen. Backformen wurden separat aufgestellt. Das Geschirr wurde ebenfalls nach Material sortiert: Glas, Keramik, Ton, Silber, Kupfer, Chromstahl, Kunststoff.

Einen besonderen Platz gab es für die vielfältigen Küchengeräte. Es gab deren so viele, dass ich eine Weile brauchte, um den Zweck eines jeden zu verstehen, eines Kirschentkerners beispielsweise oder eines Ananasschneiders. Die Zwiebelmesser unterschieden sich von den Käsemessern, und jede Käsesorte hatte oft ein eigenes Messer. Es gab auch je eigene Bestecke für den Verzehr von Miesmuscheln, Meeresschnecken oder Weinbergschnecken.

Manchmal erinnerte mich diese Arbeit an Kinderratespiele. Während ich den Wagen mit den vollen Schachteln von der Sortierstelle in den Laden schob, begann das lustige Spiel, sich die richtigen Orte für die richtigen Waren zu merken und diese dann auch noch zu finden.

Eine andere interessante Tätigkeit war das Schiebepuzzle-Spiel. Gewisse Artikel, die schon lange im Laden standen, mussten an einen anderen Ort verschoben werden, damit sie eher gekauft würden. Denn dies war unsere Hauptaufgabe, worüber ich zwar nur wenig sprach, deren ich mir aber immer bewusst war. Wir waren in einem Laden, also musste die Ware verkauft werden. Für mich war das aber kein Selbstzweck, ich dachte mehr an den ästhetischen Aspekt der Sache. Daran, wie die Regale aussahen, wenn die Waren in der einen oder anderen Weise aufgestellt waren. Ich wollte, dass die Kunden spürten, dass man sie hier schätzte, dass wir für sie unermüdlich Dinge auswählten und sortierten und sie so in die Regale stellten, damit sie auch leichter gefunden wurden. Wir konnten die Leute nicht zwingen, das zu kaufen, was sie nicht brauchten. Aber das wollten wir ja auch nicht. Unsere Aufgabe war eine andere: Wir bemühten uns darum, dass Kunden das kauften, wonach sie schon lange gesucht hatten, und zwar bei uns und zu einem günstigeren Preis als an jedem anderen Ort. Ich freute mich also, wenn die Regale sich leerten und ich neue Waren an die freigewordenen Orte stellen konnte. Ich glaubte, dass wir auf diese Weise die Produktion neuer Dinge wenigstens ein bisschen bremsen konnten. Viel hing aber auch von den Kunden und ihrer Entscheidung ab, unsere Dienstleistungen zu nutzen. Und dazu waren wir da.

Im hinteren Teil des Gebäudes befanden sich die Abteilungen, in denen das Material nicht nur sortiert, sondern auch ausgebessert wurde. Elektrogeräte wurden getestet und auf ihre Tauglichkeit überprüft, Fahrräder wurden geflickt oder zur Alteisensammlung gebracht, Bücher wurden nach Gattungen geordnet, Spielzeug wurde wieder instand gesetzt, das Geschirr wurde geputzt. Im oberen Stockwerk wurden die Kleider und Schuhe sortiert und im Untergeschoss die Möbel repariert und zusammengebaut. An einem Tag in der Woche, am Sonntag, ruhte die Arbeit. Die Angestellten wechselten die Schichten, die Freiwilligen befolgten den Einsatzplan, die Praktikanten und Zivildienstleistenden kamen und gingen, genau wie die Compagnons. Da sich meist jeder nur auf seinen Bereich konzentrierte, vergaßen wir oft, wie wichtig die gemeinsame Sache war. Gerade da ergriff uns die Müdigkeit.

Den Grund für meine eigene Müdigkeit sah ich aber noch woanders. Damit alle wiederaufbereiteten Dinge ihren Käufer fanden, mussten sie von Zeit zu Zeit belebt werden. Sie benötigten nicht weniger Aufmerksamkeit als Lebewesen, also musste man sich auch um sie kümmern. Nachdem ich alles aufgestellt hatte, ging ich noch mehrere Male am Tag durch die Regalreihen. Ich nahm die Waren in die Hände, die bereits längere Zeit am selben Ort standen, suchte für sie einen neuen Ort oder stellte sie in einer anderen Position auf und schuf Abstand und Raum, damit die Luft zwischen ihnen zirkulieren konnte. Ich stellte die Tassen und Gläser in geometrischen Mustern auf und gab jedem Gegenstand einen Teil meiner Energie, damit jene Leute sie finden konnten, die schon lange danach suchten.

Als die Ordnung wiederhergestellt wurde und sie meiner Aufmerksamkeit nicht mehr so sehr bedurfte, bat ich darum, nochmals auf dem Lastwagen mitgenommen zu werden. Ich wollte mich wenigstens für einen kurzen Moment vom Laden und dem pausenlosen Auf- und Umstellen der Dinge erholen. Das war dann der Urlaub von meinem geliebten Zuhause, denn trotz allem musste auch ich ab und zu *changer d'air* – die Umgebung wechseln.

16

# Pascal

Kurz nachdem ich in der Gemeinschaft angekommen war und mit meiner schweigsamen Arbeit begonnen hatte, war Pascal einer der ersten gewesen, die sich mir genähert hatten, unter Wahrung eines sicheren, von ihm selbst festgelegten Abstandes. Er sagte nichts, kam einfach heran und schaute, was ich gerade tat und wie ich arbeitete. Als ich seine Anwesenheit bemerkte, drehte ich mich zu ihm und lächelte ihn an. Er aber verschwand sofort, als wäre er auf frischer Tat ertappt worden.

Während der ersten Wochen, ja Monate in der Gemeinschaft sprach ich praktisch noch kein Wort Französisch, weshalb ich als meine einzige mögliche Sprache das Lächeln benutzte. Erst etwas später zeigte es sich, dass Pascal Deutsch mit einem wunderbaren kölnischen Akzent sprach und selbst ursprünglich aus Köln stammte. Die deutsche Sprache wurde mir so ein Schlüssel zu seiner schüchternen Seele und gleichzeitig unser gemeinsames Geheimnis. Fast niemand, mit dem Pascal diese Jahre hindurch unter demselben Dach wohnte, wusste etwas über seine deutsche Herkunft und seine Muttersprache.

Pascal sah aus wie ein riesiges Kind. Er war außergewöhnlich groß, von kräftiger Statur, meist unrasiert und immer mit einem Bandana oder einer Mütze auf dem Kopf. Er trug schwarze T-Shirts, die sich nur durch die aufgedruckten Namen verschiedener Rockbands unterschieden, und Jeans mit einer Kette, die die vordere mit der hinteren Hosentasche verband. Oft waren die Jeans zu kurz, da sich seine Größe nur selten in der Bekleidungsabteilung im zweiten Stock fand. Pascal hörte Heavy Metal und fuhr ein Motorrad, welches ihm gleichzeitig bester Freund, Geliebte und Familie war, wobei er letztere offensichtlich vermisste. Wir wussten, dass sich hinter Pascals äußerem Erscheinungsbild eines harten und starken Kerls, welches er sorgfältig pflegte, ein äußerst weiches und empfindliches Inneres verbarg. Davon zeugten seine durch und durch unschuldigen und klaren Augen, die von einem gutmütigen Lächeln umrahmt wurden. Wenn er lächelte, wurde sein Blick warm und naiv, als hätte er nie Schmerz, Enttäuschung und Verlust gekannt.

An einem Wochenende fuhren wir alle in die mehrere Kilometer entfernte größere Stadt. Dort organisierten einige Gemeinschaften zusammen einen großen Flohmarkt. Wir stellten unsere Waren auf, wonach ich die Halle für eine Weile verließ, um mich von der Menschenmenge auszuruhen. Ich saß auf einer Bank unter einem Baum, als Pascal auf mich zukam. Das war das erste Mal, dass er mir seine Geschichte erzählte:

«Die Gemeinschaft in dieser Stadt war die erste, in der ich gewesen war. Ich hatte ungefähr sechs Jahre hier verbracht. Heute habe ich meine damaligen Freunde wiedergesehen. Stell dir vor, die haben unterdessen fast alle geheiratet! Sind paarweise ausgeschwärmt. Das hier ist eine Gemeinschaft, in der sowohl Männer als auch Frauen leben, nicht wie bei uns. Ich bin der Einzige, der nicht geheiratet hat. Und ich bin schon fast vierzig.»

«Vermisst du sie?»

«Nicht besonders. In der Stadt wohnen auch meine Eltern und mein älterer Bruder. Sie haben mich manchmal in der Gemeinschaft besucht, um mir zu sagen, wie sehr ich sie blamiere und dass ich endlich eine normale Arbeit finden und mein Leben in Ordnung bringen solle. Deshalb bin ich lieber möglichst weit weg, so hab ich's wenigstens ruhiger.»

«Ich verstehe dich, Pascal.»

Er hob seine hellen Augen zu mir auf und umarmte mich dann so fest, dass ich fühlte, wie meine Knochen krachten.

Seit seiner Übersiedlung in unsere Gemeinschaft arbeitete Pascal hauptsächlich in der Fahrradabteilung, wo er die Räder reparierte und wieder fahrtüchtig machte. Er testete sie, indem er auf den verschiedenen Modellen um uns herumkurvte. Weil ich meistens in der Abteilung nebenan arbeitete, wo das Material sortiert wurde, kam er oft zu mir und setzte sich eine lustige Maske, einen Hut oder eine Brille auf, die er im Holzbehälter fand, in den wir die von den Leuten abgegebenen Sachen legten. Er lenkte mich von der eintönigen Arbeit ab und unterhielt mich eine Weile. Pascal und ich lachten immer viel und laut und sprachen dabei Deutsch, damit die anderen unsere Scherze nicht verstehen konnten. Manchmal ließ er mich mit dem Fahrrad fahren, und ich fuhr fröhlich im großen Raum im hinteren Teil des Ladens umher, wo am intensivsten gearbeitet und gelebt wurde.

Trotz seines kindlichen Wesens hatte Pascal in seiner mit Fahrrädern vollgestopften Werkstatt Bilder von nackten Frauen an die Wände gehängt, so wie oft auch Lastwagenfahrer die Kabinen ihrer riesigen Fahrzeuge schmückten. Wir wussten, dass er irgendwo in der Stadt seine Bikerfreunde hatte. Zwar hatte fast niemand diese Freunde je zu Gesicht bekommen, aber wenn Pascal an den Wochenenden mit seinem Motorrad verschwand, waren wir beruhigt zu wissen, dass er mit ihnen zusammen war.

Er wurde oft von seinen Fahrrädern weggeholt und auf den Lastwagen gesetzt, weil er zur Gruppe der Kraftmenschen zählte. Nicht alle Compagnons waren stark genug, um Tag für Tag Möbel die Treppen hinauf- und hinunterzutragen. Aus diesem Grund arbeitete er am Nachmittag auch im Tiefparterre, wo den Kunden beim Laden der gekauften Möbel geholfen wurde.

Pascal hatte wie Narayan und Horia fast nie mit jemandem Streit; er war nicht aggressiv und ließ seinen Zorn nicht an uns aus. Nur manchmal nahm er heimlich ein paar Flaschen Bier, schloss sich in seinem Zimmer ein und spielte mit voller Lautstärke Rammstein ab. An seine Tür hängte er eine

HA! HA! HA!
... Und pass auch du auf dich auf, Kleine! Wohin dich das Schicksal auch führen wird.

Piratenfahne mit einem Totenschädel und zwei gekreuzten Knochen. Dann traute sich niemand, ihn zu stören. Zum Abendessen kam er erst herunter, wenn alle schon gegessen hatten und fast niemand mehr da war. Diejenigen, die noch geblieben waren, sahen sich schweigend an, trauten sich aber nicht, mit Pascal zu sprechen.

Außer jenem einen Mal am Flohmarkt hatten Pascal und ich bisher nie über sein Leben gesprochen. Deshalb konnte ich nur erraten, wie groß der Schmerz war, der ihn quälte und dem er mit seinem tollen Motorrad zu entfliehen versuchte. Er selbst hatte mich nie nach meinem Leben in der Ukraine gefragt und warum ich es aufgegeben hatte. Aber er hörte gerne zu, wenn ich lang und breit über die Verschwendungssucht, die Zerstörung der Erde, die Unersättlichkeit der Menschen und die Kluft zwischen Arm und Reich sprach. Es machte mich wütend, wenn mir beim Sortieren des Materials die Kraft ausging und ich kein Ende vor mir sah. Er wurde still und traute sich nicht, sich zu rühren, als hätte er Angst, dass bei der geringsten Bewegung irgendein Gegenstand auf ihn zufliegen könnte. Aber schon nach einigen Augenblicken erschien in seinen Augen ein Ausdruck der Freude, als würde jemand das sagen, worüber er so oft nachgedacht hatte, was er aber nicht in Worte hatte fassen können. Wenn ich vor Erschöpfung schwieg, kam er näher und sagte, dass man halt nichts dagegen machen könne.

Und dann setzte er unerwartet die am Flohmarkt begonnene Erzählung fort: «Ich hatte die frühere Gemeinschaft noch aus einem anderen Grund verlassen. Es gab dort viel Bosheit, Aggression und andere Probleme. Alle stritten, schrien einander an und fielen grundlos übereinander her. Einmal wurde mir das so leid, dass ich die ganze Nacht hindurch in meinem Zimmer weinte. Ich konnte nicht einschlafen, weil ich nicht wusste, was ich machen und wohin ich gehen sollte. Ich wusste nur, dass ich keinen Tag länger dortbleiben wollte. Am Morgen bin ich zum Leiter gegangen, und er hat für mich diesen Platz hier gefunden. Jetzt bin ich ruhiger und weine nicht mehr.»

Diesmal war ich es, die Pascal fest umarmte. Er verfehlte meine Wange und küsste mich so sehr auf das Ohr, dass mein Trommelfell fast platzte. In jenem Moment fühlte ich mich selbst verletzbar. Ich erkannte auf einmal, wie sehr ich mich an diesen Ort festgeklammert und mich an alle gebunden hatte, die dieses Haus füllten. Und obwohl ich wusste, dass ich nicht für immer in dieser Gemeinschaft bleiben würde, dachte ich nie wirklich daran, einmal von hier wegzugehen. Waren es Pascals Worte oder sein kindliches Aussehen, die mich an die Wichtigkeit eines jeden Augenblicks und an dessen Vergänglichkeit erinnerten?

«Wenn ich jemals diese Gemeinschaft verlassen werde oder wenn du zuerst gehst, versprich mir, auf dich aufzupassen, Riese!»

«Ich verspreche es dir. Und pass auch du auf dich auf, Kleine! Wohin dich das Schicksal auch führen wird.»

17

Jeder von uns war aus einem anderen Grund hier. Einer sprach offen darüber, ein anderer behielt es für immer für sich. Aber es interessierte sich auch niemand dafür, denn je länger, je mehr geriet das Leben außerhalb dieses Hauses in Vergessenheit, und es blieb nur noch ein leiser Nachhall der Vergangenheit. Mit der Zeit hatten wir das Gefühl, zu Hause zu sein, und wir dachten, dass wir endlich unser Zuhause gefunden hatten. Dieses Haus hier wurde zu unserem gemeinsamen Heim.

Das Zuhause ist immer eine Illusion der Beständigkeit. Eine Illusion, weil es in Wirklichkeit nichts Beständiges auf der Welt gibt. Der Mensch sucht ein Zuhause, weil er sich mit der Unbeständigkeit der Welt nicht abfinden kann. Und er verlässt sein Zuhause, wenn es aufhört, ein solches zu sein. Er geht fort und irrt umher, bis er ein anderes findet oder einen Ort, der ihm das Gefühl gibt, zu Hause zu sein. Nur das Zuhause stillt das Verlangen nach Beständigkeit. Es verleiht die Gewissheit, dass alles gut ist und dass es gut bleiben wird.

Dieses Haus hier war der beste Beweis dafür, dass die Wände auch dann nicht einstürzen, wenn deren Bestandteile ausgewechselt werden. Das Haus hält zusammen, auch wenn die Streichhölzer wechseln. Mit der Ankunft eines jeden neuen Compagnons ändert sich die Atmosphäre, und es wird nicht mehr sein, wie es gewesen ist. Alles ändert sich ständig, aber trotzdem bleibt alles, wie es ist. Es würde immer diejenigen geben, die vom ersten Tag an ihren Platz in diesem Haus finden, und die anderen, die ihn auch nach mehreren Monaten nicht finden. Letztere werden weitergehen und weiter nach ihrem Zuhause suchen. Wegen des ständigen Wechsels der Streichhölzer ist es wichtig, dass es auch solche gibt, die bleiben, nachdem sie gekommen sind. Aber im Laufe der Zeit ändern auch sie sich, sie ändern sich, weil die Streichhölzer um sie herum sich ändern. Sie bleiben und vermitteln die Illusion von Beständigkeit.

Unter diesem Dach versammelten sich so unterschiedliche Menschen, dass die außergewöhnliche Vielfalt ihrer Schicksale, ihrer Lebensgeschichten, ihrer Charaktere und ihrer Temperamente fast unwirklich schien. Es war kaum vorstellbar, dass es etwas gab, das diese derart unterschiedlichen Menschen so fest zusammenhalten konnte. Jeder sagte, er sei hier, weil er kein Geld habe und weil die Welt um ihn herum nicht stabil genug sei, aber ich glaubte ihnen nicht. Ich wusste, dass wir wegen einander und füreinander hier waren. Ich war mir dessen sicher, obwohl niemand darüber sprach. Die Arbeit hier war nur der Vorwand, um zusammen sein zu können, um die Anwesenheit des anderen fühlen und um sein Leben mit den anderen teilen zu können. Das Gefühl des Zuhauses kam auf, das Gefühl der Beständigkeit. Dann verschwand das frühere Leben aus dem Gedächtnis. Oft vergaß man den Wochentag und den Monat, und nach einiger Zeit gar den eigenen Familiennamen, der hier nicht nötig war, und den auch niemand kannte. Wir wurden füreinander wichtig, einfach so, einfach weil keine Freunde oder Verwandten da waren, weil nur wir in diesem Moment unseres Lebens füreinander da waren. Wir waren unsere besten Freunde, unsere Verwandten, unsere Familie und schließlich auch einander ein Zuhause.

Und indem wir füreinander wichtig wurden, wurden wir gleichzeitig auch für uns selbst wichtig, so dass wir das Zuhause auch in uns selbst fanden. Wir erkannten uns selbst durch die anderen und merkten, dass wir uns nur so wirklich wahrnehmen konnten. Und so war es egal, ob man weiterging oder hierblieb. Die Hauptsache war, dass man sein Zuhause gefunden hatte.

18

# Gabriel

Nachdem ich mich langsam an das Leben in der Gemeinschaft gewöhnt hatte und mich mit den Jungs bereits etwas unterhalten konnte, fragte ich mich, ob es jemanden gab, der wie ich aus freien Stücken hierhergekommen war, jemand, der sich freiwillig aus dem großen Spiel verabschiedet hatte. Und ich fragte mich auch, ob es jemanden gab, für den diese Gemeinschaft die erste war und die letzte bleiben würde. Und nicht weniger interessierte mich, ob es unter den Compagnons auch Schweizer gab.

*Sun lives in you* – das war Gabriel. Er hatte diesen Satz und ein Bild der Sonne in einen Stein gemeißelt. Der polierte graue Granit mit der Inschrift hing im Speisesaal, so dass wir den Satz jeden Tag lesen und uns an unsere eigene Sonne erinnern konnten. Daran, dass Gabriel die Sonne in sich trug, zweifelte ich keine Sekunde.

Verglichen mit den anderen Bewohnern der Gemeinschaft war er ziemlich jung, nur ein paar Jahre älter als ich. Er hatte glatte lange Haare, die er manchmal mit einem Band über der Stirn zurückhielt, war kräftig und muskulös und hatte große Hände. Er arbeitete oft in der Schreinerei, ihm gefiel das. Er war ruhig, freundlich und umgänglich, wenn auch nicht mit allen.

Mein Kontakt mit ihm beschränkte sich anfangs nur auf ein paar französische Wörter, aber die reichten uns. Manchmal reichten sie auch für Missverständnisse. Dann scheute sich Gabriel nicht, seine Verletzlichkeit und Überempfindlichkeit zu zeigen. Er drehte sich um und ging weg, ohne dass er mir Gelegenheit gab zu erklären, was ich sagen wollte. Er sprach dann während ein paar Tagen nicht mehr mit mir, mit den andern wohl auch nicht, grüßte nicht und entgegnete meine Grüße nicht. Aber dann kam er von sich aus wieder und sagte, dass er eine existenzielle Krise durchlebt habe, dass dies nichts mit mir zu tun habe, sondern dass es nur an ihm selbst liege. Ich verstand ihn. Er konnte so sprechen, dass ich ihn verstand. Dann lächelten wir uns an und setzten unsere Arbeit fort. Und auch wenn es erneut zu Missverständnissen kam, lächelte ich, denn er hatte ja erklärt, dass die Sonne immer in uns sei. Er kam dann auf mich zu und dankte mir, dass ich trotz allem nicht aufgehört habe, seine Sonne zu sehen.

Ein anderes Mal kam Gabriel mitten in der Mittagspause zu mir und erklärte mir ohne Einleitung und ohne Zusammenhang direkt ins Gesicht:

«Du liebst die Menschen.»

«Das stimmt. Aber woher weißt du das, ich sage ja fast nichts?»

«Das sieht man auch ohne Worte.»

Oder nach dem Abendessen, als ich noch etwas blieb, kam er und dankte mir, dass ich hier bei ihnen war, denn meine Gegenwart sei ihnen wichtig. Ich entgegnete ihm den Dank, auch wenn er mich mit dieser beobachtenden Offenheit manchmal geradezu überfiel: «Du bist sehr weiblich. Trotz der schweren Arbeit, die du mit uns zusammen machst, behältst du deine Weiblichkeit.»

Ich wollte mehr mit Gabriel sprechen, ich war sicher, dass wir uns etwas zu sagen hatten, aber mein schwaches Französisch erlaubte mir nur, das Gesagte zu verstehen, und ich antwortete statt mit Worten mit verschiedenen Nuancen des Lächelns.

Einmal erfuhr ich, dass er sich mit Yoga beschäftigte, und ich bat ihn, mitmachen zu können. Dann wurde sein Zimmer zum einzigen, in das ich treten konnte. Es war eine andere Welt, eine völlig neue Dimension. Gabriels Zimmer war größer und geräumiger als die Zimmer der anderen, in die ich beim Vorbeigehen einen kurzen Blick werfen konnte. Auch die Tür zu seinem Zimmer war nicht aus dickem Holz, wie die der andern, sondern aus Glas. Außerdem hatte sein Zimmer einen Ausgang auf die Terrasse und ein großes, bis auf den Boden reichendes Fenster. Aber nicht das machte sein Zimmer zu einem besonderen Ort. Es war die erstaunlich ruhige und harmonische Atmosphäre, es waren die Kerzen und Duftlampen, die vielen Pflanzen und die Bilder. Und viel, viel Sonne.

Mit der Zeit gesellten sich auch einige andere Compagnons zu Gabriels Yogastunden. Dann vergaßen wir die schweren und angespannten Arbeitstage, wir vergaßen, dass jenseits der Tür das stürmische Leben brauste. Hier war Ruhe. Durch das stundenlange Meditieren erfüllten wir uns mit dieser Ruhe, und wir begannen synchron zu atmen und den inneren Dialog zu beruhigen. Gabriel war erstaunt, dass ich alles verstand, was er während der Übungen sagte. Ich antwortete ihm, dass ich nicht die Worte verstehe, sondern den Sinn, den er in sie lege, und dies nur, weil er wirklich wolle, dass ich ihn verstehe. Wir fühlten uns sehr wohl in Gabriels stillem Heim.

Es gab Tage, an denen die nicht zu vermeidenden Streitigkeiten zwischen mir und den Jungs, sowie die Konflikte, deren Ursache in meiner Weigerung lag, die Arbeit im Laden mit jemandem zu teilen, mich aus dem Gleichgewicht brachten. Das ging so weit, dass ich nicht zu Gabriel zum Yoga gehen konnte, da ich meine Missstimmung und mein Chaos nicht in seine Harmonie tragen wollte. Ich wollte seinen luftigen und reinen Raum nicht mit meinen Emotionen beschmutzen. Er bat mich dann sehr behutsam und mit der ihm sonst nicht eigenen Beharrlichkeit: «Please, come.» Und diesem *please* konnte nichts widerstehen. Ich ging hin, unruhig oder aufgeregt, bekümmert oder verärgert, aber ich ging hin. Einige Augenblicke später blieb von all dem nichts mehr übrig. Ich fühlte nur noch die ersehnte Ruhe. Gabriel hörte nicht auf, die Sonne in mir zu sehen, womit er mich seinerseits rettete und heilte.

Ich sah, dass Gabriel etwas über das Leben wusste, was die andern nicht wussten, und nutzte deshalb jede Gelegenheit, um mich mit ihm zu unterhalten. Aus diesem Grund begann ich auch, intensiver Französisch zu lernen. Nach dem erfüllten Arbeitstag setzte ich mich hinter die Bücher, suchte im Internet nach Sprachkursen oder bat einen der Jungs, mit mir am Mittag oder nach dem Abendessen Französisch zu lernen. Sie halfen mir gerne, wenn sie nicht zu müde waren oder nichts anderes vorhatten. Sie freuten sich, dass mein Französisch von Tag zu Tag besser wurde, und scherzten, dass ich nach meiner Rückkehr in die Ukraine nicht nur Deutsch, sondern auch Französisch unterrichten könne. Ich entgegnete ihnen, dass es mir vor allem darum gehe, mit ihnen sprechen zu können und zu verstehen, was sie sagen. Dann brachen sie in Lachen aus und antworteten, es sei wohl besser für mich, nicht alles zu verstehen, sonst würde ich sie nicht mehr mögen. Darin lag vielleicht ein Stück Wahrheit, aber nur ein Stück.

Um mich mehr mit Gabriel unterhalten zu können, musste ich auch mit ihm zusammenarbeiten, denn nach der Arbeit verschwand er üblicherweise sofort in sein Zimmer und kam erst wieder herunter, wenn alle schon fertig zu Abend gegessen hatten. Wäre nicht das Yoga gewesen, wo wir ohnehin schwiegen, hätten wir fast überhaupt keinen Kontakt miteinander gehabt. Er ging nicht mit uns an den See oder ins Schwimmbad, spielte weder Basketball noch Tischtennis und kam nicht mit in die Stadt. Gabriel blieb allein und lebte sein eigenes gesondertes Leben innerhalb der Gemeinschaft.

Eines Nachmittags las ich zum ersten Mal meinen Namen auf dem Arbeitsplan in der Spalte *Menuiserie* – Schreinerei. Während meiner Zeit in der Gemeinschaft hatte ich noch nie in der Schreinerei gearbeitet. Dies war eher eine Arbeit für Männer. Aber diejenigen, die den Zeitplan erstellten, wollten mir die Möglichkeit geben, mich in der Holzbearbeitung zu versuchen.

Mir wurde geraten, alte Arbeitskleidung anzuziehen und mir den Kopf zu bedecken, weil überall Holzspäne herumflogen. Ich verheimlichte ihnen, dass ich bereits Erfahrungen in Schreinerarbeit hatte, denn in der Schule hatten wir gemeinsam mit den Jungen Werkunterricht. Mit zwölf oder dreizehn Jahren konnte ich schon Stühle aus Holz herstellen, Metallhaken biegen und Stromkabel verbinden. Mir kamen die kleinen Holzhocker mit den geschnitzten Beinen in den Sinn, die wir auf der Werkbank hergestellt und dann lange mit verschiedenen Schmirgelpapieren geschliffen hatten.

Als ich die Werkstatt betrat, hob Gabriel etwas erstaunt die Augenbrauen, lächelte mir aber freundlich zu und sagte, er würde mir meine Arbeit erklären. Wir mussten alte Möbel restaurieren: einen massiven Holzschrank und eine Kommode. Zunächst mussten wir sehr vorsichtig die brüchige Lackschicht entfernen, ohne dabei das Holz zu beschädigen oder Kratzer zu hinterlassen, und danach das Holz zuerst mit grobem, dann mit feinem Schleifpapier schleifen. Nachdem die Oberfläche vollkommen geglättet war, wurden die Möbel mit einer neuen Schicht Lack oder Farbe bestrichen.

Meine Schulzeit lag schon lange zurück, und ich hatte ganz vergessen, dass das Schleifen von Holz nicht so einfach war. So wurde meine anfängliche Freude darüber, den Arbeitsplatz wechseln zu können, bereits eine Stunde später von Enttäuschung und Verzweiflung abgelöst. Ich rieb das Papier unzählige Male an derselben Stelle, ohne dass das Holz glatt geworden wäre. Ab und zu fragte ich Gabriel, ob es schon genug sei. Dann stellte er seine Arbeit zur Seite, stand langsam auf, kam zu meiner Kommode und strich konzentriert mit seiner Hand über die hölzerne Oberfläche. Er lächelte und sagte, ich solle weitermachen.

«Gabriel, ich schleife doch schon seit einer halben Stunde an ein und derselben Stelle, ist das nicht genug?»

«Eine halbe Stunde? Nein, es braucht einen halben Tag dafür.»

«Aber ich werde das Holz noch ganz durchschleifen, und es wird nichts mehr übrigbleiben.»

«Keine Angst, du wirst es nicht durchschleifen. Mach weiter und hab Geduld.»

Mein Nacken litt unter der eintönigen Arbeit, die Arme und der Rücken schmerzten. Schweigend schliffen wir unsere Möbel, und als wir allzu müde wurden, hielten wir für einige Augenblicke inne, um unsere Rücken zu strecken und ein wenig zu reden. Aber gerade wegen dieser Gespräche lohnte es sich zu leiden.

Wie in Gabriels Zimmer war es auch hier ausgesprochen gemütlich und ruhig. Es war kaum zu glauben, dass uns nur eine Wand vom großen Laden mit den vielen verschiedenen Dingen trennte, die ich am Morgen in die Regale gestellt hatte und die sich jetzt die zahlreichen Kunden anschauten und kauften. Hinter der Wand häuften sich die Menschen, hasteten hin und her und besprachen lautstark die Preise, während wir nebenan mit dem Schleifpapier eine Kommode und einen Schrank schliffen, um auch diese später zu einem nicht allzu hohen Preis zum Verkauf aufzustellen. Und keiner der zukünftigen Käufer dieser Möbel ahnte etwas von den Spuren unserer blutig geriebenen Hände und vor allem von unseren Gesprächen, die sich auf der Oberfläche der Holzwände und Regale festsetzten.

Wir sprachen über die Welt und die Menschheit und über die Epoche der Veränderungen, in der sich die Menschen befanden, und an die sie sich zu gewöhnen versuchten. Wir diskutierten über falsche Prioritäten und über die Überproduktion unnötiger Dinge. Darüber konnte ich nur mit Gabriel sprechen, unsere Gedanken trafen zusammen. Wir dachten an vieles während der anstrengenden Arbeit und besprachen dies während der kurzen Pausen. Dann verschwand die ganze Last, und an ihre Stelle trat das Bewusstsein für die Bedeutung unserer Arbeit, obwohl nur wir diese direkt wahrnahmen.

Als mich nach einem solchen Tag in der Schreinerei der Abteilungsleiter fragte, ob ich weiterhin hier arbeiten könne, war ich gerne damit einverstanden und wartete jeweils mit Ungeduld auf diese Tage. Dank der gemeinsamen Arbeit mit Gabriel festigte sich unsere Freundschaft und sein Vertrauen in mich wuchs. Er erzählte mir von der kleinen Stadt im Jura, in der er geboren und aufgewachsen war, bis zu dem Moment, wo er sich über seine Zukunft Gedanken machen musste. Gabriel mochte den Druck von außen nicht, den er oft spürte und der die Menschen zwang, besser zu sein und mehr zu haben als ihre Nachbarn. Die Menschen schafften sich immer teurere Autos an, legten sich Sammlungen wertvoller Uhren an und kauften Häuser an den besten Lagen mit Geld, das ihnen nicht gehörte. Dieses schöne Land beherbergte nicht nur Bewunderer von Bergen, Seen, Wiesen und Flüssen, sondern auch Liebhaber von Vermögen und kurioser Dinge, die wir fast jeden Tag in unserem Haus zu sehen bekamen, das aus Streichhölzern war, nicht aus Gold.

«Wenn ich darüber nachdenke, werde ich wütend auf die Menschen. Gott hat ihnen gegeben, was er für sie geschaffen hat: die Schönheit, die Natur, die Erde. Aber jeder schaut nur auf sein Handy und seine teuren Uhren, die ihnen unermüdlich die Zeit vorrechnen, die sie nicht für das Leben verwenden, sondern für das Anhäufen von immer mehr Vermögen. Weißt du, was auf Französisch ‹seinen Lebensunterhalt verdienen› heißt? *Gagner sa vie*. Das heißt wörtlich ‹sein Leben gewinnen›. Aber umgekehrt sagt man auch: ‹*en gagnant sa vie, on la perd* – indem man sein Leben gewinnt, verliert man es›.»

«Ich verstehe dich sehr gut, Gabriel, und bin völlig einverstanden mit dir. Bei dieser Fülle und dem Überfluss wundert mich nur, dass die Menschen davon nicht glücklicher werden.»

«Es ist die Unersättlichkeit, die die Menschen in eine Sackgasse treibt, wenn sie keinen Ausweg aus ihrer finanziellen Verschuldung mehr sehen.»

Darauf kehrten wir zu unserer Arbeit zurück, und ich war froh, dass ich nach einigen Tagen in der Schreinerei endlich eine Seite der alten Kommode fertig geschliffen hatte. Zufrieden mit mir selbst bat ich Gabriel zu prüfen, ob die Seite in Ordnung sei und ob ich die nächste in Angriff nehmen könne. Er legte seine Werkzeuge sorgfältig beiseite und trat zur Kommode aus hellem Holz, über der ich seit einigen Tagen schwitzte. Er fuhr nicht mit der ganzen Handfläche, sondern nur mit den Fingerspitzen sachte über die Oberfläche des Holzes, wobei er die Augen geschlossen hielt. Dann öffnete er sie schnell, lächelte kurz und gratulierte mir auf diese Weise zur Erledigung meiner ersten Aufgabe. Dann half er mir, die Kommode auf die andere Seite zu drehen, so dass die unbehandelte Fläche oben war.

Ich atmete tief ein, genoss noch eine Weile meine Freude an der vollbrachten Arbeit und begann von neuem das Gespräch.

«Gabriel, ich habe gerade etwas Wichtiges verstanden!»

«Was denn?»

«Wir Menschen kommen auf diese Welt wie diese unbearbeiteten und rohen Holzstücke. Dann macht sich der Meister daran, uns zu schleifen, indem er uns eine Unzahl Prüfungen auferlegt. Er nimmt zuerst ein grobes Schmirgelpapier, das uns große Schmerzen bereitet, das wir aber erdulden müssen, um uns dann dem feineren Schleifpapier hingeben zu können. Und wenn unsere Oberfläche perfekt poliert ist, legt er seine Hand auf uns und streicht behutsam über uns zum Zeichen, dass unser Weg vollendet ist und wir bereit sind, die Wahrheit zu erkennen und mit ihm zusammenzukommen. Und dieser kurze Moment der Berührung durch des Meisters Hand ist unser höchstes Glück und das Ziel unseres ganzen Lebens, die Rechtfertigung der Jahre des Leidens und des Elends, der endlosen Herausforderungen und Prüfungen. Darauf zu verzichten und den Schmerz des Schleifens nicht wahrnehmen zu wollen, bedeutet auch, auf die Berührung durch den Meister und die wahrhaftige Begegnung mit ihm zu verzichten.»

Als ich zu Ende gesprochen hatte, sah ich, dass Gabriel beim Zuhören die Augen geschlossen hielt und seine Hand auf den Solarplexus gelegt hatte. Tränen flossen aus seinen Augen. Er näherte sich mir, ohne etwas zu sagen, und umarmte mich herzlich, worauf wir unsere Arbeit schweigend fortsetzten.

Mit dem Frühlingsbeginn machte sich Gabriel an seine andere Tätigkeit, die Bearbeitung des Bodens. Er pflanzte Kartoffeln, Tomaten, Spinat, Erdbeeren und Topinambur. Als man mich fragte, ob ich auch gerne mit Gabriel im Garten arbeiten wolle, war ich sofort einverstanden.

Gabriel benutzte keine Schaufeln, Rechen oder andere Werkzeuge, um die Erde zu bebauen. Er war Verfechter der Permakultur, das heißt, er arbeitete ausschließlich mit bloßen Händen. Manchmal zog er Handschuhe an, wenn er eine schwerere Arbeit erledigen musste, aber meistens verzichtete er darauf, damit er die Erde besser fühlen konnte. Mir hingegen bot er Handschuhe an, da er wusste, welchen Schaden die Hände nehmen konnten. Ich zog die Handschuhe aber von Zeit zu Zeit aus, um selbst zu erfahren, was Gabriel an dieser Arbeit so begeisterte.

Die Erde war feucht und lebendig, und als ich sie berührte, schien sie zu atmen, und es war mir, als fühlte ich dieses

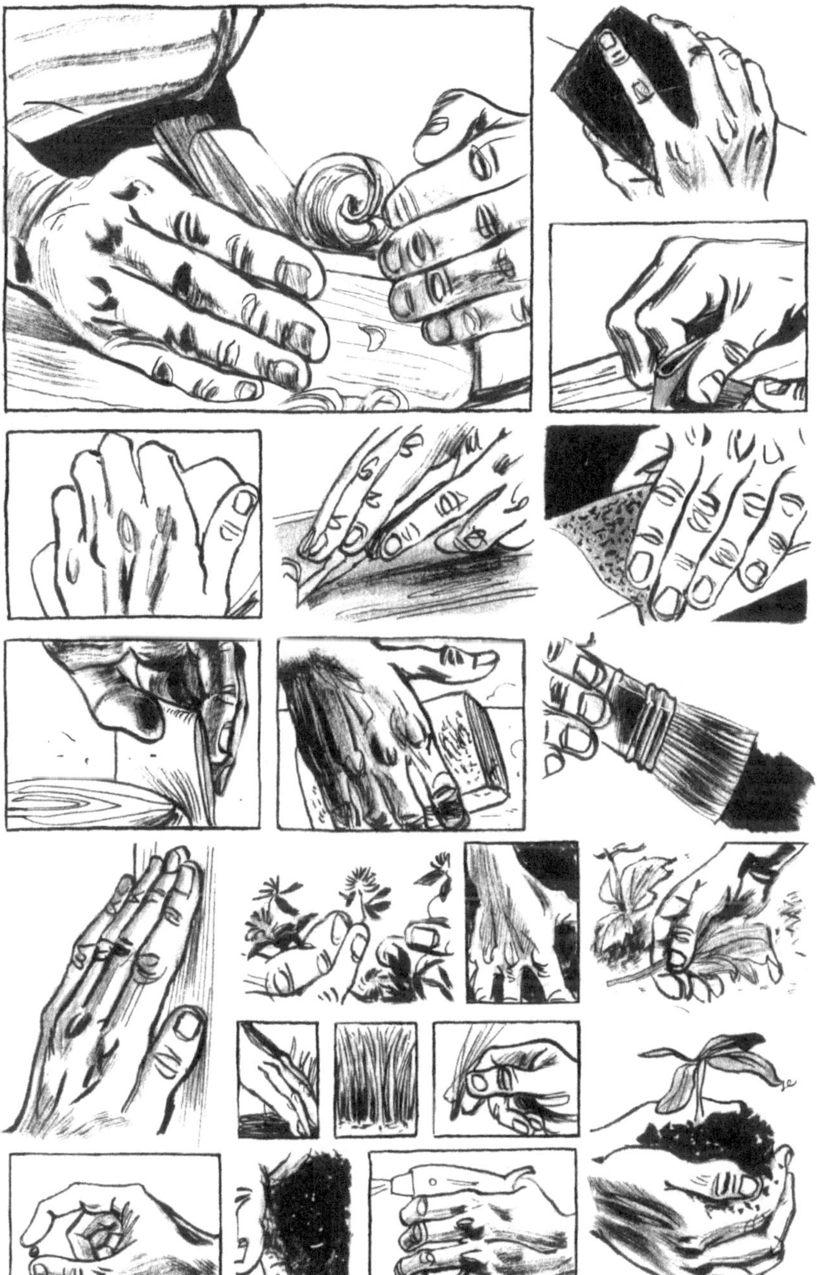

Atmen mit den Fingerspitzen und der Haut der Handflächen. Wir gruben unsere Hände in die Erde, um Steine und Unkraut zu entfernen, und sie so freier und leichter atmen zu lassen. Danach frischten wir den Boden mit Kompost auf, der ebenfalls lebte und sich wegen der vielen Würmer und Käfer sogar bewegte. Wir bedeckten damit die bereits bebauten Flächen, um später mit dem Anpflanzen der Kartoffeln zu beginnen.

Bei unserer Arbeit im Garten sprachen wir weniger, da der Prozess uns zu sehr im Bann hielt, als ob jeder auf eine eigene lange Wanderung gehen und etwas noch Unbekanntes entdecken würde.

Gleichwohl hielt Gabriel einmal inne und sagte zu mir: «Der Mensch braucht nicht viel Geld. Alles, was er zum Leben braucht, kann ihm die Erde geben. Sie ist groß, fruchtbar und reicht aus, um die Menschheit mit den notwendigen Gütern und Nahrungsmitteln zu versorgen. Aber die Menschen wollen immer mehr. Sie wollen stets das, was sie nicht haben, und machen sich so das Leben schwer.»

Während ich Gabriel zuhörte, streckte ich mich, um meinen Rücken und meine Arme zu entspannen. Ich hörte ihm aufmerksam und leise zu, war zwar nicht mit allem einverstanden, aber nickte gelegentlich mit dem Kopf. Ich klagte nicht, als mir ein Dorn in die Haut stach und scheute mich nicht vor den kalten Würmern, die zwischen meinen Fingern hindurchkrochen. Schweigend nahm ich den Humus in meine bloßen Hände. Gleichzeitig hatte ich das Gefühl, das Leben selbst in den Fingern zu halten, als ob es einen Körper hätte.

Ich klagte auch nicht, als es zu regnen begann und wir dessen ungeachtet mit unserer Arbeit fortfuhren. Denn es war am besten, Kartoffeln bei Regen zu pflanzen, die Erde war leichter zu verteilen und mit den Händen zu greifen, um die bereits gekeimten Kartoffeln hineinzulegen.

Ich wusste, dass ich früher oder später von hier weggehen würde. Deshalb war ich sehr darauf bedacht, dass etwas von mir zurückbleiben würde. Ich freute mich über den Gedanken, dass diejenigen Compagnons, die ich kannte und mit denen ich gearbeitet hatte, aber auch diejenigen, die später dazukommen und deren Wege ich nicht mehr kreuzen würde, am Abend die gebratenen oder gekochten Kartoffeln essen würden. Denn das würde bedeuten, dass ich mit meiner Arbeit an der Erde einige hungrige Menschen satt gemacht hätte.

Gleichzeitig wusste ich nicht, ob Gabriel schon bald gehen oder ob er für immer in dieser Gemeinschaft bleiben würde. Er war einer von denen, die schon lange Zeit hier lebten und ohne den man sich dieses Haus nur schwer vorstellen konnte. Ebenso wenig wie die Tatsache, dass unsere Gespräche früher oder später ein Ende nehmen würden.

«Gabriel, wir haben einmal gesagt, dass das Leben sehr schwer und oft widerwärtig sei. Alle streben danach, glücklich zu sein, aber gleichzeitig leiden fast alle unter irgendetwas, unabhängig von ihren sozialen und finanziellen Verhältnissen. Alle Menschen leiden auf ihre Weise, und jeder ist überzeugt, dass es den andern besser gehe als ihm. Es ist, als ob wir von verschiedenen Ufern aufeinander schauen, und denken, dass das Leben am gegenüberliegenden Ufer besser sei. Dabei ist es überall gleich, jeder hat seine Probleme. Die Frage ist, wie wir sie bewältigen und wie wir aus diesen Verlusten und Verletzungen hervorgehen. Manchmal scheint das Leben völliger Mist zu sein, und wir erwarten nichts Gutes davon. Doch dann gibt es wieder schöne Momente, die vielleicht von kurzer Dauer und unbedeutend, dabei aber viel wesentlicher als jeder andere Ärger im Leben sind. Aber gerade wegen dieser kurzen Augenblicke lohnt sich das Leben, und man muss nicht erwarten, dass es zu einem einzigen, großen Glück wird.»

«Ich versuche, in der Gegenwart zu leben. Für mich existiert nur das Jetzt, nicht das Gestern und nicht das Morgen. Auf diese Weise fühle ich eine innere Harmonie. Ich bin glücklich, dass heute die Sonne scheint, dass du hier bist und dass wir zusammen reden können. Nur das macht Sinn. Ich brauche keinen Computer und kein Smartphone. All diese Kommunikationsmittel verunreinigen die menschliche Existenz. Es gibt viele Bücher, aus denen ich über die Pflanzen und deren Anbau lernen kann. Und es gibt Briefe, die ich schreibe, wenn ich mit jemandem Kontakt haben möchte.»

«Gabriel, wenn ich weggegangen bin, werde ich dir Briefe schreiben, bist du einverstanden? Und schreib auch du mir, wenn du auf einmal mit mir reden möchtest.»

Ich verstand Gabriel sehr gut, aber ich verstand auch die Leute, die Computer und Telefone hatten, weil auch ich zu denen gehörte. Ich konnte auch diejenigen nicht verurteilen, die arbeiteten, um Geld zu verdienen. Ein solches Leben hatte ich in der Ukraine gehabt, ein Leben in einer großen Stadt, weit weg von der Obdachlosengemeinschaft und ohne Kontakt zur lebendigen Erde. Ich musste für Miete und andere Rechnungen aufkommen, Essen und Kleider kaufen und die öffentlichen Transportmittel bezahlen. Und obwohl mich Gabriels Lebensphilosophie sehr faszinierte, wusste ich, dass ich niemals in der Lage sein würde, mein Umfeld für immer aufzugeben, aus dem System auszusteigen und das reine Dasein zu genießen. Ich hatte keine Angst davor, mit der Gesellschaft in Berührung zu kommen, mit all ihren faulen Resten und Würmern. Ich wollte mich nicht vollständig von denen abkapseln, die die Erde ausbeuteten und Unnötiges kauften. Ich grenzte mich nicht von denen ab, die tagtäglich Fehler begingen, um sie dann wieder zu bereuen, denn ich verhielt mich selbst nicht anders. Deshalb war es für mich nicht weniger wichtig, mit Menschen in Kontakt zu kommen, die ich manchmal nicht verstand und deshalb verurteilte und die sich nicht immer der edelsten Taten rühmten, als mit bloßen Händen den Boden zu bearbeiten, das Holz einer alten Kommode zu schleifen und mit geschlossenen Augen Gabriels weisen, aber utopischen Gesprächen zuzuhören.

19

Wir waren einsam und deshalb obdachlos. Bevor wir hierhergekommen waren, kämpfte jeder auf seine Art gegen die Leere. Einer mit Alkohol, einer mit Drogen, einer mit der endlosen Flucht und dem immerwährenden Wechsel seines Wohnorts.

Hier hatten wir einander gefunden und retteten und heilten uns gegenseitig. Wir gestanden einander, dass es uns nicht gut ging und dass wir nicht einzelne losgerissene Teile sein konnten, die das Leben in Einsamkeit verbringen mussten. Wir wussten wohl, dass das gemeinsame Leben und die gemeinsame Arbeit uns nicht von unseren inneren Widersprüchen befreien konnte, keineswegs. Aber es fiel uns leichter, gegen die Widersprüche anzugehen. Sie ließen sich besser ertragen, wenn jemand da war, der dich mochte und der bereit war, dich im richtigen Moment zu unterstützen.

Es gab Tage, an denen mir so schwer zumute war, dass mir beim Abendessen die Tränen kamen und auf meinen Teller tropften. Die Jungs sahen sich an, jemand begann, mit mir zu sprechen, ein anderer legte schweigend seine Hand auf meine Schulter. Sie hörten mir zu und umarmten mich fest. Sie konnten mir keinen Rat geben, aber sie konnten bei mir sein, und das war das Wichtigste.

«Hast du's schwer?»

Ich nickte schweigend.

«Wir verstehen, dass du es hier schwer hast.»

Ihr Verständnis brachte mir Rettung. Sie verstanden mich, da sie es selbst manchmal schwer hatten. Es gab Momente, in denen es schwer war, aufzustehen und zum Waschbecken zu gehen, sich an die eintönige und unerträgliche Arbeit zu machen und bereits am Morgen ungeduldig auf das Ende des Tages zu warten. Aber wir verstanden auch, dass wir nun hier waren, unter diesem Dach vereint, so unterschiedlich wir auch waren, und dass dies seinen Sinn hatte.

In solchen Momenten lud mich einer der Jungs zu einem Ausflug ein. Wir nahmen unsere Fahrräder und fuhren in den nahegelegenen Wald. Wir fuhren schnell und redeten kaum, bis uns der Wind die Traurigkeit aus dem Kopf wehte. Wir stiegen auf den Hügel, warfen die Fahrräder hin, legten uns ins Gras und überließen dem Boden unsere Müdigkeit und unsere Schwere.

# 20

# Alassane & Alhassan

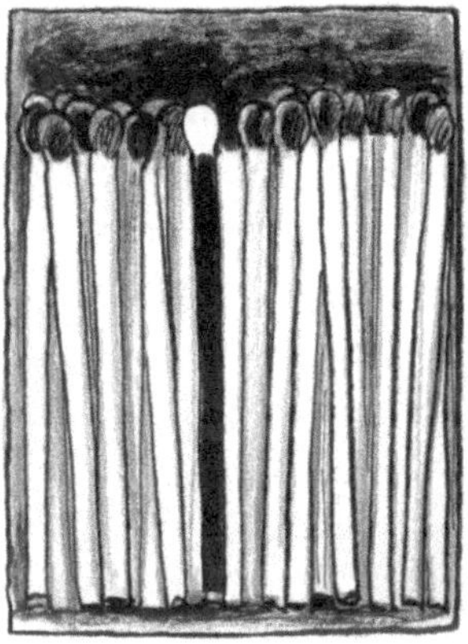

Er kam zu uns, als es schon fast Winter war. In La Chaux-de-Fonds begann der Winter Ende Oktober. Man brachte ihn am Abend in die Gemeinschaft, als alle bereits in ihren Zimmern waren. Er wurde gebracht, da er zuvor an einem speziellen Ort für Flüchtlinge war. Er sprach praktisch kein Französisch und kein Englisch. Alassane war der erste Compagnon afrikanischer Herkunft. Er sah schwach und verängstigt aus und war noch sehr jung und von hohem Wuchs. Wegen seiner Größe fiel es noch mehr auf, wie dünn er war.

Alassane wurde zusammen mit den anderen Compagnons untergebracht, und schon am nächsten Tag begann er mit uns zu arbeiten. Er war verschlossen und sprach wenig, und wenn er etwas sagte, konnten wir das wegen seiner besonderen Sprechweise und seines Akzents nicht verstehen. Ebenso wie Alassane mussten auch wir uns daran gewöhnen, mit ihm zusammen zu arbeiten. Er verstand unsere Sprache nicht – was hier eigentlich nichts Besonderes war –, und er begegnete unserer gut organisierten Welt mit einer gewissen Feindseligkeit, ja Aggressivität. Zu schnell fing er Streit mit den Kollegen an, rief aus, er sei kein Sklave und wisse, wie er seine Arbeit machen müsse. Dabei war niemand hier ein Sklave, jeder konnte die Gemeinschaft jederzeit verlassen, und doch machte jeder seine Arbeit, so gut er konnte. Denn wir wussten, wieviel das Leben in diesem Land kostete. Alassane wusste dies bestimmt noch besser als wir, nur war er verletzt, was wir hingegen nicht wissen konnten. Er bedurfte der Liebe und des Verständnisses, ebenso wie wir alle hier.

Mit mir geriet Alassane nicht weniger häufig in Streit als mit den andern. Und ich wusste oft nicht, wie ich reagieren sollte, wenn ich ihn allein antraf und er mich an der Hand fasste. Niemand war je so weit gegangen wie er. Er schien die Grenzen nicht zu kennen. Um den Streit zu vermeiden, ging ich ihm möglichst aus dem Weg.

Erst später erklärte mir ein aus Spanien stammender Compagnon das, was ich wegen meiner Emotionen nicht selbst erkennen konnte: «Du musst verstehen, Alassane erlebt hier einen kulturellen Schock. Für ihn ist es nicht nur ein anderes Land, sondern ein anderer Kontinent und eine völlig fremde Kultur. Weißt du, dass er weder lesen noch schreiben kann?»

«Nein.»

«Er kann auch nicht rechnen. Wenn ihr nach dem Abendessen auf eure Zimmer geht, bleibe ich bei ihm und lehre ihn Mathematik. Aber das weißt du nicht, und deshalb siehst du auch nicht, dass er nicht böse ist, sondern vielmehr Angst hat. Aggression ist ein Mittel des Selbstschutzes. Wir haben unterschiedliche Wurzeln und stammen aus verschiedenen Kulturen. Hab Verständnis für seine Andersartigkeit. Und nimm dir seine Streitlust nicht zu sehr zu Herzen. Es will sich damit nur vor einer Kultur schützen, die ihm vorläufig noch feindlich gesinnt ist. Verstehst du mich?»

Ich erinnerte mich an dieses Gespräch, als ich mit Alassane arbeiten musste. Und tatsächlich, nach einer gewissen Zeit war eine langsame Veränderung zu erkennen. Er passte sich der Kälte an und lernte, zurückhaltender zu sein. Er begann, unsere Scherze nach und nach zu verstehen und mit uns zu lachen. Und ich bemerkte auch, dass Alassane allmählich an Gewicht zunahm und nicht nur sein Geist, sondern auch sein Körper stärker wurde. Er wuchs heran, als hätte er gerade die Schule beendet und seine Abschlussprüfungen abgelegt. Seine Muskeln entwickelten sich, und er wurde dem Schauspieler Will Smith immer ähnlicher. Ich sagte ihm das von Zeit zu Zeit, dann lächelte Alassane freundlich und seine Feindseligkeit mir gegenüber schmolz allmählich dahin.

Alassane war nicht der erste Afrikaner, den ich kannte. Obwohl die Ukraine immer noch ein ziemlich konservatives

Land ist und nur wenige Menschen aus Afrika dorthin auswandern, war trotzdem einmal ein junger Mann aus Simbabwe in die Gemeinschaft in Lwiw gekommen. Seine Verwirrung ging mir zu Herzen, und so besuchte ich ihn einmal in der Woche, um ihm Unterricht in Ukrainisch zu geben. Er hieß Mike und hatte um politisches Asyl in der Ukraine gebeten. Warum gerade in der Ukraine?

Seine Eltern und Verwandten hatten Geld für gefälschte Dokumente und für ein Flugticket nach der ostukrainischen Stadt Charkiw gesammelt. Später erzählte mir Mike, dass seine ältere Schwester nach England gegangen war. Sie waren sich der Unterschiede zwischen den europäischen Ländern nicht bewusst und hatten gedacht, dass die geografische Nähe der Länder sich auch auf deren wirtschaftliche Lage auswirke. Als Mikes Familienangehörige ihm ein Flugticket in die Ukraine gekauft hatten, waren sie sich ziemlich sicher, dass dies ein Land wie England sei. Aber kaum in Charkiw angekommen, hatte Mike begriffen, dass er so schnell wie möglich weiter nach Westen ziehen musste. Und so war er in die Obdachlosengemeinschaft in Lwiw gelangt.

Als ich zu Mike zum Sprachunterricht kam, sprach nur er allein die erste Stunde, und ich hörte ihm zu. Er erzählte, dass er friere und dass seine Hände stets kalt seien, dass ihn niemand verstehe, obwohl er dachte, dass die meisten Leute in Europa Englisch sprächen. Er sagte, dass ihm das alles wie ein Albtraum vorkomme, weil er doch nicht obdachlos sei, sondern eine Familie in Simbabwe habe.

«Weißt du, Anna, ich mag die Ukraine nicht, weil dies das erste Land ist, in dem man mir gesagt hat, dass Afrika etwas Schlechtes sei. Dabei stamme ich nicht aus einer armen Familie und meine Eltern sind gebildete Menschen. Ja, wir sind nicht reich, aber unser Leben ist nicht schlechter als das in der Ukraine. Warum muss ich mich schlechter fühlen als ihr?

Wenn ich in den Bus steige, spüre ich, wie sich die Augen aller Passagiere auf mich richten, als wäre ich Jesus Christus, der von den Toten auferstanden ist. Warum schauen mich die Leute auf der Straße an, als ob ich ein Außerirdischer bin?»

Ich wusste keine Antwort darauf. Alles, was ich für ihn tun konnte, war, ihm zuzuhören und mindestens ein paar Stunden pro Woche bei ihm zu sein. Ihm zu helfen, die Sprache zu erlernen, die zur Mauer zwischen ihm und den anderen geworden war. Er kämpfte für das Recht, in der Ukraine bleiben zu können, ohne auch nur sicher zu sein, ob er das überhaupt wollte. Mike beantragte den Status als Flüchtling und die ukrainische Staatsbürgerschaft. Etwas mehr als nach einem Jahr war ihm das auch gelungen, und in einer unserer Unterrichtsstunden zeigte er mir den ukrainischen Pass mit seinem Bild darin. Aber sobald er verstanden hatte, dass dieses blaue Büchlein nichts an seiner Lage änderte und er weiterhin in der Obdachlosengemeinschaft bleiben musste, weil es auch für die Ukrainer selbst nicht genügend Arbeit gab, begann er, die Rückkehr nach Simbabwe ins Auge zu fassen.

Eines Tages, nach einer unserer Stunden, teilte mir Mike mit, dass er nach Hause zurückkehren würde. Als er mich von der Gemeinschaft zu meinem Bus begleitete, sagte er mir zum Abschied:

«Anna, ich muss dir etwas gestehen. Ich bin schlecht. Du wirst mich hassen, aber ich werde dir die Wahrheit sagen. Ich war kein politischer Flüchtling, ich wurde nicht von den Behörden verfolgt und mein Leben in Simbabwe war nicht in Gefahr. Ich wollte einfach nur nach Europa gehen, wie andere Afrikaner auch. Ich habe vor Gericht gelogen und ich habe auch dich belogen. Aber jetzt möchte ich, dass dieser Schrecken und diese harte Arbeit endlich ein Ende nehmen. In Simbabwe hatte ich die Universität und meine Freundin verlassen. Ich hatte gedacht, ich würde eine gute Arbeit in

Europa finden und dann meine Freundin nachkommen lassen. Aber es ist alles ganz anders gekommen. Hasst du mich nun, Anna?»

«Ich kann dich nicht hassen, nur weil du ein besseres Leben haben wolltest. Jeder möchte ein besseres Leben haben, Mike. Alle wollen leben und nicht nur überleben. Nur das Schicksal hat dir einen Streich gespielt, wenn du nicht nach England oder nach Dänemark gekommen bist, sondern in die Ukraine. Nun, ich hoffe, dass nicht alles für dich hier so schrecklich gewesen war und dass du Erfahrungen gemacht hast, die dir noch von Nutzen sein werden.»

Ich nahm ein rotes Gummiarmband mit der Aufschrift *Be strong and courageous* aus meinem Rucksack und gab es Mike als Erinnerung an seine Zeit in der Ukraine. Ich hatte es bei mir getragen für den Fall, dass Mike mir seine Rückkehr nach Afrika mitteilen würde. Er umarmte mich, und wir nahmen für immer Abschied voneinander.

Als ich schon in der Schweiz war, erinnerte ich mich immer wieder an Mike, vor allem, wenn ich mit Alassane arbeitete und wir uns bereits ein wenig auf Französisch unterhalten konnten.

«Wie bist du in die Schweiz gekommen, Alassane? Und warum gerade in die Schweiz?»

«Ach, das war eine Lotterie, und es ist mir immer noch nicht klar, wie ich hierhergekommen bin. Es war reiner Zufall.»

«Also wusstest du nicht, wohin du gehen würdest, als du Afrika verlassen hattest?»

«Nein, meine Verwandten haben mir Dokumente ausstellen lassen und mich in ein Flugzeug gesetzt. Dann war alles wie im Traum.»

«Und was nun? Was gedenkst du, als nächstes zu tun?»

«Weiter auf Gott vertrauen, da er mich ja auch hierhergeführt hat. Ich warte auf eine Aufenthaltsbewilligung für dieses Land. Die Prüfung meines Falles dauert lange, deshalb bin ich vorerst hier. Wenn ich eine Bewilligung erhalte, kann ich mich nach einer Arbeit umsehen.»

Ich kannte Alassanes Geschichte, wegen der er politisches Asyl beantragt hatte. In dieser Geschichte war er Journalist in seinem Land und schrieb Artikel gegen die Regierung. Er nahm an Aufständen gegen das Regime teil und war auch bereits inhaftiert gewesen. Aber ich wusste gleichzeitig, dass Alassane nicht gut schreiben und lesen konnte, und dass er das erst hier bei uns gelernt hatte. Ich hatte ihm jedoch nichts gesagt, denn wir wollen ja alle einfach nur leben. Und ich verurteilte ihn für diesen normalen menschlichen Instinkt auch nicht, so wie ich Mike seinerzeit nicht verurteilt hatte.

An einem anderen Tag, es war schon Frühling, kam ein zweiter Alhassan in unsere Gemeinschaft. Er war ebenfalls aus Afrika, stammte jedoch aus einem anderen Land, und sein Name wurde etwas anders geschrieben.

Dank der beiden erfuhren wir, dass es in Afrika mehr als 2100 verschiedene Sprachen gab, dass die Afrikaner aus den verschiedenen Ländern auch unterschiedliche Hautfarben hatten und dass es auch bei ihnen Rassismus gab. Wir studierten beim Abendessen die Geografie und Kultur Afrikas und mussten feststellen, dass wir überhaupt nichts über diesen Kontinent wussten. Der zweite Alhassan war aus Senegal und hatte eine noch dunklere Haut als Alassane der Erste. Wir nannten sie so, in der Reihenfolge ihrer Ankunft in unsere Gemeinschaft. Ich kannte die Geschichte des zweiten Alhassan nicht und fragte ihn auch nicht danach. Ich wusste, dass auch er auf eine Aufenthaltserlaubnis für die Schweiz wartete.

Eines Tages erhielt Alassane der Erste den negativen Entscheid. Er musste das Land in Kürze verlassen.

«Wohin wirst du jetzt gehen?»

«Ich weiß nicht, ich werde versuchen, in Frankreich oder in Deutschland eine Bewilligung zu erhalten.»

«Hast du nie daran gedacht, nach Hause zurückzukehren?»

«Mein Zuhause ist zerstört, Anna! Ich weiß nicht, wo mein Zuhause ist. Siehst du all diesen Luxus, die Stabilität und die Ruhe in Westeuropa? Und weißt du, dass sie das alles zum Teil unseres Goldes wegen haben? Wir schinden uns in unserem Land wie Sklaven nur für ein paar Cents, weil diese Weißen hier nicht satt werden. Sie haben zu wenig von allem! Ich aber will einfach nur leben. Ich möchte nach der Arbeit ein Buch lesen und abends ruhig auf der Straße spazieren. Ist das etwa zu viel verlangt? Nur ein bisschen ruhiges Leben. Verstehst du mich?»

Ich nickte nur. Diese Sätze waren mir allzu vertraut.

Er ging, und ich dachte noch oft daran, dass die Menschen sich nicht bewusst waren, was sie alles hatten. Tonnenweise Bücher wurden uns abgegeben, die wir nicht einmal für einen oder zwei Franken verkaufen konnten und die wir deshalb in große Altpapierbehälter werfen mussten. Gleichzeitig aber konnten viele Menschen auf der Welt noch immer nicht lesen und haben noch nie ein Buch gesehen, waren noch nie in der Schule gewesen und wären bereit, viel dafür zu geben, um wenigstens eine Grundausbildung zu bekommen und ein Buch in den Händen zu halten, welches wir hier auf den Müll werfen.

Aber offenbar ist diese Welt an mangelnder Bildung interessiert, in Anbetracht der immer noch eklatanten Chancenungleichheit zwischen den Menschen aus den verschiedenen Kontinenten, die sich dann später durch unerklärliche Umstände an ein und demselben Tisch zusammenfinden und zu

Bestandteilen desselben Streichholzhauses werden. Auch wenn verschiedenartig, sind sie doch gleichbedeutende Streichhölzer einer einzigen, tragenden Wand.

# 21

Ich kam aus der Ukraine, deswegen wusste ich, wie es war, wenn es einige Tage kein Leitungswasser, Strom oder Gas gab. Wenn man bei ausgeschalteter Heizung, im Mantel und mit einer Mütze auf dem Kopf schlafen musste und nicht sicher war, ob man am nächsten Morgen auch wieder aufwachen würde. Ich kannte die langen Warteschlangen in der Augusthitze, um den einen Laib Brot kaufen zu können, auf den eine Familie pro Tag Anrecht hatte. Ich wurde in der Sowjetunion während der Zeit der Perestroika geboren und erlebte die damalige Not. Aus diesem Grund stritt ich mich mehr als einmal mit Antonio, der am Abend das übriggebliebene Essen wegwarf oder das Wasser aus den Plastikflaschen in den Abfluss goss.

«Was soll ich denn tun, Anna? Die Haltbarkeit dieses Wassers ist schon abgelaufen, wir können es nicht mehr trinken.»

«Dann begieße die Blumen damit, Antonio! Denk dir einfach etwas anderes aus, als es in den Abfluss zu gießen. Du weißt doch, dass es auf dieser Erde Menschen gibt, die monatelang kein Trinkwasser haben, und sich über das Essen freuen würden, das du wegwirfst!»

«Aber wir haben es nun mal, Anna. Wir haben genug davon. Was soll ich deiner Meinung nach tun, wenn unsere Obdachlosengemeinschaft nicht so viel verbraucht, wie sie an Nahrungsmittel erhält?»

«Es gibt so viele gebildete Menschen in diesem Land. Sollen sie sich etwas einfallen lassen, um diese erschütternde Ungleichheit zu verringern!»

«Diese gebildeten Menschen denken nur an ihren eigenen Arsch, *nom de bleu!* Und daran, dass sie ihren Reichtum und ihren Platz an der Sonne nicht verlieren wollen. Sie benutzen ihren Verstand bei weitem nicht dafür, wovon du hier sprichst. Komm wieder auf den Boden zurück, damit du siehst, dass wir in diesem Streichholzhaus nichts ändern können!»

«Wir können, Antonio! Denn auch ich bin zur Schule gegangen und habe Verstand.»

«Dann denk dir was aus, meine Liebe!»

«Das werde ich. Ich brauche nur etwas Zeit und Gleichgesinnte.»

Zu essen hatten wir genug, sogar mehr, als wir brauchten. Die Nahrungsmittelhilfe in der Schweiz war gut organisiert. Einmal in der Woche erhielten wir von den großen Supermärkten Gemüse und Obst in ziemlich gutem Zustand. Am Samstag nach dem Markt gaben uns einige Bäckereien ihr Brot und Gebäck, das sie den Tag hindurch nicht verkaufen konnten. Am nächsten Tag mussten sie frische Waren anbieten, so kamen wir zu Olivenbrot, Rosinenbrötchen, Kuchen und Gebäck.

Manchmal gaben uns die Geschäfte auch Joghurt, Getränke, gefrorenes Fleisch und Fisch. Wenn uns dann immer noch etwas fehlte, ging jemand einkaufen. So war unser Essen immer abwechslungsreich, bei jedem Abendessen standen uns jeweils drei oder vier Gerichte zur Auswahl. Zweimal in der Woche war fleischloser Tag, an denen nur Gemüse und Fisch gekocht wurde. Aber auch an den Tagen mit Fleisch wurde an diejenigen gedacht, die kein Fleisch aßen. So jemand war ich. Ich konnte immer um etwas Käse anstelle des Fleisches bitten, und mir wurde ein großzügiges Stück abgeschnitten. Bei uns waren auch oft Muslime. Ihnen wurden während des Ramadans separate Teller für die Nacht beiseitegestellt.

In der Gemeinschaft kamen Menschen aus verschiedenen Ländern und Kontinenten zusammen, und wir lernten, unsere Besonderheiten und kulturellen Unterschiede zu akzeptieren. Ohne den Respekt unserer Andersartigkeit wären wir nicht in der Lage, das Streichholzhaus zusammenzuhalten. Aber ebenso lernten wir die Kultur des Landes kennen, das uns aufgenommen hatte. Auch wenn jemand vor seiner Ankunft in der Gemeinschaft nicht gewohnt war, mit Messer und Gabel zu essen, aßen wir alle hier wie in einem Restaurant, bis es uns zur Gewohnheit wurde und uns nicht mehr erstaunte.

Wir lernten Fondue und Raclette zu essen und mochten alle bald den Schweizer Käse und die Schokolade. Das ganze Jahr über standen Bananen, Äpfel, Birnen, Mangos und Avocados auf dem Tisch. Frische Tomaten, Grünzeug und Salat waren im Winter keine Besonderheit, sie wurden auch dann täglich zum Mittag- und Abendessen aufgetischt. Schokolade, Kekse und Süßigkeiten standen den Tag über in großen Schalen zur Verfügung. Tee und Kaffee waren jederzeit erhältlich.

Diejenigen, die sich in der Esskultur auskannten, erklärten am Tisch, wie man bestimmtes Besteck benutzte. Giorgio brachte uns bei, wie man Spaghetti richtig auf der Gabel aufwickelte. Oder er erklärte, es sei besser, die Suppe mit dem Löffel in entgegengesetzter Richtung zu schöpfen, um nicht aus Versehen sein weißes T-Shirt zu bespritzen. Und Cédric zeigte, wie man eine Tasse halten sollte, um einen eleganten Eindruck zu machen.

Wir hatten mehr als drei Mahlzeiten täglich. Außer dem Frühstück, dem Mittag- und dem Abendessen gab es zwei Kaffee- oder Teepausen. Zur Vormittagspause, zwischen Frühstück und Mittagessen, bekamen wir oft warme Suppe, Käse und Wurst, und zur Nachmittagspause um halb vier gab es Obst und Gebäck. Im Speisesaal stand auch ein großer Kühlschrank, wo man Joghurt und kalte Getränke finden konnte. Mit dieser Diät erlangten diejenigen, die mager zu uns gekommen waren, das notwendige Gewicht, wenn nicht gar Übergewicht.

Einige waren sich aber auch bewusst, dass dieses Essen im Moment zwar verfügbar war, dass sie es aber in einigen Tagen oder Monaten schon nicht mehr haben würden. Und es gab diejenigen, die immer etwas auszusetzen hatten und sich beklagten, dass die Kartoffeln nicht genug gebraten waren oder der Fisch bereits wieder kalt war. Es ist erstaunlich, wie schnell sich der Mensch an das Gute gewöhnt. Damit sich alle der Verantwortung und der Bedeutung der Arbeit in der Küche bewusst werden konnten, wurde bald beschlossen, die Bewohner der Gemeinschaft als Küchenhilfen in die Vorbereitung des täglichen Essens miteinzubeziehen.

22

# Les adjoints

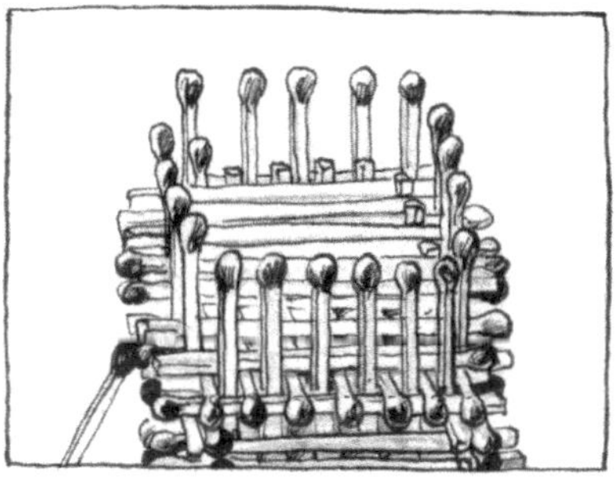

Die Gemeinschaft hatte ihr ein eigenes Vokabular. Der Direktor wurde nicht Direktor genannt, sondern *le responsable*, und dessen Stellvertreter oder Assistenten waren *les adjoints*. Diese waren gleichzeitig auch die Vorgesetzten der Compagnons.

Jede Abteilung hatte ihren *Adjoint*. Wenn die Arbeit und mit ihr die Verantwortung zunahm, dann gab es in einzelnen Abteilungen zwei *Adjoints*. Manchmal verließen sie ihre Stelle; einer hatte eine neue Arbeit gefunden und ging weg, ein anderer wechselte das Team. Doch die stetigen Änderungen waren für die Mitarbeiter der Gemeinschaft nichts Neues, im Gegenteil, sie waren die Konstante.

Mit der Zeit waren einige der Compagnons genügend qualifiziert, um in gewissen Abteilungen die *Adjoints* zu ersetzen. Ein solcher war Tahar in der Elektroabteilung oder Luc bei den Büchern. Lange Zeit gab es niemanden, der für die Textil- und Kleiderabteilung zuständig war. Dieses oberste Stockwerk war das Reich der freiwilligen Helferinnen. Und so übernahm oft Odile die Rolle der Verantwortlichen. Sie trug ihr Joch, bis Carole kam, auf deren Schultern all die ungelösten Probleme dieser Abteilung fielen, die sich im Laufe der Jahre wie Kleidersäcke auf dem Dachboden angehäuft hatten.

Das gleiche konnte für die Küche gesagt werden, wohl der schwierigste und verantwortungsvollste Arbeitsbereich. Lange Zeit hatten die Compagnons die Arbeiten in der Küche unter sich aufgeteilt, was oft zu Neid und Streit geführt hatte. Denn Antonio betrachtete sich als König der Küche. Und obwohl er manchmal müde war, tat er alles, um seine Konkurrenten loszuwerden, die während seiner freien Tage in der Küche arbeiteten.

Etwas später kam eine kleine, zierliche Frau in die Küche, die schließlich die Dinge in Ordnung brachte und klare, für alle gültige Regeln aufstellte, die die Arbeit vereinfachten und die Konflikte reduzierten. Obwohl Sonja die Funktion der

Küchenchefin offiziell nicht innehatte, wussten wir, dass sie es de facto war. Daran zweifelte niemand, ebenso wenig wie an der Tatsache, dass die Arbeit in der Küche höllisch schwer war. Davon zeugte nicht nur Sonjas konzentrierter Blick, sondern auch die zahlreichen Verbrennungen und Schnittwunden an ihren Händen. Sie musste es rechtzeitig schaffen, den fast dreißig hungrigen Compagnons und Mitarbeitern das Essen aufzustellen. Und wenn nicht viel Aufheben darum gemacht wurde, wenn einmal eine neue Ware nicht rechtzeitig ins Regal kam oder ein elektrisches Gerät nicht repariert war, so wurde es zur Katastrophe, wenn das Abendessen zehn Minuten zu spät auf dem Tisch stand. Dann verwandelten sich die von der körperlichen Arbeit ermüdeten Männer in wilde Tiere. Sonja wusste das, und deshalb verbrannte sie sich die Hände, schnitt sich in die Finger und organisierte die Arbeit mit den Compagnons, die ihr in der Küche halfen, so präzise, dass es auch nicht zur geringsten Verzögerung kam.

Die Möbel-, die Transport- und die Lieferabteilungen und später auch die Elektro- und die Bücherabteilungen hatten ihre Verantwortlichen. Jeder *Adjoint* hatte seine Stärken und seine Fähigkeiten, entsprechend derer er mit einer bestimmten Abteilung betraut wurde. Unser Bereich war die Chaosabteilung, in der wir täglich die Hoffnung nährten, wenigstens ein bisschen Ordnung hineinzubringen. Ich denke, Etienne wurde dazu berufen, diese Hoffnung aufrechtzuerhalten und uns nicht der Verzweiflung zu überlassen.

Ich staunte über Etiennes feine Intuition. Er erging sich nicht in Analysen und Berechnungen, sondern fühlte die Menschen und spürte deren Bedürfnisse. Er achtete auf die Emotionen und die Stimmungen der Mitarbeiter. Und als ich noch ziemlich schlecht französisch sprach, ermutigte er mich zu reden. Er sah meine Müdigkeit und, was am wertvollsten war, suchte nach Auswegen und Lösungen.

«Ist etwas passiert? Du lachst weniger. Früher war den ganzen Tag über ein Lächeln auf deinem Gesicht, jetzt ist es fast verschwunden.»

«Ich vermisse mein Zuhause. Oder vielleicht bin ich einfach nur müde ...»

«Ich habe eine Idee! Magst du Pferde?»

«Ja. Aber ich bin nur einmal geritten.»

«Meine Frau hat Pferde, sie gibt Reitstunden. Möchtest du dieses Wochenende reiten gehen?»

«Das wäre wunderbar, Etienne!»

Ich konnte mir nicht vorstellen, dass es anderswo einen Chef gab, der sich ebenso um das Wohlergehen seiner Mitarbeiter sorgte wie Etienne. Mit ihm fiel mir die Arbeit leichter. Ich konnte mich überzeugen, dass hier andere Gesetze der Zusammenarbeit galten und ich dem Vorgesetzen vertrauen konnte. So sagte ich ihm, was ich im Laden anders machen würde, legte eifrig meinen Standpunkt dar und widersprach ihm gar. Zwischen uns war kein Abstand und keine Hierarchie spürbar. Nur dass er als Chef das letzte Wort haben würde. Wir lachten viel während der Arbeit, und als sich meine Müdigkeit wieder bemerkbar machte, bat ich Etienne, für mich ein Wort einzulegen, wenn der Transportplan aufgestellt wurde, damit ich wieder mit dem Lastwagen mitfahren konnte. Obwohl Etienne es lieber gesehen hätte, wenn ich im Laden geblieben wäre und Seite an Seite mit ihm gegen das Chaos gekämpft hätte, ließ er mich gehen. Im Gegensatz zu mir konnte er als Abteilungsleiter nicht seinem Arbeitsplatz entfliehen.

Manchmal half nicht einmal die Arbeit auf dem Lastwagen gegen meine Müdigkeit vom Sortieren des Materials. Ich wurde unerträglich und bat Etienne, mich irgendwohin zu versetzen, nur damit ich diese Schachteln nicht mehr sehen musste. Es war mir ein Rätsel, wie Etienne mich ertragen konnte. Er sagte nur, er sehe, wie viel Kraft ich für unsere Arbeit aufwende, und dass er bereit sei, mir zu helfen, diese Kraft zu erneuern. Er ließ mich in die Bekleidungsabteilung und in die Schreinerei gehen, bat mich, das Besteck zu sortieren und zu verpacken und die Postkarten zu ordnen und schickte mich in den Möbelladen. Fast jeden Tag wechselte ich die Arbeit und die Abteilung, bis ich wieder zu ihm zurückkehrte und ihm sagte, dass ich mich nach der Arbeit im *magasins bibelots* sehne. Denn es hatte nur den Anschein, dass die andern es leichter hätten. Es hatte sich also gelohnt, dass ich alle Stockwerke und Abteilungen durchgegangen war, um schließlich einzusehen, dass nichts leichter oder schwerer als das andere war. Schwer war es für alle, aber jeder hatte seinen Platz im Streichholzhaus gefunden. Mein Platz war im Laden, und so machte ich mich mit neuer Kraft an die Arbeit. Ich krempelte meine Ärmel hoch in diesem hartnäckigen Kampf gegen die Schachteln, und schnitt mir auch von Zeit zu Zeit mit den Kartons in die Hände.

23

# Andrej

Schreib nie ein Buch.
Schreib überhaupt nichts,
du wirst dafür nur hinter
Gitter kommen oder in die
psychiatrische Klinik!
Ich werde dir dann nicht helfen,
niemand wird dir helfen...!
... hast du
verstanden?!

«Verlier deine männlichen Qualitäten nie! Hast du verstanden, du sollst deine männlichen Qualitäten nicht verlieren! Das ist etwas vom Wertvollsten, das du hast», hatte mir Andrej einmal gesagt.

So will ich beim nächsten Streichholz also von Andrej sprechen, von Andrzej, Andrij, Andreas oder André. Ihm passten alle Varianten seines Namens, er hatte gegen keine etwas einzuwenden. Er war ein Internationaler, wenigstens gab sich Andrej so.

Mit der Zeit war ich im Streichholzhaus zum Schluss gekommen, dass hier niemand unersetzlich war. An des einen Stelle trat ein anderer, und die Wände stürzten nicht ein. Andrej hingegen würde ich als unersetzlich bezeichnen, wenn ich das zu ihm passendste Wort nennen müsste. Er war ein Mensch auf dem Weg, ein Mensch des ständigen Wandels. Der Ruf der Straße war in ihm hörbar. Man fühlte, dass er jeden Tag seinen Rucksack nehmen und weiterziehen könnte. Das ließ die Erkenntnis seiner Unersetzlichkeit noch größer werden, denn jeder Tag könnte sein letzter in dieser Gemeinschaft sein. Er war ein paar Tage vor mir angekommen, und ich wollte immer, dass er, wenn er sich einmal entschließen sollte zu gehen, dies nur dann tun sollte, wenn ich schon nicht mehr hier sein würde. Das war ein egoistischer Wunsch, aber es fiel mir schwer, mir dieses Haus ohne ihn vorzustellen.

Andrej erzählte mir viel und alle seine Worte waren wie spitze Pfähle oder Nägel, die er mir sorgfältig ins Gehirn trieb, sei es durch den angespannt nervösen Tonfall seiner Stimme, sei es durch die lakonische Kürze der Sätze, deren Inhalte viel umfangreicher und gewichtiger waren als ihre Form. Ich spürte durch die Hülle seiner groben und manchmal brutalen Worte eine große Liebe und Sorge, ein ständiges Streben nach Gerechtigkeit und Wahrheit. Es war schwierig zu erklären, wie er diese Liebe zu den Menschen in seinem nervösen Tonfall zum Ausdruck brachte, aber anders konnte er nicht sprechen. Und so musste man durch die unfreundliche Intonation seiner Sätze hindurch zum Wesentlichen finden, was nur Wenigen gelang. Nicht alle hatten das Gespür dafür, und oft wunderte man sich, warum ich Andrej so demütig und aufmerksam zuhörte und mich trotz seiner Grobheit an ihn hielt wie an ein Leuchtfeuer.

«Habe nie vor etwas Angst. Und schau den Leuten in die Augen, wenn du mit ihnen sprichst. Schau mir in die Augen! Du darfst vor nichts Angst haben; mach alles, was du willst. Du kannst tun, was dir gefällt, solange es um dich geht und du niemandem schadest.»

Ich hörte Andrej gerne zu. Manchmal brauchte ich lange, um ihm lästig zu werden, ihn hinaus auf die Hügel oder in den Wald zu schleppen, mit ihm lange durch die Stadt zu gehen oder mit ihm mit dem Fahrrad wegzufahren, damit er endlich zu reden beginnen würde, und ich ihm einfach zuhören konnte.

«Ändere dich! Ändere dich dauernd und jeden Tag! Erlaube Raum und Zeit, dich zu ändern. Sei schon heute nicht mehr die, die du gestern warst. Und beobachte. Beobachte alles, was mit dir geschieht und sich verändert. Du bist vor allem wegen der Veränderungen hier.»

«Ich bin hier, um das Leben zu verstehen.»

«Versuche nie das Leben zu verstehen! Es ist nicht dazu da, verstanden zu werden. Und überhaupt, du brauchst nichts zu verstehen, beobachte nur alles, was um dich herum ist, das reicht.»

«Und warum bist du hier, Andrej?»

«Ich bin nur vorübergehend in der Gemeinschaft. Eigentlich möchte ich viel Geld verdienen.»

«Wozu brauchst du viel Geld? Was wirst du tun, wenn du viel Geld hast?»

«Ich werde die Menschen beobachten. Einfach nur sitzen und beobachten.»

Ebenso gerne, wie ich Andrej zuhörte, arbeitete ich auch mit ihm zusammen. Er nahm sehr viel auf sich und ließ gleichzeitig die, mit denen er arbeitete, nicht zur Ruhe kommen. Er arbeitete immer mehr, als vorgegeben war, und spornte so die andern an. Jeder, der mit Andrej arbeitete, musste, wenn auch nicht mehr, als verlangt war, so doch wenigstens gut arbeiten.

Eines Morgens las ich auf dem Arbeitsplan meinen Namen neben dem Namen Andrejs. Es war einer der wenigen Tage, an denen ich auf dem Lastwagen mitfahren konnte. Wir waren zu dritt: Nicolas, einer der *Adjoints*, Andrej und ich. Wir mussten eine schöne und gemütliche Wohnung in Neuenburg räumen, deren Bewohner umgezogen waren.

Diesmal mussten wir nicht alles mitnehmen. Wir nahmen nur Geschirr, Handtücher, Bettwäsche, einige Teppiche, ein wenig Kleinkram, Bücher und ein paar Möbelstücke. Ich wurde immer dann aufgeboten, wenn Kleinzeug in Kartonschachteln verpackt werden musste; die Jungs trugen die vollgepackten Schachteln hinaus und luden sie in den Lastwagen. Die schwersten Stücke trug Andrej selbst, und er erledigte sogar einen Teil meiner Arbeit. Er ließ mich nicht nur keine schweren Schachteln, sondern überhaupt nichts tragen.

Während der Pause tranken wir Kaffee auf der Terrasse, vor uns am Fuß der Berge breitete sich der Neuenburgersee aus. Wir wären gerne so lang wie möglich hiergeblieben, hätten uns gewünscht, dass die Wohnung uns gehören würde, wenigstens für diese vier Stunden.

«Wenigstens ein kleines Stückchen gewöhnlichen, irdischen, menschlichen Glücks. Weißt du, so ein kleines Stückchen», sagte Andrej manchmal. Er träumte von einer kleinen Hütte irgendwo in den Bergen, weit weg von den Menschen und dem Lärm. Er war müde vom Leben und den Menschen, obwohl er beides liebte. Das äußerte sich darin, dass er sich öfters zurückzog und in sein Zimmer oder anderswohin verschwand. Ich wusste, dass es in solchen Momenten zu nichts führen würde, ihn zum Reden bringen zu wollen, also wartete ich damit, bis Andrej aus seiner Askese zurückkehrte.

Er beeilte sich mit der Arbeit in der Neuenburger Wohnung, und ich bat ihn, noch eine kurze Zeit auf der Terrasse zu verweilen, zumal wir mit der Arbeit frühzeitig fertig waren. Wir unterhielten uns, und ich hatte erneut die Gelegenheit, einige interessante Geschichten aus seinem Leben zu erfahren.

«Warum hast du dich von deiner Frau scheiden lassen?»

«Irgendwann brauchte sie mich nicht mehr.»

«Das ist nicht möglich. Sie hat dich immer gebraucht, und auf einmal braucht sie dich nicht mehr?»

«Im Leben ist alles möglich. Du weißt noch nichts, aber im Leben ist alles möglich. Ich hatte das Haus verlassen und mich auf den Weg gemacht. Ging vom Norden in den Süden Deutschlands, dann nach Frankreich und kam dann hierher. Ich war einige Jahre unterwegs gewesen und hatte verschiedene Menschen und verschiedene Sachen gesehen, deshalb kann ich dir sagen, dass im Leben alles möglich ist.»

Als Andrej zu Beginn des Frühjahrs zum ersten Mal in diese Gemeinschaft kam, war kein Platz mehr frei. Er suchte sich eine andere in einer anderen Stadt, aber auch dort war kein Platz mehr für ihn. So fand er im Wald in der Nähe jener Stadt eine Höhle, in der er zwei Monate lang hauste, bis in unserer Gemeinschaft ein Zimmer frei wurde. In der Höhle hatte er tagsüber geschlafen und nachts war er unterwegs.

«Wenn du an der frischen Luft schläfst, reichen einige Stunden, um ausgeschlafen und wieder fit zu sein. Aber das war ein Problem, denn im Wald gab es nichts zu tun. So bin ich auf die hohe Brücke gestiegen und habe den Leuten zugeschaut. Schon nach kurzer Zeit wusste ich, wer wann vorbeigeht und wieder zurückkommt. Ich kannte diese Leute besser, als ihre Verwandten sie kannten.»

Einmal wurden Andrej und ich in die Gemeinschaft einer anderen Schweizer Stadt geschickt, um auszuhelfen, weil die Lage dort ziemlich kritisch war. Die Gemeinschaft befand sich nicht weit von jenem Ort, wo einst Andrej im Wald lebte. Wie immer regulierte er das Arbeitstempo auf erstaunliche Weise. So, dass man nicht nachließ, sich aber auch nicht überanstrengte. Diese seltene Fähigkeit, die Kräfte bei der Arbeit einzuteilen, konnte ich von ihm lernen.

«Wir sind nicht hier, um ihre Arbeit für sie zu machen. Wir helfen, aber wir arbeiten nicht für andere. Am Nachmittag gehen wir in den Wald. Wir werden schnell machen müssen, weil es weit ist. Ich werde dich in eine Höhle werfen und dir ab und zu das Essen bringen. Wir werden sehen, wie du dort überleben wirst.»

Er zeigte mir verschiedene Pfade und wie man, ohne den Wald zu verlassen, um die ganze Stadt herumgehen konnte. Es war still und ruhig dort, ich verstand, was Andrej meinte, wenn er von einem Stückchen menschlichen Glücks sprach. Er war weit herumgekommen, nicht nur geografisch, sondern auch geistig. Ich konnte mir seine Müdigkeit nur vorstellen. Oft ärgerte sich Andrej über schrille Geräusche, lautes Lachen, fremde Gerüche und unnötige Dinge. Er ärgerte sich über die Sommerhitze und die Winterkälte, über die französische Sprache und die vegetarische Küche, über Massenveranstaltungen und große Städte. Dann lief er den Menschen und allem, was ihm auf die Nerven ging, davon. Er verschwand in irgendeine Höhle. Womöglich in seine ideale Welt. Dort warteten zwei Kinder auf ihn, die er sehr liebte, eine Frau, die er trotz allem immer noch liebte, Eltern und

Freunde – das gewöhnliche irdische Glück. Er schrieb ihnen noch immer Briefe und schickte ihnen Postkarten, und lebte so, als ob sein ganzes Leben schon hinter ihm liegen würde, als ob es schon vorbei wäre.

Ich aber versuchte ihm zu zeigen, dass es eine Unmenge anderer Farben und Schattierungen gab, dass die Welt nicht nur in seiner Lieblingsfarbe Khaki gemalt war. Am internationalen Museumstag, an dem weltweit alle Museen geöffnet waren, gingen wir ins *Musée des beaux-arts* in La Chaux-de-Fonds. Dort zeigte ich Andrej die Bilder meiner Lieblingsmaler Van Gogh und Modigliani. Er sah sie sich gleichgültig an und sagte, dass er Kunst gar nicht möge und nichts davon verstehe. Dann fand er aber das Porträt einer Frau, stand lange davor, schaute sich die Gesichtszüge an und sagte, dass der Künstler die Frau auf diesem Bild sehr geliebt habe.

«Sieh mal, sie ist nicht gerade schön, aber der Künstler hat sie attraktiv dargestellt. Als der Künstler dieses Bild malte, fand er sein Modell wirklich schön. Und das hat er uns vermittelt. Nicht dic Schönheit dieser Frau, sondern die Schönheit seiner Liebe zu ihr.»

Am Abend, als wir bereits in die Gemeinschaft zurückgekehrt waren, fasste er den Tag zusammen: «Ja, mit den Frauen bekommt das Leben einen Sinn. Obwohl es kompliziert ist mit euch.»

Es gab auch Tage, an denen wir einfach durch die Stadt spazierten. Andrej hatte seinen Rucksack mit deutschem Bier vollgepackt. Mit jeder getrunkenen Dose wurde seine Sprache freier. Ich war neugierig, was er hinter seiner harten, verschlossenen Natur versteckte.

«Einen Mann verändert wenig im Leben. Eine Frau verändern zwei Dinge radikal: die Ehe und die Geburt eines Kindes. Das Erscheinen des zweiten Kindes verändert die Frau ebenfalls sehr. Auch auf den Mann hat die Geburt des Kindes einen Einfluss, jedoch nicht so wie auf die Frau. Deshalb, du kannst es drehen, wie du willst, du musst gebären, um weiter zu existieren. Ein Kleines, das herumrennt, einen kleinen Menschen, der herumrennt! Einen solchen wie du, verstehst du? Nur dann kannst du sagen, dass du lebst. Jetzt begreifst du nichts, aber dann wirst du gleich alles verstehen und wirst wie Gott auf Erden umherwandeln.»

Er drehte sich einen Joint, atmete das Marihuana ein und fuhr fort:

«Du musst gebären, und dann erziehst du das Kind so, wie du willst. Aber du musst ihm alles geben, was du in dir hast. Du musst ihm von der Welt erzählen, so wie du es kannst, mit einfachen Worten. Dass der Wald grün ist und der Himmel blau, dass eine Ameise hier auf dem Boden herumkriecht. Und du kannst es am besten. Versprich mir, dass du es tun wirst!»

«Ich werde mir Mühe geben.»

Während dieser langen Gespräche erfuhr ich mehr und mehr über sein Leben vor der Obdachlosengemeinschaft. Andrej war in Kasachstan aufgewachsen, deshalb sprach er Russisch, und deshalb fiel es uns auch leicht, uns zu verstehen. Er gab sich keine große Mühe, Französisch zu lernen, obwohl er es verstand. Stattdessen antwortete er allen auf Deutsch und manifestierte damit seine angeborene Sturheit gegen das Erlernen anderer Sprachen. In Kasachstan lebte er in einer deutschen Siedlung. Er stammte aus einer deutschen Familie, die nach dem Zweiten Weltkrieg zusammen mit anderen aus Deutschland deportiert wurde. Deshalb sprach er von Kindheit an Deutsch. Seinen Starrsinn, ja seine Grobheit und Brutalität, seine Intoleranz fremden Kulturen gegenüber jedoch erbte er von der Sowjetunion, in der er groß geworden war.

Vor deren Einfluss hatte ihn nicht einmal die geschlossene deutsche Siedlung bewahren können.

Nach dem Abschluss der Berufsschule, immer noch in der Sowjetunion, musste er sofort schwer arbeiten. In Murmansk verbrachte er mehrere Jahre auf großen Schiffen auf See, er fuhr zum Fischfang aufs Weiße Meer. Seine Eltern bereiteten unterdessen die Dokumente für die Rückkehr nach Deutschland vor. Andrej nahm seine Freundin mit. Sie waren 16 oder 17 Jahre alt, als sie sich an die neue Umgebung gewöhnen mussten, die sich grundlegend von derjenigen unterschied, in der sie groß geworden und zur Schule gegangen waren. Seine deutschen Wurzeln waren ihm keine Hilfe dabei, diese waren ihm schon vom sowjetischen System entfernt worden. Deshalb hatten es die Deutschen auch nicht sehr eilig, sie als Teil von ihnen zu akzeptieren.

Die junge Familie hatte schon bald ein erstes Kind, und Andrej musste viel arbeiten, um für alle drei aufkommen zu können.

«Ich arbeitete neun Jahre auf einem Friedhof und schaufelte Gräber. Ich hatte einiges gesehen! Egal, wie reich oder arm die Toten im Leben waren, die Erde holte sie alle, die Würmer fraßen sie alle. Deshalb ist es mir egal, mit wem ich es zu tun habe, ich krieche nicht vor den Reichen. So oder so werden wir alle gleich enden.»

Etwas später wurde das zweite Kind geboren. Und das Geld, das er mit dem Schaufeln der Gräber verdiente, reichte ihnen nicht mehr. Er liebte seine Familie und wollte, dass seine Kinder und seine Frau nicht schlechter lebten als diese Reichen und Arroganten, die er fast täglich in der Erde vergrub. Aber die neue Ordnung, an die er nicht von klein auf gewohnt war, ließ ihm keine Hoffnung, auch nur eine Sprosse höher zu steigen.

«Weißt du, als ich todmüde vom dauernden Schaufeln nach Hause kam und meine Kinder mich nach einem Spielzeug

Warum hast du dich von deiner Frau scheiden lassen?
Irgendwann brauchte sie mich nicht mehr.
Das ist nicht möglich. Sie hat dich immer gebraucht, und auf einmal braucht sie dich nicht mehr.
Im Leben ist alles möglich.

oder nach neuen Kleidern fragten, wäre mein größtes Glück gewesen, es ihnen geben zu können. Aber ich hatte dieses Glück nicht. Das Geld, das ich verdiente, reichte kaum, um die Rechnungen zu bezahlen.»

Dann begann Andrej, in seinem Keller Hanf anzubauen. Er machte gute Geschäfte mit dem Verkauf des Marihuanas, bis ihn die Polizei erwischte. Und dann kamen die Gerichtsverfahren, das Gefängnis und die psychiatrische Klinik.

«Während der Verhandlung hatte ich den Richter beschimpft. Ich hatte nur auf seine Hände geschaut, so dünn und zierlich waren sie. Er hatte wohl nie wirklich gearbeitet. Er hatte nicht die geringste Ahnung, was harte, körperliche Arbeit war. Aber von oben herab über die einfachen Menschen urteilen! Wer zum Teufel ist er denn? Ich hatte es ihm ins Gesicht gesagt.»

«Und wie bist du dann in die Klinik gekommen?»

«Ich ging in die Klapsmühle, weil ich dort mehr Freiheit hatte. Das erste, was du im Gefängnis siehst, ist der Beton unter deinen Füßen. Du kannst nicht auf der Erde oder auf dem Gras gehen. Alles ringsherum ist in Beton gegossen. Außerdem bist du dort ein Nichts, man erniedrigt dich und experimentiert an dir, von niemandem ist Hilfe zu erwarten.

Einem Mann, mit dem ich gesessen hatte, sagten sie, dass er Aids habe. Noch kurz vor seiner Verhaftung hatte er ein Kind bekommen. Stell dir nun seinen Zustand vor, als er dies während seines Verhörs erfuhr. Er war schon dabei, sich in der Zelle das Leben zu nehmen, bis sich herausstellte, dass man ihm eine falsche Information gegeben hatte, nur damit er gestehen würde.

Deshalb tat ich alles dafür, um in die Klapsmühle zu kommen. Dort gab es ein weißes Bett, und wir konnten jeden Tag nach draußen in den Park. Und von dort schickte ich meinen Kindern auch regelmäßig Postkarten. Mit allen Tricks und

Kniffen verschaffte ich mir von draußen kleine Geschenke für sie. So konnte ich ihnen immer etwas geben, in den seltenen Fällen, wenn sie mich besuchen kamen.»

Nach all diesen Geschichten aus seinem erfüllten Leben hätte man meinen können, er wäre bereits fünfzig oder sechzig Jahre alt, dabei war er damals erst 36.

«Es bleiben mir höchstens noch vier Jahre, ich habe mein Leben schon hinter mir», sagte er oft.

Mir schien, dass diese Geschichten kein Ende nehmen würden und dass ich ihm ewig hätte zuhören können. Deshalb sagte ich ihm einmal, dass man damit ein ganzes Buch füllen könnte.

«Schreib nie ein Buch. Schreib überhaupt nichts, du wirst dafür nur hinter Gitter kommen oder in die psychiatrische Klinik. Ich werde dir dann nicht helfen, niemand wird dir helfen, da wieder rauszukommen. Schreib also nie Bücher, hast du verstanden?!»

Andrej entfernte sich, als er merkte, wie sehr ich mich an ihn gebunden hatte. Er begann, mich zu meiden, obwohl mich seine Augen von weitem suchten. Ich hatte begriffen, dass ich ihm noch lange hätte folgen können, ohne ihn zu fragen, wohin wir gehen würden, nur immer seinen Geschichten lauschend, die wie Gleichnisse waren. «Du sollst nie vor etwas Angst haben, du bist doch ein Mädchen auf dem Weg, oder nicht?», hallte es weiter in meinem Kopf. Er hatte es bereits in meinen Augen erkannt und wollte mir sein Schicksal ersparen. Weil ich doch überhaupt noch nichts verstanden hatte.

«Binde dich an nichts und an niemanden. Und verweile nie zu lange an einem Ort. Menschen, die lange an derselben Stelle bleiben, beginnen sich zu wiederholen, sie merken nicht einmal, dass sie immer dasselbe sagen. Du musst dich ändern, geh also immer weiter. Geh einfach hinaus und weg. Du hast in dieser Gemeinschaft nichts zu tun. Geh!»

# 24

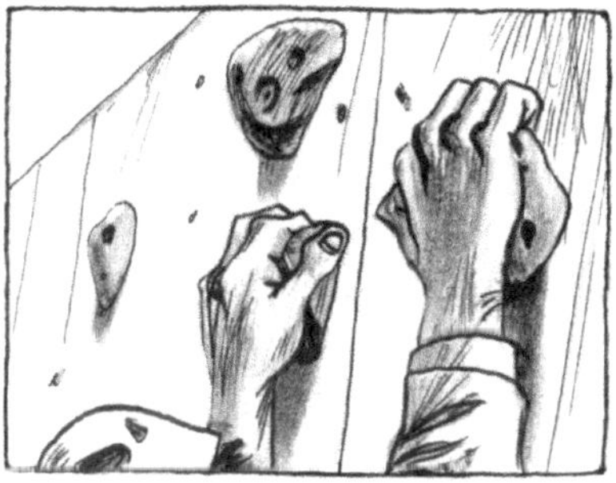

Ich kenne keinen Ort, an dem mehr über Erschöpfung gesprochen wurde als diesen hier. Über körperliche, geistige und emotionale Erschöpfung. Alle waren wir chronisch erschöpft und wussten uns keinen Rat. Wir konnten nichts anderes dagegen tun, als täglich darüber zu sprechen. Von außen konnte es scheinen, dass das, was wir taten, nicht besonders schwer war, ja dass wir überhaupt nichts taten. Aber wenn man sich mit diesen Menschen einmal in ein Boot setzte, wenn man mit ihnen an einem Tisch aß und den Alltag mit ihnen teilte, dann konnte man auf einmal das ständige Klagen über die Erschöpfung nachvollziehen.

Einer sah den Grund unserer Erschöpfung darin, dass viele Dinge, die wir jeden Tag entgegennahmen und sortierten, Menschen gehört hatten, die erst vor kurzem gestorben waren. Dass die ganze Energie dieser Dinge, ob positiv oder weniger positiv, durch unsere Hände floss, durch unsere Köpfe und unsere Herzen. Ein endloser Strom von Dingen mit einer ausgelöschten Geschichte, aber einer unvergänglichen und in sie eingeprägten Erinnerung. Und dann die dauernden Gedanken daran, wie diese Dinge vor dem frühzeitigen Tod gerettet werden könnten. Das trieb uns manchmal fast in den Wahnsinn.

Es gab Tage, an denen ich die Kontrolle endgültig über mich verlor und in Tränen ausbrach. Jede Nacht träumte ich von diesen Dingen und wie ich sie im Laden in die Regale stellte. Es schien mir, dass meine Nerven jede Minute reißen könnten und ich zusammenbrechen würde, wie die Regale unter der Last der unzähligen Dinge.

Ich verstand die Welt noch immer nicht. Ich verstand nicht, warum wir so viel wegwerfen mussten, warum die Menschen so viele Sachen hatten, die sie im Grunde gar nicht benötigten und nicht verwenden konnten. Tag und Nacht dachte ich darüber nach, dass es doch einen Ausweg geben müsse, einen Weg, der aus diesem Haus hinausführe. Doch damit versperrte ich mir selbst den Ausgang. Die Jungs konnten mich nicht verstehen, sie verstanden zwar die Last der Arbeit, aber jeder nur die eigene. Und so auch ich. Es schien uns weiterhin, dass es der andere leichter hatte, dass den anderen die leichtesten Aufgaben zugeteilt wurden, und nur mir, mir allein, die schwerste. Mir schien, dass die Arbeit auf dem Lastwagen die leichteste war, und in Gedanken war ich immer dort und hoffte jeden Morgen erneut, meinen Namen unter dem Wort *camion* lesen zu können. Ich konnte mit Gewissheit sagen, dass diese Arbeit mein Traum war, der praktisch nie in Erfüllung ging. Mein Name stand einfach selten in dieser Spalte, und dass ich sie gerade deswegen für die leichteste hielt, war mir wohl bewusst. Alle anderen meinten, dass es gerade dort am leichtesten war, wo ich arbeitete, wo ich jeden Tag meinen Namen fand. Und meine Antwort darauf war dieselbe: Sie mussten einfach nie dort arbeiten. Einige von uns wurden vom ersten Tag an fest einer bestimmten Abteilung zugewiesen, andere hingegen hatten fast nie einen festen Ort und änderten jeden Tag ihre Tätigkeit. Ich wusste nicht, was leichter war. Aber von unserem gemeinsamen Standpunkt aus gesehen konnte man sagen, dass nichts leichter oder nichts schwerer war als das andere. Und wenn wir einem festen Ort zugewiesen waren, dann einfach deswegen, weil wir gerade diese konkrete Arbeit am besten erledigten, auch wenn sie unsere Kraft zu übersteigen schien.

Ich lernte ununterbrochen. Ich lernte von den Jungs und von der eigenen täglichen Erfahrung. Schließlich hatte ich verstanden, dass das alles nicht geändert werden konnte, dass man sich abfinden musste, dass Dinge weggeworfen wurden, manchmal gar in großen Mengen, dass man unablässig danach streben musste, die eigene Kraft und Energie richtig einzuteilen und dass man sich erholen musste. Wir erholten uns gemeinsam, genauso wie wir arbeiteten oder aßen. Wir gingen an den See oder in den Wald, fuhren nach Genf oder nach Neuenburg, nahmen die Fahrräder oder spielten Basketball, gingen an die Kletterwand oder ins Schwimmbad, an Rockkonzerte, ins Theater, ins Kino, ins Café, zum Bowling oder legten uns einfach auf die grüne Couch auf der Veranda und unterhielten uns über das Leben.

Mit jedem Tag wurde mir bewusster, dass ich mir mein Leben ohne sie nur schwer vorstellen konnte. Mir wurde bewusst, dass ich mich hier festsetzte, mich immer mehr an sie band, dass ich mir nicht einmal mehr etwas anderes wünschte. Sie waren für mich alles geworden: Kollegen, Lehrer, Freunde und Brüder, die ich liebte.

Jeden Abend nach dem Essen bei der Rückkehr zu Odiles Haus dachte ich an sie und oft erfüllte mich die Liebe zu ihnen so sehr, dass ich meine Tränen nicht zurückhalten konnte. Ich wusste einfach nicht, ob es jemanden auf der Welt gab, der reicher war als ich, und ob ich mir mehr Reichtum und Glück wünschen konnte, als ich hier hatte. Meine Schätze, meine unschätzbaren Compagnons! Gemeinsam überwanden wir die Erschöpfung, gerade weil wir zusammen waren. Wir gingen durch sie hindurch, versöhnten uns mit ihr, wir gaben uns ihr hin, wir ließen uns von ihr überwältigen, um uns auszuruhen, um uns gemeinsam auszuruhen.

Manchmal aber gelang es uns nicht, die Erschöpfung zu überwinden, und wir fanden keinen anderen Ausweg, als übereinander herzufallen. Der Anlass konnte das Wetter, das Essen, die Stimmung, ein persönliches Erlebnis oder sonst etwas sein, und so kam es vor, dass wir das alles überhatten, dass wir voll davon waren, wie jener Raum voll war, in den die Jungs die mit Material gefüllten Kartonschachteln trugen. Es schien, dass sich das Dach zu verschieben begann, das Dach unseres Hauses, das Dach eines jeden von uns. Wir verstanden, dass es an uns selbst lag, und nicht an jemand anderem, der gerade dabeistand. Wir waren überfüllt mit unserem eigenen Schrott, und pausenlos trug man uns neuen herbei. Doch wir fanden, wenn auch selten, einen Ausweg: Wir sprachen miteinander, entschuldigten uns und weinten gemeinsam; wir blieben trotz allem zusammen und beieinander. Wir verstanden, dass der Tag kommen würde, an dem bei jedem von uns das Maß voll sein würde und wir dann ebenso auf das Verständnis und die Liebe der anderen angewiesen sein würden.

# 25

# Antonio

RADIO ANTONIO
Antonio, sag mir etwas.
Etwas.
Sag mir etwas Schönes.
Etwas Schönes.
Antonio!!

«Antonio, sag mir etwas.»
«Etwas.»
«Sag mir etwas Schönes.»
«Etwas Schönes.»
«Antonio!»
«Nun gut! *Tu es formidable comme un gâteau à la crème!*[4]»

Eigentlich war Antonio wunderbar. Das Lied *Formidable* von Stromae war seine ganz eigene Hymne, die er in voller Lautstärke abspielte und deren Text ihn zum Weinen brachte. Und wenn ich jetzt von denen erzählen müsste, die hierhergekommen waren, um für lange zu bleiben, würde ich zuallererst Antonio nennen.

Es gibt Fenster und Türen im Haus, es gibt Ziegelsteine und es gibt Zement, der die Ziegelsteine zusammenhält. Aber dies alles wäre nur eine leere Schachtel, wenn nicht der besondere Inhalt wäre: die Wärme und das Gefühl von Geborgenheit und Sicherheit, von Zuverlässigkeit und Beständigkeit.

Sehr wahrscheinlich lag die Ursache für diese Gefühle beim Essen und denjenigen, die uns das Essen zubereiteten. Antonio war einer von jenen, die für uns kochten. Obwohl er nicht der einzige Koch in der Gemeinschaft war, so war doch nur bei ihm das Sättigungsgefühl vollkommen. Er mischte etwas Besonderes in seine italienischen Gerichte, so dass jedem schmeckte, was er auch auf den Tisch brachte. Er fügte dem Essen seine unendliche Liebe hinzu, und es war unmöglich, sie nicht zu fühlen. Antonio sorgte auch dafür, dass diejenigen, die kein Fleisch aßen, Ersatz dafür erhielten: Käse, Bohnen oder Fisch. Wenn Antonio kochte, war es, als ob jemand Geburtstag oder Hochzeit feierte. Man merkte gleich, dass er, wie alle Italiener, auch selbst gern gut aß. So sagte er jedes Mal, wenn er für uns kochte, es sei sein Geburtstag.

4 Du bist wunderbar wie eine Sahnetorte!

Manchmal erinnerte mich Antonio an den Paten, den Al Pacino gespielt hatte. Er wusste alles über uns. Nicht nur aus dem, was wir sagten oder taten, sondern aus seinen eigenen Beobachtungen. Er kümmerte sich um jeden einzeln von uns und befolgte seine eigenen Gesetze, die nicht immer den Regeln der Gemeinschaft entsprachen, die aber ebenso gerecht waren. Antonio war auf seine Weise gerecht und besonnen, deshalb gingen viele mit ihren Schmerzen, ihren Missverständnissen und ihrer Trauer zu ihm. Jedem widmete er seine Aufmerksamkeit, er konnte zuhören und gab nützliche Ratschläge. Er hatte uns ganz einfach gern.

Es kam vor, dass ich während der Arbeit zu Antonio in die Küche ging, um eine Weile bei ihm zu sein, ihn zu umarmen oder einfach neben ihm zu stehen. Ich sah, dass er oft sehr müde war. Er nahm viel auf sich, bat aber nie um Hilfe und lehnte ab, wenn wir ihm welche anboten.

«Antonio, was kann ich für dich tun?»

«Du bist hier, das ist das Beste, was du für uns tun kannst.»

Manchmal konnte er seine Müdigkeit nicht verbergen und gab zu, dass er nachts oft nur zwei bis drei Stunden schlafe und lange nicht einschlafen könne, weil er an uns denken müsse. Aber trotzdem ließ er sich nur selten helfen. Ja, er sah in unser Innerstes. Es war mir unerklärlich, wie ihm das gelang.

«Ich sehe, du bist traurig. Warum bist du traurig?»

Dann sprach er lange zu mir, und ich lauschte einfach seiner Stimme, da ich noch nicht alles verstand, was er sagte.

«Hast du verstanden?»

«Ja, ich habe verstanden.»

«Nein, du hast nicht verstanden, was ich gesagt habe.»

«Woher weißt du das, Antonio? Wieso weißt du alles über mich?»

«Weil ich dich gernhabe, meine Gute.»

Antonio verschloss sich nicht vor uns. Er sprach gerne über sich, wenn wir zusammen Eis aßen oder mit seinem Hund Blacky spazieren gingen. Gleichzeitig mussten wir aufpassen, was wir ihm sagten. Denn alle Informationen konnten später «über das Radio» weiterverbreitet werden. Er nannte sich selbst *Radio Antonio*.

«Ich wurde in Italien in einer ziemlich armen Familie geboren. Meine Eltern arbeiteten viel, und wir sahen sie nur selten. Ich erinnere mich noch gut daran. Wir, das sind meine Schwester, mein Bruder und ich. Wir waren drei Kinder. Ich hatte meine Berufung schon sehr früh erkannt und war somit noch ganz jung, als ich das Studium im Priesterseminar begann. Ich wollte einmal ins Kloster. Ich war ziemlich gut, und mir gefiel das Studium, ich wäre gern diesen Weg weitergegangen. Aber eines Tages wurde mir mitgeteilt, dass mein Bruder und meine Schwester bei einem Autounfall ums Leben gekommen waren. Ihr Auto war mit voller Geschwindigkeit gegen einen Baum am Straßenrand gefahren. Sie hatten eine Überdosis, sie waren schon lange auf Drogen.

Ich musste das Priesterseminar verlassen, um meine Eltern zu unterstützen. Der Tod der beiden Kinder hatte sie völlig zerstört. Weißt du, ich hasse meinen Bruder und meine Schwester noch immer, ich musste bei ihrer Beerdigung nicht einmal weinen. Ich würde eher weinen, wenn mein Hund stirbt, sie aber verdienen meine Tränen nicht. Sie haben das Leben unserer Familie ruiniert. Ich musste viel arbeiten, um meine Eltern zu unterstützen, die bald schwer erkrankten und kurz darauf nacheinander aus dem Leben schieden. So war ich von da an allein.

Ich kehrte nicht mehr ins Seminar zurück, sondern brachte mich mit Gelegenheitsjobs durch. Ich arbeitete als Kellner in Cafés und Restaurants. In der Sommersaison verdiente ich nicht schlecht, aber es war keine sichere Arbeit.

Und seitdem fremde Arbeitskräfte nach Italien kommen, haben wir Italiener selbst keine Arbeit mehr. Also ziehen wir weg. Ich suchte eine Arbeit in Frankreich, fand aber bald eine Gemeinschaft, in der ich ein Zimmer, drei Mahlzeiten am Tag und etwas Taschengeld bekam. Und da blieb ich hängen. Ich hatte ja keine Familie, und das war eine Lösung für mich. So war ich zuerst in einigen Gemeinschaften in Frankreich, bis ich dann hierher nach La Chaux-de-Fonds gekommen bin.»

Es war Sommer, und wir genossen die seltene Wärme in dieser sonst kühlen Stadt. Wir saßen auf der Terrasse eines Cafés in der Nähe des Brunnens und plauderten über den Alltag in der Gemeinschaft. Auf einmal rückte ich näher an Antonio heran und fragte ihn endlich, was ich schon lange wissen wollte:

«Antonio, wann hast du gemerkt, dass du schwul bist?»

«Woher weißt du, dass ich schwul bin?»

«Aber du erzählst es doch selbst allen, wie sollte ich es dann nicht wissen?»

«Ich spreche mit allen darüber, nur nicht mit dir. Ich habe es dir nie gesagt. Wie hast du das erfahren?»

«Odile hat es mir gesagt. Ist es etwa ein Geheimnis?»

«Odile hat es ihr gesagt!»

Darauf schwieg er, und ich erhoffte mir schon keine Antwort mehr. Die Neugier war jedoch stärker als ich.

«Wusstest du bereits im Priesterseminar, dass du schwul bist?»

«Wie kannst du nur fragen! Natürlich wusste ich es! Seitdem ich mir meiner Sexualität bewusst war.»

«Dann war es sicher schwer für dich dort, wo du nur von Männern umgeben warst.»

«Es war schwer für mich, aber ich hatte das Gelübde abgelegt. Ich diente Gott.»

«Es gibt die Ansicht, dass Homosexualität bereits in den Genen angelegt ist, und nicht erst im Laufe des Lebens erworben wird. Ich hatte gehört, dass früher bei den fruchtbarsten Frauen immer eines der Kinder homosexuell war. Auf diese Weise sollte sich die Natur selbst schützen, damit es auf der Erde nicht zu viele Menschen gäbe, die in sinnlosen Kriegen sterben müssen. Weißt du etwas davon?»

«Ich habe noch nie darüber nachgedacht. Ich bin einfach so, wie ich bin.»

Ich kehrte nicht mehr zu diesem Thema zurück, aber Antonio verbarg seine Orientierung von nun an auch vor mir nicht. Er hatte gedacht, ich würde ihn verurteilen, dabei konnte ich ihn jetzt umso mehr umarmen, weil ich wusste, dass er für mich ungefährlich war. Oft erfüllte mich eine Zärtlichkeit und Liebe, die ich denjenigen gegenüber äußern wollte, die mich umgaben. Ich konnte mir das jedoch mit den anderen Compagnons nicht erlauben, weil auch ich ein Gelübde abgelegt hatte. Aber mit Antonio lief ich keine Gefahr, ich konnte ihn umarmen, sooft ich wollte.

Vom Alter her hätte er ja mein Vater sein können, er aber bestritt dies und sagte mit schon größerer Überzeugung, dass er schwul sei und deshalb gar keine Kinder haben könne. Aber er habe nichts dagegen, wenn ich seine Schwester sei. So wurden in unserem Streichholzhaus zerstörte Schicksale wiederhergestellt und restauriert.

# 26

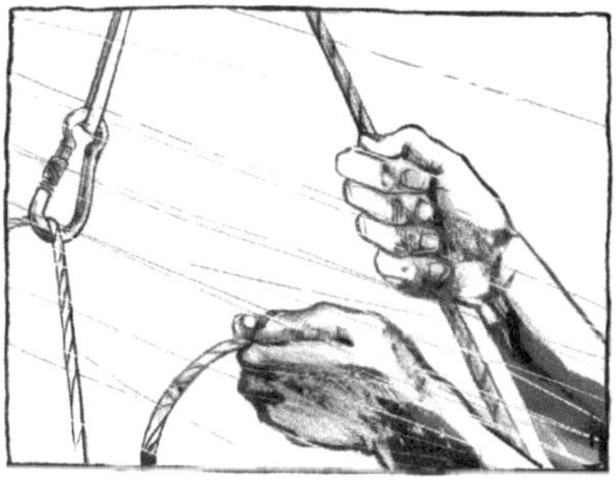

Einmal auf der Treppe, nachdem ich die Blumen auf den Stockwerken der Jungs gegossen hatte, ging mir auf einmal ein lebhafter Gedanke durch den Kopf und ich beschloss, ihm genauer nachzugehen. Ich hatte begriffen, wie wichtig es war, sich nicht vor der Arbeit zu fürchten. Keine Angst vor irgendeiner Arbeit zu haben, ist die Grundlage für ein glückliches und ungetrübtes Leben. Und mir wurde zum ersten Mal auch klar, dass ich, wenn auch vornehmlich eher an geistige Tätigkeit gewöhnt, mich nicht davor fürchtete, mit den Händen zu arbeiten. Diese Einsicht ermutigte mich. Ich hatte keine Angst, Toiletten zu putzen oder Straßen zu fegen, hatte keine Angst, meine Hände am Karton blutig zu schneiden und Staub in die Wunden zu bekommen, hatte keine Angst, mir die Finger zu verbrennen oder den Rücken zu überdehnen. Ich hatte keine Angst zu arbeiten.

Diese Erkenntnis gab mir auf einmal das Gefühl innerlicher Entspannung und Freiheit. Ich konnte vorwärtsschreiten, Risiken eingehen und die Prioritäten setzen, die mir wichtig waren. Die Abwesenheit von Angst schenkt ungeahnte Freiheit. Ich wusste nun, dass ich mich selbst in der schlimmsten Lebenslage nicht aufgeben würde. Und das alles, weil ich keine Angst vor körperlicher Arbeit hatte. Es fielen mir noch weitere Ängste ein, und die Möglichkeiten, dagegen anzugehen. Denn meine Arbeit in der Gemeinschaft war nicht nur körperlicher Art, sie war für mich eine fortwährende Selbstvervollkommnung.

Für die Zeit außerhalb der Arbeit dachten wir uns oft die verschiedensten Beschäftigungen aus. Einmal, nach Beendigung des Arbeitstages, ging ich mit einigen Compagnons in die Kletterhalle. Sie hatten mir schon früher angeboten, mich ihrem Kletterteam anzuschließen, aber ich hatte immer einen Grund gefunden abzulehnen. Der Grund lag darin, dass ich große und panische Höhenangst hatte.

Die Jungs fuhren hauptsächlich des Sportes wegen hin, einige wollten sich und den anderen beweisen, wie stark sie seien und was für Höhen sie bezwingen können. Ich hatte mir keine Messlatte gesetzt. Ich sagte mir, dass es schon klappen würde, auch wenn ich mir es schließlich doch noch anders überlegen sollte und nicht klettern würde.

In der Halle wurden wir in Zweiergruppen aufgeteilt. Das Kriterium war das Gewicht. Ich kam mit Julien zusammen, einem achtzehnjährigen Jungen, der meistens vormittags in der Gemeinschaft arbeitete. Er hatte Hörprobleme und sprach nicht sehr gut, obwohl er ein Hörgerät hatte. Aber da er nur Französisch verstand, was ich damals noch nicht gut sprach, würde uns das ohnehin nicht helfen, vor allem dann nicht, wenn mir in einer kritischen Situation die richtigen französischen Wörter noch weniger einfallen würden. Wir brauchten auch gar nicht miteinander zu sprechen, denn wir gaben uns mit dem Kopf oder den Händen Zeichen, und manchmal reichte auch nur ein Blick.

Ich fühlte, dass Julien und ich ein Team waren und ich meinem Partner vertrauen konnte. Da sah ich auch, dass man ohne Vertrauen in den andern nicht nach oben klettern konnte. Denn wenn der eine am Klettern war, musste ihn der andere sichern und ständig das Seil halten. Wenn der erste dann plötzlich fallen würde, würden das gespannte Seil und die schnelle Reaktion des sichernden Partners ihn halten. Daher war es wichtig, jeder Bewegung des Kletternden zu folgen und das Seil ständig gespannt zu halten. Man kann sagen, dass derjenige, der unten sichert, die ganze Verantwortung, wenn nicht für das Leben, so doch für die Gesundheit und die heilen Gliedmaßen des andern trug.

Julien hatte eine leichte geistige Behinderung, und so war es für mich äußerst wichtig, ihm vertrauen zu können. Aber Julien sicherte mich stets perfekt, so dass ich auch keine Angst gehabt hätte, mit ihm in den Bergen zu klettern.

Ebenso wichtig wie das Vertrauen in den Partner war es, zum richtigen Zeitpunkt zu sagen: «Stopp, ich klettere nicht weiter!» Vor allem mir selbst einzugestehen, dass mir die Kraft fehlte, weiter zu klettern. Meine Handflächen waren feucht vor Angst, manchmal zitterten mir die Beine. Das Problem war aber nicht so sehr die Überwindung des realen, sondern vielmehr des inneren Höhenunterschiedes. Es waren viele Leute da, alle schafften es bis zuoberst, einer von uns filmte, und ich erklärte, dass ich nicht weiter klettern könne und wieder herunterkommen wolle.

Der Instrukteur erklärte mir später, dass es sehr wichtig sei, rechtzeitig anzuhalten. Denn wenn die Arme ermüden, könne man stürzen und sich verletzen. Er sagte mir, ich könne aufhören zu klettern, wenn ich Angst habe.

Ich ruhte mich eine Weile aus und versuchte es erneut. Ich setzte es mir nicht mehr zum Ziel, das Ende zu erreichen, sondern bewegte mich ganz ruhig, vorsichtig und gleichmäßig vorwärts und konzentrierte mich voll auf den nächsten Schritt. Es hatte keinen Sinn, schon an die übernächsten Schritte zu denken, wenn der letzte noch nicht getan war.

Doch in der Mitte der Kletterwand kam erneut die Angst, ich begann mein inneres Gleichgewicht zu verlieren, die Hände glitten von der Wand und ich wollte wieder hinunter, doch Kraft hatte ich noch, also musste ich einfach wieder ruhig werden.

Der Instrukteur rief von unten herauf, ich solle mich etwas ausruhen. Julien hielt das Seil gespannt, so konnte ich loslassen und in der Luft hängen, um meine Arme etwas zu entspannen. Ich ruhte ein paar Minuten aus, Julien hielt das Seil die ganze Zeit fest und achtete auf meine Zeichen, meine kleinsten Bewegungen und Gesichtsausdrücke. Ich fühlte die Ruhe und Juliens Unterstützung, dann kletterte ich weiter und erreichte das Ende der Wand.

Als ich wieder unten war und dem Instrukteur sagte, dass die Höhenangst meine größte Phobie sei, lobte er mich sehr. Er sagte, dass ich eine tolle Leistung erbracht hätte. Und dann, hinter meinem Rücken, hörte ich einen der Jungs sagen, dass ich sehr ruhig hinaufgestiegen sei, und dass die Ruhe in jeder meiner Bewegungen zu spüren gewesen sei. Und das war für mich das größte Lob und der höchste Gipfel, den ich bezwungen hatte, auch wenn die Wand nur zehn Meter hoch war.

An jenem Tag hatte ich verstanden, dass dies der Schlüssel war zu allem, was wir im Leben taten. Am wichtigsten war, diesen Schlüssel zu erkennen und zu bewahren. Einige Jungs stürzten sich wie verrückt, rasend und waghalsig nach oben. Einer kletterte auf die schwierigste Wand, die eigentlich für professionelle Kletterer bestimmt war. Er war für sich und die anderen ein Held.

Aber als wir abends verspätet zum Essen in die Gemeinschaft zurückkehrten und feststellten, dass vom Essen fast nichts mehr übriggeblieben war, stürzte er sich allen voran mit Vorwürfen und Anschuldigungen auf den Koch. Ich erinnerte mich damals an ein Zitat aus dem Film *Sieben Jahre in Tibet*: «Dies ist ein weiterer großer Unterschied zwischen unserer Zivilisation und der euren. Ihr bewundert den Menschen, der sich in jedem Bereich seines Lebens an die Spitze drängt, während wir den Menschen bewundern, der sein Ego aufgibt.»[5]

Ich wusste aus Erfahrung, dass die Bezwingung der Berge in unserem Inneren die schwierigste Aufgabe war. Die Harmonie und die Ruhe in den Bergen und in der Ebene zu bewahren. Aber wichtig war auch, dass jemand da war, der uns unterstützen würde, wenn wir mitten auf der Strecke die Kraft und das

5 Zitat aus *Seven Years in Tibet*, amerikanischer Spielfilm (1997) von Jean-Jacques Annaud

Gleichgewicht verlieren würden. Ohne diese Unterstützung wäre es fast unmöglich, bis nach oben zu kommen.

27

# Pierre

Bonne soirée,
Messieurs Dame!

Es war schwierig, sich diese Gemeinschaft ohne Pierre vorzustellen. Er schien immer schon hier gelebt zu haben. Pierre war der älteste aller Compagnons. Wegen seines beachtlichen Alters wurde er von allen respektiert. Er arbeitete an den Nachmittagen in der Möbelabteilung. In einem weichen Sessel sitzend füllte er die Quittungen für die Kunden aus und scherzte mit ihnen auf seine sehr feine Art. Wie mit uns allen.

Pierres Leben hier funktionierte wie das gut geregelte Werk einer Schweizer Uhr. Er ging immer zur selben Zeit nach unten zum Mittagessen und verließ uns wieder zur selben Zeit nach dem Abendessen. Pierre sprach wenig mit uns, ein paar Sätze den Tag hindurch. Es waren auch jeden Tag dieselben Sätze. Wenn er mich in der Mittagspause sah, dann grüßte er mich immer gleich: «Salut, Anna! Ça va?»

Und ich gab jeden Tag dieselbe Antwort: «Ça va, Pierre. Et vous?»

«Ça va très bien.»

Bei Pierre war immer alles *très bien*. Es war die Beständigkeit, die ihn, abgesehen von seinem Alter, von uns unterschied. Da Pierre beim Essen schwieg, war er der erste, der vom Tisch aufstand. Er trug den Teller hinaus und noch in der Tür sprach er seinen immer gleichen Satz mit der immer gleichen Intonation:

«Bonne soirée, Messieurs Dames!»

Und unsere Antwort folgte unmittelbar und fast im Chor:

«Bonne soirée, Pierre!»

Ich liebte diesen Moment. Er war wie eine Perle in unserem hektischen Tag. Wenn die Arbeit erledigt, der Hunger gestillt und die Muskeln entspannt waren. Wir waren vereinigt in Pierres Guten-Abend-Gruß. Am meisten freute mich, dass Pierre am Schluss unbedingt noch ein *Dames* hinzufügte. Auch wenn ich die einzige Frau unter den Männern war, vergaß er mich nicht. Trotz seiner schweigsamen Art nahm sich

Pierre die Mühe, dieses zusätzliche Wort auszusprechen, um den Gruß auch an mich zu richten.

Nachdem Pierre in sein Zimmer verschwunden war, saß ich noch ein paar Augenblicke still da und genoss den süßen Nachgeschmack seiner Worte und das Gefühl eines wahren Zuhauses. Es war offensichtlich, ohne Pierre wäre diese Gemeinschaft kein Zuhause. Er war ihr alteingesessener Bewohner, ihre Seele und ihr stiller Beobachter. Sein Beobachtungssinn zeigte sich auch dann, wenn er in der Pause zu mir kam und mir sagte, dass ich schon besser Französisch spreche als Antonio, der doch fast sieben Jahre hier lebte. Wir lachten genauso leise, wie sein Kompliment klang.

Pierre hatte keine eigene Familie. Ab und zu fuhr er zu seinem Bruder nach Frankreich, aber Kinder oder eine Frau hatte er nicht. Wir wussten, wenn Pierre eines Tages diese Gemeinschaft verlassen würde, so würde er auch diese Welt verlassen. Die Tatsache, dass wir es waren, die diesem älteren, grauhaarigen Mann am nächsten standen, gab uns das Gefühl, eine Familie zu sein, und zu etwas Bedeutsamem, Wichtigem und Wesentlichem zu gehören.

# 28

# Raphaël

Wenn meine Freunde aus der Ukraine mich in ihren Briefen fragten, was ich in der Schweiz mache, fiel es mir schwer, ihnen mit wenigen Worten unsere Tätigkeit zu erklären. Auf den ersten Blick war meine Arbeit körperlich, ich beschäftigte mich mit der Verwertung von Material, das heißt mit Recycling. Tatsächlich aber war alles viel komplizierter und tiefgründiger, denn ich arbeitete in einem Team Seite an Seite mit Obdachlosen zusammen, deren emotionaler und psychischer Zustand oft instabil war, und mit denen man mehrmals am Tag in eine Turbulenzzone geraten konnte. Beim Abendessen befand sich oft keiner der Angestellten bei uns. Schließlich brauchten wir niemanden, der auf uns aufpasste, wir kamen selbst zurecht.

An einem dieser Abende hatte Raphaël, ein Bewohner der Gemeinschaft, einen Anfall. Er saß ruhig am Tisch vor seinem Teller, bis er auf einmal nach Luft zu ringen und zu stöhnen begann. Ich saß in seiner Nähe und fragte ihn, ob ich ihm helfen könne. Gewöhnlich reagierten die anderen Bewohner nicht auf solche Vorkommnisse oder taten so, als ob sie nichts bemerken würden. Deshalb musste ich oft die Initiative ergreifen, um die andern zu einer Reaktion zu bringen. Früher hatte ich es mit Beschuldigungen und Tränen versucht, dann hatte ich begriffen, dass es das Beste wäre, ein Beispiel zu sein.

Raphaël sagte, dass er Angst habe, große Angst zu sterben. Er hatte eine plötzliche Panikattacke. Zuerst dachte ich, er hätte Drogen genommen. Erst später hatte ich erfahren, dass er an Epilepsie litt. Die anderen Compagnons kamen nun auch und riefen nach Samuel. Ich versuchte in der Zwischenzeit, Raphaël ein wenig zu beruhigen. Ich nahm seine Hand und streichelte sie.

«Raphaël, du bist nicht allein, wir sind bei dir. Wir werden dich nicht im Stich lassen. Was immer auch passiert, wir werden dir helfen. Alles ist gut, du bist nicht allein.»

Da drückte Raphaël meine Hand, küsste sie und sah mich mit Tränen in den Augen an.

«Je t'aime.»

Ich verstand sofort, was er damit sagen wollte. Er brauchte Liebe.

Wenn man Raphaël vor sich hatte, sah man einen kräftigen Mann mit dichtem Bart und zerzaustem Kopf, der bis zum Kinn tätowiert war. Ich sprach während der Arbeit fast nie mit ihm, wir arbeiteten auch nie zusammen. Raphaël schwieg meistens. Er grüßte zwar, aber zu einem Gespräch kam es nicht. Es machte den Eindruck, als ob er in seiner eigenen Welt blieb und die Menschen um ihn herum nicht bemerkte. Ich war mir nicht einmal sicher, ob er meinen Namen wusste. Er hob selten die Augen, um jemanden anzusehen, sondern blickte an den Menschen und an allem Irdischen vorbei. Dann aber, wenn es einmal vorkam, dass ich ihm in die Augen sah, war sein Blick hell und tief, erfüllt von Schmerz und unbekanntem Leid, aber nie von Aggression oder Hass. Raphaël sah finster und drohend aus, aber das war nur ein Schein. Wenn ich seine Hand hielt, sah ich in ihm den kleinen, verängstigten Jungen. Ein verwirrtes und verlorenes Kind. Jetzt brauchte er uns.

Die Jungs führten ihn auf sein Zimmer und legten ihn ins Bett. Da ich nicht weit weg wohnte, sagte ich ihnen, sie könnten mich jederzeit herbeirufen, wenn wieder etwas sei. In diesem Moment merkte ich, dass dies unsere wichtigste Aufgabe hier und der Sinn unseres Daseins war, nämlich einander nahe zu sein. Nichts anderes zu tun, als beieinander zu sein. Das war es, das jeder von uns am meisten brauchte. Das Gefühl, nicht allein zu sein, nicht allein auf der Straße sterben oder allein an einem unkontrollierten Panikanfall ersticken zu müssen. Auch wenn sich dessen nicht alle bewusst waren, darin lag der wichtigste Grund unseres Aufenthalts in dieser Gemeinschaft.

Einmal sah ich im Laden einen Aushang, auf dem jemand aus der Gemeinschaft kostenlos Gitarrenunterricht anbot. Es war Raphaël. Ich war überrascht, dass er sich entschlossen hatte, aus seiner Welt hinauszutreten.

Einige Tage später kam eine Kundin unseres Ladens zu mir und sagte, dass sie einen Gitarrenlehrer für ihr Kind suche. Ich ging mit ihr die Treppe hinunter in die Möbelabteilung, wo Raphaël mit der Reparatur der Möbel beschäftigt war.

«Raphaël, du hast doch einen Aushang gemacht, auf dem du kostenlosen Gitarrenunterricht anbietest?»

«Ja.»

Er hob die Augen, die voller Schmerz waren, durch die jetzt aber auch etwas Hoffnung und Freude schienen.

«Eine Frau sucht einen Lehrer für ihr Kind.»

Ich ließ sie Tag und Uhrzeit vereinbaren und war froh, dass Raphaël seine Angstanfälle bald mit Musik und menschlichem Kontakt überwinden konnte, was oft die beste Medizin war.

Aber auf einmal ging Raphaël weg. Während der Morgenpause dankte er allen, nahm seinen Rucksack und verließ die Gemeinschaft. Ich war an jenem Tag auf dem Lastwagen, aber die Jungs hatten es mir berichtet. Wir kannten den Grund für sein Weggehen nicht, doch es gab Gerüchte, dass er irgendwo in der Stadt sei, zumindest wurde er mehrmals beim Bahnhof gesehen. Wir wussten, dass Raphaël keinen Ort hatte, wo er hingehen konnte, aber er hatte wohl auch nicht die Kraft hierzubleiben.

Ich erinnerte mich, wie er einmal in den noch geschlossenen Laden getreten war, wo ich gerade die Waren in die Regale gestellt hatte. Auf einmal schrie er aus vollem Hals, so dass er alles um sich herum aufscheuchte. Es war ein Schrei aus seiner tiefsten Seele, ein Schrei der Hoffnungslosigkeit. Ich spürte den Schrei in meinem Innersten, fühlte aber keine Angst. Das

Leben drückte ihn an die Wand. Er wollte nicht hier sein, doch er wusste nicht wohin. Diese tägliche Arbeit war eine Last für ihn gewesen, aber er hatte keine andere Wahl gehabt.

Raphaël war nicht der einzige, dem es so ging. Die Gesellschaft wollte ihn nicht, deshalb musste er sich mit dem Leben am Rande abfinden, ob es ihm gefiel oder nicht. Es blieb ihm nur noch zu schreien, und sich mit diesem unmenschlichen Schrei von der Last zu befreien, die auf seine Brust drückte.

Ein paar Wochen später, noch früh am Morgen, erschien Raphaël wieder in der Tür. Er war schmutzig und ausgezehrt. Weder die *Adjoints* noch der Leiter machten ihm einen Vorwurf, sie gaben ihm Handtücher, Hygieneartikel und saubere Bettwäsche. Er wurde so aufgenommen, wie er war, und deshalb war er auch schon mehrere Male wieder zurückgekommen.

Ein paar Tage später saß Raphaël bereits mit seiner Gitarre auf der Veranda und lehrte einen Jungen die einfachen Akkorde. So heilte er seine Wunden.

29

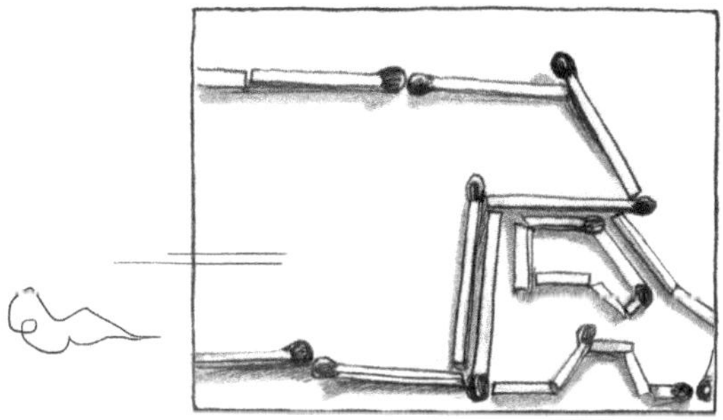

Nach einer gewissen Zeit wurde ich erneut zum Lastwagen aufgeboten. Ich wartete immer ungeduldig auf diese Fahrten in die Welt hinaus, und wenn ich es schweigend nicht mehr aushalten konnte, so bat ich, mitgenommen zu werden. Wir wurden darauf hingewiesen, dass es diesmal viel Arbeit geben würde, so dass gleich zwei Lastwagen und ein kleiner Bus hinfuhren.

Was uns genau erwartete, wussten wir nie. Ich sehnte mich jeweils nach dieser Überraschung, nach dem Unbekannten, das sich vor mir auftun würde. Wird es eine Aussicht von einer Terrasse aus auf den See am Fuße der Berge sein, oder ein Tor zu einem alten, vollgestopften Keller?

Diesmal war es eine große, zweistöckige Garage mit einer Werkstatt und einer Anzahl kleiner Kammern. Alles war dunkel und schmutzig, das Licht drang fast nicht nach innen, die zahllosen Dinge waren mit einer dicken Staubschicht bedeckt. Wir nahmen wie immer alles mit, obwohl die meisten Sachen sofort entsorgt werden mussten.

Ich wollte den Jungs meine Unzufriedenheit nicht zeigen, da ich ja selbst darum gebeten hatte, und erst recht, da ich es mit ihnen nicht nur gemütlich, sauber und ruhig haben, sondern mich auch an ihren mühsamen und anstrengenden Arbeiten beteiligen wollte. In jenen Momenten, in denen unsere Gereiztheit besonders groß war, wollte ich sie besser verstehen können, wollte begreifen, warum sie so erschöpft waren und nach dem Essen möglichst rasch vom Tisch aufstanden und hinausgingen.

Auch hier blieb uns nichts anderes, als zu scherzen und uns gegenseitig zu ermuntern. Wir arbeiteten wie immer schnell und aufeinander abgestimmt, jeder hatte seinen Arbeitsbereich, gleichzeitig war aber auch jeder bereit, dem andern zu helfen. Wir packten die Sachen in die Schachteln und beluden die Autos damit. Mir gaben die Jungs jene Schachteln, die sie selbst mit nur einer Hand heben konnten. Trotzdem versuchte ich immer wieder, etwas Schwereres zu nehmen, denn ich wollte nachvollziehen können, wie es sich für sie anfühlte. Die Jungs lobten mich, bedankten sich für mein Lachen und die fröhliche Stimmung und meinten, dass sie sich in Anbetracht meiner Leidenschaft und meines Einsatzes ebenso anstrengen müssten. Sie nannten mich erneut ihre *petite femme courageuse*, obwohl ich mich nur ihretwegen so tapfer gab.

Wir sahen die Leute nur selten, die uns die Aufträge erteilten. Normalerweise gaben sie die Schlüssel den *Adjoints*. Dann kamen wir, erledigten unsere Arbeit und fuhren wieder weg. Wir packten die Dinge ein, die sich noch für den Verkauf in unserem Laden eigneten, den Rest brachten wir gleich auf die Mülldeponie, um überschüssige Last zu vermeiden. Wir fuhren fremden Müll weg, befreiten unsere Auftraggeber von der schmutzigen Arbeit und verschwanden wieder unbemerkt. Für die wohlhabenden Schweizer waren wir oft unsichtbar. Aber wir sprachen nie darüber, niemand äußerte solche Gedanken, selbst wenn sie existierten. Unser Ziel war es, jede Bewegung und jede Tätigkeit mit Lachen und albernen Witzen zu begleiten.

Die Stunden vergingen, die Garage wurde leer, die Autos füllten sich. Wir kehrten müde in die Gemeinschaft zurück. Jetzt verstand ich diejenigen sehr gut, die auch am folgenden Tag und in der folgenden Woche zur Fahrt aufgeboten wurden und sich nicht darüber freuten, ihre Namen in der Spalte *Camion* zu lesen. Sie bedrückte die unendliche Zahl der mit Müll vollgestellten Wohnungen, die auf sie warteten, genauso wie mir die große Menge Schachteln mit ebendiesem Material zur Last wurde.

Wir waren winzige Schrauben in einem gut funktionierenden System, gleichwertige Streichhölzer eines großen Hauses. Und daraus gab es kein Entkommen und kein Entrinnen.

30

# Eric

Einmal wurde Eric Zeuge meiner Tränen. Als ich die Kraft nicht mehr hatte, meine Erschöpfung zu ertragen, floss sie in Tränen aus mir heraus. Eric hörte mir aufmerksam und geduldig zu, obwohl mein Französisch immer noch nicht besonders gut war. Er unterbrach mich nicht und korrigierte meine Fehler nicht. Er ließ meinem chaotischen Gefühlsausbruch freien Lauf. Er sagte, er habe eine Menge Zeit und ich könne so viel reden, wie ich wolle. Damit begann unsere Freundschaft.

Ob Eric auch bei anderen so aufmerksam war wie bei mir, wusste ich nicht. Ich hatte gedacht, dass jemand mit einer solchen Wahrnehmungsfähigkeit wie Eric in erster Linie auf sich selbst und auf seine eigenen Gefühle achtete. Das meinte ich jedenfalls, bis ich Eric näher kennenlernte. Bis ich den Grund für seinen Aufenthalt hier erfuhr.

Wir arbeiteten nur selten im selben Team. Ich verteilte jeden Tag das nicht enden wollende Material im Laden des Erdgeschosses, außer an den wenigen Tagen, an denen ich mit dem Lastwagen mitfuhr. Dominique kam meistens allein in der Sortierabteilung zurecht. Manchmal wurde ihm noch jemand zugeteilt, oder ich ging ihm für eine Weile helfen, aber meine Aufgabe bestand vor allem darin, die Dinge, die Dominique sorgfältig ausgewählt hatte, auf die Regale zu verteilen.

Einmal jedoch musste Eric mit mir arbeiten. Die Spielzeug- und die Sportartikelabteilung mussten umgestellt werden. Ich fand es keine gute Idee, mit jemand anderem im Laden arbeiten zu müssen, weil ich immer sehr gut allein zurechtkam. Doch Eric erklärte mir gleich sehr ungezwungen und scherzhaft, dass ich der Chef hier sei und er meine Anweisungen befolgen werde. Ich war erstaunt, wie angenehm es war, mit ihm zu arbeiten, und schon nach der Kaffeepause merkte ich, dass vielmehr ich Erics Anweisungen folgte, als dass ich ihm welche gab.

Während der Arbeit fragte ich ihn nach seinem früheren Leben. Er erzählte, dass er als Manager eines großen Geschäfts gearbeitet und seine Arbeit ziemlich gut erledigt hatte. Dies überraschte nicht, wenn man sah, wie sorgfältig und geschickt er hier im Laden vorging, wo keine perfekte Ordnung von uns verlangt wurde. Die Fähigkeit, gut zu arbeiten, lag in seiner Natur.

Als ich ihm die heikle Grundsatzfrage «Warum bist du hierhergekommen?» stellte, antwortete Eric scherzend, indem er sich hinter seinem sanften Lächeln verbarg, er würde das ein anderes Mal erzählen.

Während der freien Zeit, nach dem Mittagessen oder am Abend nach der Arbeit, wenn die Jungs auf die Veranda gingen, um Tischtennis oder Tischfußball zu spielen, brachte ich Eric französische Sprachlehrbücher und bat ihn, mir beim Lernen der Sprache zu helfen. Er war immer offen und hilfsbereit, hörte geduldig meinem langsamen Lesen zu und korrigierte behutsam und rücksichtsvoll meine Fehler. Der Französischunterricht mit Eric wurde fast zu meiner Lieblingsbeschäftigung hier. Mich wunderten seine Ruhe und seine unerschöpfliche Geduld gegenüber den Fehlern anderer. Er sagte, er habe oft seinen Kindern bei den Hausaufgaben geholfen, und habe das damals schon so gemacht.

Eric stand noch vor dem Morgengrauen auf und spazierte durch die Stadt, lange bevor wir andern aufwachten und mit der Arbeit begannen. An den Wochenenden war er ebenso früh auf den Beinen, zu einer Zeit, zu der die übrigen Compagnons noch ihr warmes Bett bevorzugten. Einmal bat ich ihn, mich auf einen seiner Spaziergänge mitzunehmen. Ich wollte Eric besser kennenlernen und den Grund für die Traurigkeit in seinen Augen erfahren. Er war gerne einverstanden und war offen für das Gespräch. Er erzählte mir über seine Kinder, die mit seiner früheren Frau zusammen in der Nachbarstadt wohnten. Deshalb hatte er sich auch in dieser Gemeinschaft niedergelassen, um ihnen möglichst nahe zu sein.

Im Gegensatz zu den anderen Compagnons, die in ihrem Leben mehrmals die Gemeinschaft und gar die Länder wechselten, hatte Eric keine derartige Erfahrung. Aber er hatte eine gute Familie und eine einträgliche Arbeit gehabt. Warum war er dann in die Obdachlosengemeinschaft gekommen?

Er war krank gewesen. Seine Krankheit hatte mehrere Jahre gedauert. Für seine Frau war das zu lange, weshalb sie sich zur Scheidung entschlossen hatte. Was war das für eine Krankheit? Er werde das später erzählen. Nicht jetzt. Stattdessen sprach er gerne über seine Kindheit in dieser Stadt. Er kannte La Chaux-de-Fonds so gut, dass er mit geschlossenen Augen durch die Straßen gehen könnte, deshalb zeigte er mir eine Menge kleiner Gassen und Plätze, die ich zuvor noch nicht gesehen hatte.

Eric sagte immer, dass er keine Nationalität habe, obwohl er in der Schweiz geboren sei. Seine Mutter war Spanierin und sein Vater Portugiese. Eric, der die beiden Sprachen seiner Eltern beherrschte, gab keiner der beiden Nationalitäten den Vorrang. Er sagte immer: «Ich bin niemand. Nur ein Mensch.» In der Gemeinschaft vergaßen wir die Nationalitäten, und die Grenzen unserer Herkunftsländer verwischten sich.

Manchmal schloss Luc sich uns an, und zu dritt spazierten wir durch die Straßen der Stadt, die sie beide so gut kannten. Luc trug mit seiner Fröhlichkeit und Sorglosigkeit zu unseren Spaziergängen bei. Wir gingen zusammen in den Zoo, ins Kino oder ins Café. Dann erzählte uns Eric einige interessante Geschichten aus La Chaux-de-Fonds.

«Früher einmal war die Stadt zu einem großen Teil im Besitz von fünf wohlhabenden Familien. Eine von ihnen besaß das ganze Land südlich der Eisenbahn. Diese Familie hatte keine Kinder und somit auch keine Erben, denen der Besitz

vermacht werden konnte. Als erstes schied der Ehemann dieses einflussreichen Paares aus dem Leben. Er starb an Alkoholismus. Die Frau beschloss dann, ihr gesamtes Land der Stadt für einen symbolischen Betrag von einem Franken zu verkaufen. Sie stellte aber eine grundsätzliche Bedingung: Es durften auf diesem Gebiet, das ihrer Familie gehört hatte, keine Bars oder andere Lokale mit Alkoholausschank eröffnet werden. Sie machte nämlich diese Einrichtungen für den Tod ihres Mannes verantwortlich. Deshalb befinden sich noch heute keine Bistros oder Kneipen im südlichen Teil der Stadt La Chaux-de-Fonds.»

Wir überquerten die Eisenbahnlinie, die die Stadt in zwei Hälften teilte, und gingen in den nördlichen Teil, um in einem Café einen Zimttee zu trinken, der besonders gut schmeckte und den es offenbar nur in diesem kleinen Lokal gab. Dort erzählte uns Eric, warum er sein Zuhause verloren hatte.

Er hatte eine sichere, aber harte und anstrengende Arbeit gehabt. Seine Frau wollte zu Hause bleiben und sich um das Haus und die Kinder kümmern. Aber gleichzeitig wollte sie auf großem Fuß leben. Sie drang darauf, dass Eric noch mehr arbeitete und noch mehr Geld verdiente. Er stand am Morgen sehr früh auf und kehrte erst gegen Mitternacht nach Hause zurück, als die Kinder schon längst schliefen.

Ich fragte ihn nicht, wie lange er diesen Rhythmus durchgehalten hatte, bevor seine gesundheitlichen Probleme begannen. Aber am Schluss kam er ins Krankenhaus. Jetzt, wo ich Eric besser kannte, verstand ich, warum er unter allen möglichen Beschwerden und Leiden gerade an einer psychischen Krankheit litt. Er hatte nie Konflikte, war feinfühlig und äußerst wohlwollend den andern gegenüber, er lehnte nur selten ab, wenn ihn jemand um Hilfe bat, und tat oft, was über seine Kräfte hinaus ging. An seiner früheren Arbeitsstelle nannten ihn seine Kollegen *Monsieur pas de problème*. Es kam jedoch der Moment, in dem seine Nerven dieser Belastung nicht mehr standhielten und er in eine Depression fiel. Eine chronische Depression, die schwer zu behandeln war und jahrelang anhielt.

In der Gemeinschaft hatte Eric seine Ruhe gefunden. Natürlich könnte er sie jederzeit verlassen und eine gute Arbeit in der Außenwelt finden. Aber er wollte nicht länger an diesem Wettlauf teilnehmen, von dem die Konsumgesellschaft besessen war und der die Menschen Gesundheit, Familie und Ruhe kostete. Man sah, wie Eric die Ruhe am Rand genoss.

Zurück in der Gemeinschaft machte Eric auf der Veranda eine leise Musik an und saß still und fast unbemerkt auf der großen Couch wie am grünen Ufer eines glatten Sees, eingetaucht in seine eigenen Tiefen, bis ihn jemand von uns stören würde. Aber ich wollte ihn nicht stören. Deshalb ging ich kaum merkbar an ihm vorüber mit einem leichten Lächeln im Gesicht, so wie sonst nur Eric lächelte.

# 31

Einige Zeit darauf kam noch ein weiterer *Adjoint* auf die Abteilung im Erdgeschoss. Er war aus dem Kanton Bern, weshalb ich mich gut mit ihm auf Deutsch verständigen konnte. Mein Deutsch war immer noch bedeutend besser als mein Französisch.

Ueli konnte ich nach all den Gegenständen fragen, deren Zweck ich nicht selbst erraten konnte. So kam es vor, dass die Badezimmerartikel in der Geschirrabteilung standen, das Werkzeug in die Büroabteilung gelangte oder das Spielzeug mit den Sportartikeln vertauscht wurde. Ja, das war noch nicht das Ärgste: Es mutete seltsam an, den Heimtierbedarf bei den Kinderkleidern zu finden. Ueli half mir deshalb immer, den Gegenständen ihren richtigen Platz zuzuordnen, und dabei scherzte er und lachte viel. Er gab zu, dass auch er als Schweizer die Bestimmung vieler Dinge nicht kannte. Seine Ehrlichkeit trug viel zur Atmosphäre des Vertrauens und der Ruhe bei. So verloren also nicht nur wir Ausländer uns im Dschungel der bizarren Objekte, auch die Einheimischen verstanden oft selbst nicht, wozu einem das Leben so erschwert wurde.

Mit Ueli ging die Arbeit leichter voran, mit ihm hatte ich nicht das Gefühl, dass jemand in meinen Raum eindrang. Wir wurden schnell gute Partner, und genauso schnell und ganz natürlich nahm Ueli den Platz an der Kasse ein, wenn am Nachmittag der Laden geöffnet wurde. Jeder Mensch hat seine eigenen Stärken, und nur wenige konnten so gut mit den Kunden umgehen wie Ueli. Er war geboren für die Arbeit mit den Menschen. Sein Sinn für Humor und seine stets gute Laune ließen viele Gelegenheitsgäste zu unseren Stammkunden werden. Einige kamen gar jeden Tag, um etwas Kleines zu kaufen und an der Kasse mit Ueli zu plaudern.

Wir wurden zu einem richtigen Team mit dem gemeinsamen Ziel, die Waren so schön wie möglich zu präsentieren und die Kunden so gut wie möglich zu bedienen. Beide ertrugen wir keine Unordnung, und wir bemühten uns täglich, den Laden attraktiv zu halten und immer etwas Neues hineinzubringen. Deshalb las ich meinen Namen in der Nachmittagsspalte schon bald nicht mehr unter *Cartons Pologne* und auch nicht unter *Tri bibelots*, sondern ich arbeitete nun im *magasin bibelots*.

Von da an begann für mich eine neue Ära, ich trat auf eine neue Stufe der Komplexität. Früher konnte ich hinter den Kulissen im hinteren Teil des Gebäudes bleiben, während sich der Laden vorne mit Kunden füllte. Lange hatte ich mich dagegen gewehrt, weil ich die Sprache nicht beherrschte und die Kunden nicht beraten konnte, wenn sie mich um Hilfe baten. Ich war zwar immer im Laden gegenwärtig, aber nur unsichtbar; durch meine vormittägliche Arbeit konnten die Kunden meine Existenz erahnen, sehen konnten sie mich aber nicht.

Wenn ich doch gelegentlich in die Halle ging, um die Vasen oder Gläser wieder schön aufzustellen und auszurichten, und ich dann um Hilfe gebeten wurde, antwortete ich, dass ich kein Französisch verstehe und leider nicht helfen könne. Ich vermied es, Verantwortung zu übernehmen. Ich hatte Angst, auf Fragen von Kunden keine Antwort zu wissen.

Mit Uelis Ankunft änderte sich jedoch alles. Er war einer der ersten, der mich durchschaute. Er sah, dass ich alles, was um mich herum gesprochen wurde, schon längst verstand. Als wir uns unterhielten, sagte er manchmal etwas auf Französisch, und ich, ohne mich dessen bewusst zu sein, antwortete automatisch ebenfalls auf Französisch. So konnte ich mich nicht mehr herauswinden.

Für Etienne und Ueli war es klar, dass ich nach der Öffnung des Ladens mit den Kunden arbeiten und sie beraten sollte. Schließlich kannte ich bereits alle Artikel auswendig und konnte fast mit geschlossenen Augen durch die Reihen gehen, um das zu finden, wonach die Kunden suchten. Ich hatte mich bis jetzt noch nicht dazu bereit gefühlt, auf die Leute zuzugehen. Und ich hätte wahrscheinlich noch lange gezögert, wenn ich nicht eines Tages, als Luc auf dem Lastwagen mitfahren und ersetzt werden musste, vor vollendete Tatsachen gestellt wurde.

«Vous travaillez ici?»[6], fragte mich eine Frau in den ersten Minuten meiner neuen Arbeit.

«Oui, mais je ne parle pas bien français.»[7]

«Ce n'est pas grave. Je cherche des chats. Vous avez des chats?»[8]

«Chats?», fragte ich etwas verwirrt.

Darauf sagte die Frau «Miau», und ich vermutete, dass es eine Katze sein musste. Selbstverständlich wusste ich, wo die Katzenfiguren waren. Und so begann mein Kontakt mit den Kunden.

Ich verstand, dass diejenigen, die zu uns kamen, die für ihre Einkäufe unseren Laden wählten, grundsätzlich bereit waren, Menschen aus dem Ausland zu begegnen und mit unseren beschränkten Sprachkenntnissen konfrontiert zu werden. Dass ihnen das keine Angst machte, im Gegenteil, dass sie uns gerne bei unseren ersten Schritten halfen. Unsere Stammkundin, eine schlanke und elegante Frau mit schwarzen Haaren, hieß Chantal. Mit der Zeit freundeten wir uns an. Und in Gedanken nannte ich sie *Madame Miau*.

Viele unserer Stammkunden waren auch selbst Ausländer, die bis vor kurzem kein Französisch gesprochen hatten. Und so ließ meine Angst vor Fehlern langsam nach, weil ich nun selbst verstand, was Ueli mir einmal gesagt hatte, nämlich dass diese Gemeinschaft ein Ort sei, an dem Fehler erlaubt waren. Ich war erleichtert und schämte mich nicht mehr, einmal die Antwort nicht zu wissen. Außerdem war Ueli stets nebenan an der Kasse.

6 Arbeiten Sie hier?
7 Ja, aber ich spreche nicht gut Französisch.
8 Das macht nichts. Ich suche Katzen. Haben Sie Katzen?

Vous travaillez ici?
Oui, mais je ne parle pas bien français.
Ce n'est pas grave. Je cherche des chats.
Chats?
Miau...
Aha!
Oh merci!
Diese Gemeinschaft ist ein Ort, an dem Fehler erlaubt sind.
Hör zu! Wenn der Rhythmus regelmäßig ist, wird sie weitergehen...
...wenn er aber schon am Anfang hinkt, wird die Uhr bald stehenbleiben.

So entstanden im Laufe der Zeit aus den Gesprächen mit einzelnen Kunden gute freundschaftliche Beziehungen. Wir trafen uns zum Kaffee oder gingen zusammen essen. Die Kunden wurden zu Freunden, wurden Teil der Gemeinschaft und manchmal sogar zu freiwilligen Mitarbeitern.

Ich war froh, dass sich die Lücken in den Geschichten der Dinge, die ich jeden Morgen in die Regale stellte, zu füllen begannen. Von meiner Arbeit auf dem Lastwagen wusste ich, woher die Gegenstände stammten, und ich sah, wenn auch nur selten, die Leute, die sie uns gaben. In der ersten Tageshälfte verhalf ich diesen Dingen zu einem vorteilhaften Standort im Laden, und nun hatte ich am Nachmittag auch die Gelegenheit, ihre nächsten Besitzer kennenzulernen.

Ueli hatte neben der Arbeit an der Kasse und dem Sortieren des Materials noch andere Aufgaben. Er kümmerte sich zum Beispiel um das Reinigen des Silberbestecks, das nicht immer im besten Zustand zu uns gelangte. Ueli kannte verschiedene Mittel, mit denen dem Silber der Glanz und die verlorene Schönheit zurückgegeben werden konnten. Aber die größte Freude bereiteten ihm die Uhren. Die Pendeluhren, oder pendules, wie sie hier genannt wurden. Jeder Typ von Uhr hatte in der Schweiz seinen eigenen Namen.

Wenn eine Uhr verkauft wurde, freute sich Ueli, und er ging in eine geheime Kammer, wo andere alte, große Uhren darauf warteten, an die Reihe zu kommen. Wenn an einem Tag mehrere Uhren verkauft wurden, nahm er mich mit, damit wir zwei oder drei gleichzeitig nach oben nehmen konnten. Der enge, dunkle Raum im untersten Stockwerk war ein stilles Wartezimmer für Uhren. Hier warteten sie demütig, bis sie eines Tages ans Licht geholt wurden und ihren Gang wieder aufnehmen konnten.

Ueli widmete sich ihnen mit der nötigen Sorgfalt. Er reinigte das Glas mit einem Mittel, die hölzernen Teile mit einem anderen und das Metall oder den Kunststoff mit einem dritten. Dies lehrte er mich, wie auch seine Ehrfurcht vor der Zeit, seine Wertschätzung ihr gegenüber und seine Sorge um sie.

«Ich wurde mit einer Uhr am Handgelenk geboren», scherzte Ueli. Was das betraf, war er ein echter Schweizer.

Als die Uhren vom Staub und den Spuren des früheren Lebens befreit waren, nahm Ueli eine Leiter und suchte den besten Platz für sie. Und wenn er sie aufgestellt hatte, bewegte er leicht deren Pendel, wurde still und horchte auf ihren Gang.

«Hör zu! Wenn der Rhythmus regelmäßig ist, wird sie weitergehen. Wenn er aber schon am Anfang hinkt, wird die Uhr bald stehenbleiben und muss repariert werden.»

Ich näherte mich und hielt mein Ohr an die Uhr, hörte auf den Rhythmus wie auf einen Herzschlag. Wenn die Ruhe zwischen den Schlägen immer von gleicher Dauer war, hieß das, dass die Uhr und mit ihr die Zeit leben würden. Da dachte ich, dass die Leute, die die Zeit und deren Messgeräte schätzten, bestimmt auch den wahren Wert des Lebens kannten.

32

# Cédric

Cédric war einer der ersten, der mich als Frau wahrnahm. Oder anders gesagt, er war der erste, der dieses Thema offen ansprach. Beim Abendessen plauderte er laut vor allen Compagnons darüber, dass ich ihn an einen Engel in menschlicher Gestalt erinnere. Er brachte mich damit in Verlegenheit, denn ich wollte mich nicht von ihnen abheben. Ich war sehr bemüht, meine Weiblichkeit zu verbergen und in ihrer männlichen Welt aufzugehen. Sogar die Arbeit auf dem Lastwagen war gewissermaßen ein Trick, damit sie mich als ihre Kameradin, als ihre *Compagnonne* wahrnahmen.

Ein solcher Trick mochte bei den anderen durchgehen, nicht aber bei Cédric. Er war allzu heißblütig und leidenschaftlich, war immer aktiv, obwohl auch er erschöpft war. In ihm floss das Blut nicht, es kochte. Er konnte seine Emotionen nicht kontrollieren, genauso wie er seinen Mund nicht halten konnte. Immer geriet er in Streit, machte Krach, schrie und gab dann seine Schuld zu und bat um Verzeihung.

Schon nach den ersten Wochen wurde ich mit ihm zusammen eingeteilt, damit ich etwas Ablenkung von meiner gewohnten Arbeit im Laden habe. Wir sollten Rahmen für die Bilder und Plakate auswählen. Cédric fiel diese genaue und sorgfältige Arbeit schwer, weshalb er alle zwanzig bis dreißig Minuten die Bilder hinwarf und eine Zigarette rauchen ging. Am Ende erledigte ich die ganze Arbeit fast allein, obwohl ich noch keine große Erfahrung darin hatte; aber ich liebte die Kunst und kam sehr gut allein zurecht. Außerdem war mein Französisch noch zu schwach, um mich mit dem unruhigen und gereizten Cédric verständigen zu können. Unsere Kommunikation führte zu keinem Erfolg.

Einen Monat später mussten wir zusammen die Skier für den Verkauf reinigen. Der Herbst hatte zwar erst begonnen, aber wir bereiteten uns schon auf die Skisaison vor. Die Skier, die uns die Leute im Laufe des Jahres gaben, wurden draußen in einen Wagen gelegt, aus dem wir sie nun herausholten, paarweise sortierten und von Rost und Staub säuberten. Hier hatte Cédric Gelegenheit, seine Energie auszuleben, weil jeder Ski ausgiebig gerieben werden musste. Meine Arme wurden schnell müde von der gleichförmigen Arbeit. Cédric beobachtete mich aus den Augenwinkeln, nahm mir schweigend meinen Ski aus der Hand und reinigte ihn selbst, damit ich mich etwas ausruhen konnte.

Diesmal ging es mit der gemeinsamen Arbeit besser. Er erzählte mir ohne Unterlass etwas, obwohl ich nur jedes zweite oder dritte Wort verstand. Trotzdem nahm ich jene Last wahr, über die er sich aussprechen wollte. Er erzählte, wie schwer die Arbeit in den Gemeinschaften in Frankreich gewesen sei und dass die Compagnons dort Sklaven seien, auf deren Schultern Geschäfte gemacht würden. Er sei schon in vielen solchen Gemeinschaften gewesen, aber es sei fast überall dasselbe. Ruhe jedoch habe er nur hier an diesem Ort in der Schweiz gefunden, weit weg von den großen Städten.

Es fiel mir schwer, das alles nachzuvollziehen, was mir Cédric erzählte, zumal ich ihn noch immer nicht ruhig gesehen hatte. Wenn er hier, wie er sagte, seine Ruhe gefunden habe, wie musste er dann erst in Frankreich gewesen sein? Als die Arbeit fertig war, schaute er auf die gerade Reihe der Skier, die ich gleich einem Zaun aufgestellt hatte, während ich aufmerksam seinen emotionalen Erzählungen zuhörte. Cédric lobte meine Arbeit, ließ sich lange über meine Fähigkeiten aus und schloss mit dem Satz, den ich am liebsten hörte: «Bon travail!» So begann unsere Freundschaft.

Einmal während des Mittagessens, unsere große Gruppe hatte an den zwei langen Tischen im Speisesaal Platz genommen, schien Cédric sehr aufgewühlt. Er hatte sich gerade das

Essen auf den Teller geschöpft und seinen Platz am Tisch eingenommen, als ihm die Tränen über die Wangen zu laufen begannen. Ohne viel gegessen zu haben, nahm er seinen Teller, warf ihn auf den Tisch mit dem schmutzigen Geschirr und verschwand in sein Zimmer auf dem zweiten Stock, die Tür laut hinter sich zuschlagend, was man bis in den Speisesaal hinunter hören konnte. Ich fühlte auf einmal, dass ich ihm nachgehen musste. Ich wusste, dass es mir nicht gestattet war, in die Zimmer der Compagnons zu gehen, aber ich hoffte, dass mir in diesem Fall eine Ausnahme gemacht würde. Ich klopfte an seine Tür.

Cédric saß in seinem Sessel, ein Foto seiner beiden Töchter in den Händen. Die Tränen liefen ihm über die Wangen. Er bat mich herein und ließ nun seinem Schmerz freien Lauf:

«Ihre Mutter hat das Telefon gesperrt, damit ich sie nicht mehr anrufe. Damit ich die Stimmen meiner Töchter nicht mehr hören kann! Ich weiß, dass ich das alles verdient habe, und ich bezahle jetzt für meine Fehler. Aber ich liebe meine Kinder. Du kannst dir nicht vorstellen, wie sehr ich sie liebe! Wenn ich nur wenigstens ab und zu ihre Stimmen hören könnte, damit sie wissen, dass ich sie nicht verlassen habe und dass ich sie immer noch liebe. Aber jetzt ist fertig ...»

Ich stand schweigend in der Tür und fand keine Worte des Trostes.

«Es ist alles meine Schuld. Mir wurde das Recht entzogen, meine Töchter zu sehen, und ich habe es auch verdient.»

«Du darfst dich nicht so quälen, Cédric!»

«Ach, du weißt ja überhaupt nichts über mich. Ich habe mit Drogen gehandelt. Ich habe Drogen verkauft, damit andere sie konsumieren, verstehst du? Natürlich wurde ich dann dafür eingesperrt, habe meine Strafe abgesessen, aber das Gefängnis ist nicht das Schlimmste. Mein ganzes Leben lang bezahle ich nun für meine Fehler, da ich meine Kinder nicht mehr sehen und nicht einmal mehr hören kann. Gott bestraft mich für das, was ich getan habe!»

«Cédric, hör auf, dich zu quälen! Plage dich nicht noch mehr damit. Gott liebt dich bestimmt. Er liebt dich trotz deiner Fehler, er sieht in dein Inneres, er schaut durch deine Fehler hindurch auf dich.»

Cédric stand aus seinem Sessel auf und kam zu mir, um mich zu umarmen. Er weinte nicht mehr, sondern schluchzte in meinen Armen.

«Ich liebe Gott auch, Anna! Ich danke dir ... danke ...»

«Tout va bien, Cédric. Tout va bien.»

Cédric und ich arbeiteten immer seltener miteinander. Nur ein oder zwei Mal wurden wir zusammen auf den Lastwagen eingeteilt. Und auch dann befanden wir uns in einer größeren Gruppe, die mit zwei Lastwagen und einem Bus unterwegs war, um Wohnungen, Werkstätten oder Garagen zu räumen. Wir setzten jedoch unsere Gespräche außerhalb der Arbeit fort.

Cédric hatte weiterhin häufig Stimmungsschwankungen. Zeitweise war es unerträglich schwierig mit ihm, aber so war er eben, und wir lernten, ihn zu akzeptieren und gern zu haben. Wie auch er bestimmt daran arbeitete, sich zu akzeptieren.

«Siehst du diese Schlange?», er zeigte auf die Tätowierung auf seinem rechten Arm. «Sie beißt sich in den Schwanz. Die habe ich mir machen lassen, als ich lernte, meine Aggressionen in den Griff zu bekommen. Ich bin die Schlange, die sich in den Schwanz beißt.»

Wir saßen auf der Veranda, die andern Jungs und ich schwiegen und wir sahen uns lächelnd an. Wir waren uns nicht so sicher wie Cédric, dass er seine Aggressionen wirklich schon unter Kontrolle hatte. Aber gut, wenigstens erinnerte ihn diese Schlange von Zeit zu Zeit daran.

Früher hatte er Kampfsport gemacht, daher hatte er seine Zahnlücke. Cédric verbarg dieses Andenken nicht, weder vor sich noch vor den andern. Jetzt hing in seinem Zimmer ein Boxsack, und manchmal konnte man hören, wie er darauf herumschlug. Wahrscheinlich bekämpfte er so seine Wut auf sich selbst.

Einmal, ziemlich unerwartet, wurden wir zusammen im Laden eingeteilt, als die Warenregale ersetzt werden mussten. Die Jungs aus der Möbelabteilung hatten neue Holzgestelle angefertigt, die für die Kunden bequemer und für das Auge angenehmer waren. Alle Waren mussten aus den alten Regalen in die neuen umgestellt werden. Ueli hatte seinen freien Tag, so sollte Cédric mir dabei helfen. Aber das wollte ich nicht. Meine Eifersucht wurde wieder geweckt, denn ich sah den Laden als mein eigenes Heim. Ich wollte nicht, dass jemand sich einmischt und meine Ruhe und Ordnung im Laden stört.

«Du bist eine schreckliche Egoistin! Wie kannst du mir sagen, dass ich dich bloß störe?»

«Das ist so. Ich habe dich von Anfang an gewarnt, ich bin kein Engel. Jetzt kannst du dich selbst davon überzeugen.»

«Aber ich bin mit dir eingeteilt worden. Du kannst das nicht alles allein machen! Ich will dir helfen.»

«Ich möchte hier etwas zurücklassen. Etwas Gutes. Lass mich das tun!»

Ich sah meine baldige Abreise schon vor mir. Der Entschluss kam ganz natürlich, er hing mit gewissen Ereignissen zusammen. In der Ukraine hatte die Revolution begonnen, und das ließ mir keine Ruhe mehr. Ich wusste, dass ich bald gehen würde, obwohl ich noch kein genaues Datum festgelegt hatte. Aber natürlich wusste ich nicht, wann und ob ich zurückkehren würde. Deshalb wollte ich unbedingt eine Erinnerung an mich zurücklassen, auch wenn sie nicht so lange anhalten würde wie Cédrics Tätowierung oder sein ausgeschlagener Zahn. Ich wusste, dass nach meiner Abreise die Waren erneut durcheinandergeraten würden und die ganze Ordnung zu einem Chaos verkommen würde. Aber dann würde ich schon nicht mehr hier sein und das nicht mehr sehen. Ich wollte nur die Gewissheit haben, dass ich während meiner Anwesenheit hier mein Bestes gegeben hatte. Deshalb tat ich alles dafür, meine Arbeit mit niemandem teilen zu müssen. Und ich schaffte es jeweils, obwohl ich danach todmüde war.

Cédric schluckte die Beleidigung nur für kurze Zeit. Er biss sich nur vorübergehend in den Schwanz, um mich dann bei der nächsten Gelegenheit zu beißen und sein Gift in meine Adern dringen zu lassen.

Am nächsten Nachmittag arbeitete ich mit den anderen im Speisesaal, wo wir auf einem Tisch das Besteck ausbreiteten und für den Verkauf sortierten. Cédric arbeitete in der Küche, und auf einmal trat er zu uns in den Speisesaal, wie auf cinc Theaterbühne mit einem vorbereiteten Monolog. Ich war sprachlos, denn sein Auftritt galt mir.

«Du denkst, dass du etwas Besseres bist als die andern, nicht wahr? Du sagst uns dauernd, was gut und was schlecht ist. Dass man nicht zu viel Alkohol trinken soll und kein Gras rauchen darf. Schau dir doch Pierre an! Der ist zweiundachtzig Jahre alt und hat sein ganzes Leben versoffen und verbummelt. Ja, er hat keine eigene Familie, aber er ist glücklich. Er genießt sein ruhiges Leben hier mit uns. Für dich ist immer etwas falsch, dauernd belehrst du uns und weist uns auf unsere Mängel hin. Wer bist du denn, dass du entscheiden kannst, ob ich mit dir arbeiten darf oder nicht?»

Cédric deckte gleichzeitig den Tisch für das Abendessen. Polternd holte er Teller und Gläser heraus und schmiss sie auf den Tisch. Ich saß schweigend da, den Rücken ihm zugewandt und bereit darauf, dass der nächste Teller auf mich zufliegen würde. Doch da seine Rede nicht aufhören wollte, stand ich auf und ging hinaus. Ohne ein Wort zu sagen.

Nach diesem Vorfall sprachen Cédric und ich lange kein Wort mehr miteinander. Ich sah, dass ich den Bogen überspannt hatte, und auch er fühlte, dass er sich zu sehr ereifert hatte. Wir hielten einen sicheren Abstand voneinander. Aber das Schweigen wurde für uns zur Last. Gleichzeitig wusste ich, dass es diesmal an Cédric war, bei mir anzuklopfen. Auch er wusste das, schickte aber stattdessen die anderen Jungs zu mir, um mir ausrichten zu lassen, dass ihm die Situation leidtue. Ich aber wollte, dass Cédric mir das persönlich sagte. Er brauchte ein paar gute Wochen, bis er wieder mit mir sprach.

«Anna, vielleicht können wir ja irgendwo einen Kaffee trinken gehen? Ich denke, wir sollten miteinander reden.»

«Wir können auch jetzt gleich reden. Dieses wochenlange angespannte Schweigen dauert nun schon lange genug. Die Arbeit hier ist nicht einfach, warum also alles noch komplizierter machen?»

«Ich wollte dir nicht wehtun. Es tut mir leid. Aber so bin ich nun mal, ich füge denen den größten Schmerz zu, die ich am liebsten habe.»

Diesmal war ich es, die weinte, und er umarmte mich fest.

«Es tut mir sehr leid, Cédric. Auch ich habe euch alle gern. Wenn ich etwas wegen des Alkohols oder des Haschisch sage, dann nur, weil ihr mir nicht egal seid und weil ihr mir nahesteht.»

«*Tu es une petite femme courageuse.* Du machst alles richtig, und das regt uns am meisten auf. Weil du stärker bist als wir.»

Und wahrscheinlich waren diese Worte für mich ausschlaggebend, als sich die Nachrichten häuften, dass der Maidan gewaltsam aufgelöst werden sollte, indem mit Blutvergießen gegen die friedlichen Demonstrierenden vorgegangen wurde. Ich fürchtete mich vor der Rückkehr. Ich ahnte, dass dies nur der Anfang war. Aber trotzdem stellte sich die Gewissheit ein, dass ich jetzt dort, in meinem Land, mutig für die anderen sein musste.

# 33

# Demian

Eines Tages trat ein Mann in den Laden, der sich von den Kunden unterschied, die üblicherweise zu uns kamen. Er schaute sich lange und mit prüfendem Blick in den Regalen um, in denen sich der Schmuck und die Antiquitäten befanden, und wandte sich schließlich an einen der Mitarbeiter. Er sagte ihm, dass die Angaben auf dem Preisschild eines der Schmuckstücke falsch seien. Er wurde dann sogleich zum Leiter des Ladens gebracht, und nach einer Weile einigten sie sich auf eine Zusammenarbeit. Der Gemeinschaft fehlte eine Person, die die nötigen Kenntnisse besaß, um wertvolle Metalle und Edelsteine sowie Antiquitäten zu schätzen und einen entsprechenden Preis dafür festzulegen. Zu dieser Person wurde Demian.

Einmal in der Woche unternahm er die nach Schweizer Verhältnissen lange Fahrt von Basel nach La Chaux-de-Fonds, um jene Objekte zu begutachten, die wir für ihn im Laufe der Woche auf die Seite gelegt hatten. Und während dieser Tätigkeit in der Gemeinschaft wurde ich seine Assistentin und seine Schülerin. Demian hatte Kunstgeschichte, Alte Schweizer Geschichte und Gemmologie, d. h. Edelsteinkunde studiert. Er konnte lange über einen einzigen Gegenstand sprechen, über seine Herkunft, seinen Zweck und die Technik seiner Herstellung. Jedes noch so kleine und unscheinbare Ding wurde in seinen Händen lebendig und gewann an Bedeutung.

«Das Ding an sich hat nicht viel Wert. Es erhält ihn erst, nachdem es einen langen Weg zurückgelegt hat und sich in ihm die Geschichten der Menschen, denen es gehört hat, eingeprägt haben.»

«Fahren Sie deshalb so viel umher? Um die vergessenen Geschichten dieser Dinge zu enträtseln?»

«Siehst du, Anna, ich habe einen sehr speziellen Beruf. Ich arbeite nicht mit dem, wovon es viel gibt auf der Welt. Ich konzentriere mich auf die seltenen Gegenstände oder auf Einzelstücke. Und um einen derartigen Gegenstand zu finden, muss man bereit sein, lange zu suchen. Die Hauptaufgabe meiner Arbeit ist die Suche. Jeden Tag kann ich Hunderte unbedeutender Dinge durchgehen, bis ich eines finde, das von Wert ist. Dann gebe ich ihm die verlorene Geschichte zurück. Es ist wie ein Rennen gegen das Vergessen. Die Leute vergessen schnell, was gestern gemacht worden ist, und noch mehr, was hundert Jahre alt ist. Ich bin einer von denen, die gegen die Zeit anlaufen, um die Erinnerung an die Menschen zu retten, die Jahrhunderte vor uns gelebt haben.»

«Hilft Ihnen diese Tätigkeit auch, sich selbst besser verstehen zu können?»

«Ob ich mich so selbst besser verstehen kann, weiß ich nicht, aber die anderen Menschen bestimmt. Ich möchte den Geheimnissen der Vergangenheit auf die Spur kommen, indem ich die Details der Geschichte der Menschheit untersuche. Aus den Gegenständen versuche ich, mehr über die Menschen zu erfahren, die sie hergestellt und benutzt haben. Warum wurde eine gewisse Form gewählt? Warum ein bestimmtes Material? Was bedeutet ein Ornament oder ein kaum sichtbares Detail? Manchmal sind die Spuren der Vergangenheit verwischt, und es braucht Geduld und Fleiß, um die Zeichen der Zeit zu entfernen, um zurückschauen zu können. Und dann erkennen wir, dass wir Geschehenes nicht wieder rückgängig machen können. Wir können die Zeit, die wir mit unseren Nächsten verbringen, nur jetzt genießen, und einen Augenblick später ist sie schon in der Geschichte verschwunden. Weißt du, mein Großvater sagte immer: ‹Das Leben ist zu kurz, um den Wein aus einer früher geöffneten Flasche zu trinken.›»

Ich breitete vor Demian sorgfältig den ganzen Schmuck aus, den uns die Leute aus unterschiedlichen Gründen gegeben hatten. Er nahm eine kleine Lupe und untersuchte die Details der

Objekte von ganz nahe. Dann gab er mir ein solches Objekt und das Vergrößerungsglas und wies mich auf bestimmte Besonderheiten des Schmuckstücks hin. Er lehrte mich, echte Edelsteine von künstlichen und wertvolle Metalle von billigen zu unterscheiden, die Entstehungszeit und das Herkunftsland zu bestimmen und die Geschichte der Dinge zu entschlüsseln. Ich war überrascht, dass er Schmuck aus Kunststoff oft als wertvoller einschätzte als solchen aus Silber. Demian erklärte mir, dass dieser Schmuck in einem bestimmten Land zu einer bestimmten Zeit hergestellt wurde. Und wenn diese Zeit vorbei war, wurden solche Schmuckstücke nirgends mehr hergestellt.

«Wenn es nur noch wenige davon gibt, sind sie wertvoll, da sie eine Erinnerung an jene Epoche der Menschheit sind, ein Beweisstück, ein Zeugnis, ja ein Bestandteil davon. Viel Silberschmuck hingegen ist gewöhnlich und in vielen Exemplaren vorhanden, er hat keine eigene Geschichte und ist nicht einzigartig. Das sind die Faktoren, anhand derer ein angemessener Preis festgelegt wird.»

Manchmal stießen wir auf Dinge, die sehr einfach und fein, aber wegen ihrer schlichten Eleganz sehr schön waren. Demian schätzte ihren Wert nicht hoch ein, weil ihnen die Geschichte fehlte oder weil sie aus billigem Material waren.

«Aber sie sind doch so schön!», wandte ich ein.

«Weißt du, Anna, Schönes muss nicht unbedingt teuer sein. Schönheit ist das, was du für schön hältst. Und der Preis kann niedrig sein. Hat denn der Preis einen Einfluss darauf, ob du den Gegenstand als schön wahrnimmst? Der Wert der Schönheit hat nichts mit Geld gemein.»

In solchen Momenten dachte ich an unser Streichholzhaus, das auf den ersten Blick und nach Kriterien der äußeren Welt zu urteilen nicht aus sehr wertvollem Material bestand. Unter uns fanden sich wirklich einzigartige Menschen mit ungewöhnlichen Geschichten – für mich war jeder unserer Compagnons, unserer Freiwilligen oder unserer Mitarbeiter ein solcher Mensch.

Es war offensichtlich, dass die Menschen nicht einfach so hierherkamen. Jemand suchte nach Antworten auf schwierige Fragen, jemandem fehlten die guten Beziehungen, und jemand floh vor der Einsamkeit und suchte Stabilität und Sicherheit. Wenn irgendein Experte menschlicher Schicksale eine große Lupe nehmen und jeden von uns untersuchen würde – wer weiß, was er für einen Preis für uns festlegen würde. Und hätte dieser Preis dann einen Einfluss auf unsere Schönheit und unsere Einzigartigkeit? Hatten unsere Lebensgeschichten etwas gemeinsam mit Geld und dem Wert, den uns andere beimaßen?

Außer mit Schmuck kannte sich Demian auch gut mit Uhren, exklusiven Alltagsgegenständen und Gemälden aus. Er beteuerte, dass jedes Objekt seine eigene Geschichte habe. Das könne ein Feuerzeug oder eine Uhr, eine Krawatte oder ein Kleid sein. Und die Geschichte des Gegenstandes begann nicht erst bei seiner Herstellung, sondern bereits dann, wenn er in Auftrag gegeben wurde. Wer war der Auftraggeber, für wen war der Gegenstand bestimmt und was war sein Zweck? Warum wurde eine bestimmte Form oder eine bestimmte Farbe gewählt? Von diesen Fragen ausgehend suchte Demian nach Antworten, bis er erkennen konnte, warum die Menschen vor drei- oder vierhundert Jahren diese Gegenstände hergestellt hatten. Demian schuf für sich und seine Umgebung Bilder der Menschheit. Das heißt, er schuf sie nicht so sehr, sondern er erneuerte und restaurierte vielmehr die Vergangenheit der Menschheit.

Wenn Demian Gemälde begutachtete, schaute er sich die Details an, studierte die Technik und versuchte, die Entstehungszeit zu bestimmen. Wenn er ein Bild betrachtete, sah er auch immer dessen Geschichte. Er fand nicht nur heraus, wer das Bild gemalt hatte, sondern auch wer der Auftraggeber gewesen war. Mit Demian konnte ich über Van Gogh sprechen.

«Ich denke, wenn Vincent ein langes, sorgloses Leben geführt hätte, wäre er nicht Vincent gewesen. Es mag brutal sein, aber ich kann mir kein anderes Ende für ihn vorstellen, obwohl ich ihn sehr liebe. Aber in diesem dramatischen Selbstmord erscheint sein ganzes Wesen, seine ganze Person.»

«Ich bin völlig mit dir einverstanden, Anna. Die Bedeutung eines jeden Künstlers wird durch zwei Indikatoren bestimmt: seine Arbeit und sein Lebensweg. Das eine kann nicht vom anderen getrennt werden. Deshalb wird einem Künstler die wahre Anerkennung erst nach dem Tode zuteil, wenn man ihn mit einem bestimmten Abstand betrachtet und seinen Lebensweg nach demselben Maßstab bewerten kann wie sein Lebenswerk.»

«Somit ist das Leben eines Künstlers gleichzeitig eines seiner bedeutendsten Kunstwerke?»

«Genau.»

Ich meinte, dass das nicht nur für Künstler, sondern für jeden Menschen galt. Jeder ist bis zu einem gewissen Grad ein Künstler, schafft sich sein Schicksal und wählt die Art aus, wie er sein Leben verwirklichen will. Aber ich sprach mit Demian nicht darüber. Stattdessen teilte er mir seine Gedanken mit:

«Weißt du was, Anna? Wenn Du wieder in der Ukraine bist, wirst du als Spezialistin für die Beurteilung seltener Gegenstände arbeiten können.»

Danach legte er ein Armband vor mich auf den Tisch und sagte: «Dieses handgefertigte Armband hat eine lange Geschichte. Schau dir die gelben und roten Blüten an und die winzigen grünen Blättchen. Sie sind aus sehr feinem Glas gemacht. Das Armband wurde vor hundert Jahren hergestellt, als es keine Werkzeuge gab, wie es sie jetzt gibt. Deshalb ist diese filigrane Arbeit sehr wertvoll. Ich lege dafür einen symbolischen Preis fest und möchte, dass du es kaufst. Nur wenige Kunden des Geschäfts wissen diesen Gegenstand zu schätzen, daher möchte ich, dass er dir gehört. Als Erinnerung an unsere gemeinsame Arbeit.»

34

# Tahar

Als ich in der Gemeinschaft angekommen war, hatte Tahar bereits seinen Platz in der Elektroabteilung. Ich hatte den genauen Zeitpunkt nicht festgehalten, an dem unsere Freundschaft begann, aber sie war ziemlich fest. Natürlich entwickelte sie sich nur langsam, im gleichen Maße, wie ich mir die französische Sprache aneignete. Und Tahar war einer der ersten, der mir dabei half.

In den Pausen und nach Beendigung der Arbeit bat ich ihn, mit mir an der französischen Sprache zu arbeiten. Ich suchte mir einige Bücher moderner französischsprachiger Autoren, von denen es im Laden ausreichend gab, und las sie Tahar vor. So konnte er meine Fehler bei der Aussprache bestimmter Buchstabenkombinationen und Diphthonge korrigieren. Französisch lesen zu können und mir die Ausspracheregeln zu merken, war mein erstes Etappenziel. Gleichzeitig konnte ich auf diese Weise die Bedeutung der Wörter lernen und meinen Wortschatz erweitern.

Tahar hörte gerne zu und er konnte es auch gut. Ab und zu griff er ein, um meine Aussprache zu korrigieren oder mir die Bedeutung der Wörter zu erklären, die ich aus dem Kontext heraus nicht verstand. Er unterbrach mich ebenfalls, wenn er fand, dass das Buch, das ich las, schlecht sei und ich mir ein anderes suchen solle. Er mochte die moderne Literatur nicht, weil sie allzu oft Slang und obszönes Vokabular enthielt, wegen ihren Übertreibungen und weil viele Autoren zu wenig selbstkritisch waren. Ich tat, worum mich Tahar bat, vor allem aus Respekt vor ihm und aus Dankbarkeit für die Zeit, die er mir widmete. Ich wusste, dass er vorwiegend mit religiöser Literatur aufgewachsen und ein zutiefst frommer Mann war.

Tahar wurde in Algerien geboren. Sein Name ist arabisch und bedeutet «der Reine». Er erzählte mir, dass er als Kind nie mit Gleichaltrigen zusammen war, sondern seine Zeit mit erwachsenen, oft älteren Menschen verbrachte. Gemeinsam lasen sie den Koran und andere Literatur, die ihren Glauben an Allah stärkte.

Tahar und ich sprachen selten über Religion, nur gelegentlich erklärte er mir einige Bräuche, die er mit den Gesetzen des Korans begründete. Meistens sprachen wir über die Welt im Allgemeinen, über die Probleme der Menschheit und der Gesellschaft. Als ich noch kaum einen zusammenhängenden Satz sprechen konnte, brachte mich Tahar bereits zu beachtlichen Leistungen, indem er mich mit interessanten Themen motivierte und mir dabei oft starke Kopfschmerzen verursachte.

«Als ich noch in Frankreich lebte, gab man mir ein Buch zu lesen, welches das wirtschaftliche und politische System der Welt erklärte und die Länder nannte, die die anderen dominieren und unser System kontrollieren. Ich habe nur einen Teil davon gelesen und dann beschlossen, dass ich so etwas nicht wissen will. Ich wollte nicht verrückt werden. Es gibt Bücher, die eine Wirkung auf das Gehirn ausüben und dein Denken negativ beeinflussen können, während man sie liest. Solche Bücher sollte man meiden.»

Als wir frei hatten, gingen Tahar und ich manchmal in die Stadt. Die Gespräche mit ihm bereicherten mich sehr. Er war selbst wie ein interessantes Buch, das Tausende von Geschichten aus seinem Leben und den Leben seiner Bekannten enthielt, weise Worte und Betrachtungen. Wir gingen zusammen in den Zoo und spazierten durch die Straßen der Stadt. Wir tranken einen Tee oder einen Kaffee und besuchten Festivals. Tahar begleitete mich auch beim Einkaufen, wenn ich neue Schuhe oder Kleider brauchte. Er kannte meinen Geschmack, achtete auf meine Vorlieben, machte gerne Vorschläge und gab gute Ratschläge.

«Ich mag die Frauen sehr, ich verbringe gerne die Zeit mit ihnen und lerne ihren Charakter kennen, aber wenn mehrere Frauen zusammen sind, dann meide ich sie lieber.»

«Du warst verheiratet, nicht wahr?»

«Ach, ich war dreimal verheiratet! Und jedes Mal dachte ich, dass es nun das letzte Mal sei. Ich weiß nicht einmal, was ich falsch gemacht habe, ich war immer gut zu ihnen.»

«Hast du Kinder?»

«Ich habe einen Sohn, er lebt bei seiner Mutter in Frankreich. Deshalb fahre ich oft dorthin, damit ich mein Kind wenigstens ab und zu sehe. Aber diese Frau bringt ihn gegen mich auf. Sie will nicht, dass ich meinen Sohn sehe. Zum Glück kann sie es mir nicht verbieten.»

«Hast du vorher in Frankreich gelebt?»

«Ja. Ich habe lange in Frankreich gelebt. Als die Unruhen in Algerien begannen, verließ ich mein Land und ging nach Europa. Manchmal bereue ich es. Ich glaube, ich war nicht stark genug, um zu bleiben. Ich hatte Angst. Damals hatten die Terroranschläge begonnen, in dem Chaos war es schwer, den Freund vom Feind zu unterscheiden. Ich besaß einen Laden, war Geschäftsmann. Ich verdiente nicht sehr viel, aber es reichte zum Leben.

Einmal kamen Männer mit Maschinenpistolen zu mir und verlangten Geld. Sie sagten, dass es für das Gemeinwohl unseres Landes sei, gleichzeitig hielten sie ihre Waffen auf mich gerichtet. Schon am nächsten Tag schloss ich meinen Laden, packte meine Sachen und war einige Tage später bereits in Frankreich. Ich hatte mehrere Jobs und wohnte in verschiedenen Städten, bis ich nach Paris kam.»

«Oh, ich war noch nie in Paris.»

«Wenn du willst, können wir einmal zusammen hinfahren. Ich kenne die Stadt gut. Mein Sohn lebt jetzt dort.»

«Und wie ging es dann in Algerien weiter? Ist der Bürgerkrieg nun zu Ende?»

«Offiziell endete der Konflikt 2002 mit dem Sieg der Regierung. Aber die Islamisten leisten immer noch Widerstand. Für sie dauert der Heilige Krieg bis heute an.»

«Tahar, was bedeutet der Dschihad für dich?»

«Ich habe dir schon gesagt, dass ich den Koran studiert habe, seit ich lesen kann, deshalb sehe ich wenig Gemeinsames zwischen dem Mord an Zivilisten und Allah.»

Tahar hielt sich an viele Glaubensvorschriften. Er ging jede Woche in die Moschee und fastete während des Ramadan. Er aß Hühnerfleisch, das er den Regeln entsprechend vorbereitete, damit die Speise halal war. Am Abend schloss er sich in sein Zimmer ein, er verkehrte nur wenig mit den übrigen Bewohnern der Gemeinschaft. Vermutlich tauchte er dann in die Welt der heiligen Bücher ein, an deren Lektüre er von klein auf gewöhnt war. Sie hielten ihn trotz seiner täglichen monotonen Arbeit bei Laune und Gesundheit.

Tahar hatte seinen festen Arbeitsplatz in der Gemeinschaft. Nur wenige Compagnons sahen ihren Namen immer in derselben Spalte des Arbeitsplans. Tahar gehörte zu dieser kleinen Gruppe. Er kümmerte sich um die Elektroabteilung. Er reparierte die Geräte und reinigte sie mit allen möglichen chemischen Mitteln. Jeden Tag atmete er deren schädliche Dämpfe ein, um die Waren in gutem Zustand zum Verkauf anbieten zu können. Aber trotz der Eintönigkeit der Arbeit und der Müdigkeit, von der er am wenigsten sprach, war es etwas anderes als nur die menschliche Geduld, das ihm half, durchzuhalten, *tenir le coup*.

«Eines Tages werde ich nach Algerien zurückkehren. Ich möchte meinen Laden wieder öffnen. Weißt du, ich bin zu allen möglichen Arbeiten fähig, aber in meinem Herzen bin ich Geschäftsmann geblieben. Mir gefällt es, mit Kunden zu sprechen und ihnen zu helfen, das zu finden, wonach sie suchen. Das ist wirklich mein Ding.»

Tahar reiste regelmäßig nach Algerien, um seine große Familie zu besuchen, und war für eine Woche oder länger weg. Dann nahm jemand anderes seinen Platz in der Gemeinschaft ein. Er kehrte immer mit Geschenken zurück, brachte uns Honig und Früchte von zu Hause mit, die wir noch nie gegessen hatten. Einmal brachte er uns Zweige mit frischen reifen Datteln, die noch am Morgen an einem Baum in Algerien gehangen hatten, und die wir schon am Abend in der Schweiz aßen.

«Man soll nie den Kontakt zu seiner Heimat abbrechen. Du weißt selbst noch nicht, wohin es dich verschlägt, und ob du überhaupt irgendwo bleibst. Bleibe in Kontakt zu deinem Land. Man kann überall leben, aber von Zeit zu Zeit soll man dorthin zurückkehren, wo man geboren wurde. Die Heimat verleiht einem Kraft. Die Erde, die dich geboren hat, wird dich immer nähren und dir Energie geben. Schau dir die an, die schon lange hier sind und ihr Land nie besuchen. Sie sind tot, ihre Wurzeln sind durchschnitten. Was passiert mit einem Baum, wenn er gefällt wird? Er wird zu Totholz, aus dem etwas hergestellt wird. Er ist Verbrauchsmaterial für andere Menschen. Lass dir von niemandem die Wurzeln durchschneiden. Und denk daran, wo auch immer du beschlossen hast zu leben, du kannst nur in deinem Land den Kampf für die eigene Freiheit gewinnen.»

Einige Zeit nach diesem Gespräch verwandelte sich die friedliche Revolution in der Ukraine in eine Hölle. Ich fühlte die Axt über meinen Wurzeln. Die Nachrichten aus der Ferne töteten meine Ruhe und brachten mich um den Schlaf. Es fiel mir immer schwerer zu arbeiten, die schlaflosen Nächte lasteten auf mir, und die anderen begannen, es zu bemerken. Ich musste einen Entschluss treffen.

Einmal während der Arbeit kam Tahar auf mich zu, legte seine Hand auf meinen von Gedanken heißen Kopf und sagte, dass er mich in diesem Zustand nicht ansehen könne. Alle waren mein lachendes Gesicht gewöhnt, aber wegen des Schmerzes konnte ich nicht lachen. Mit jedem Schuss der Scharfschützen auf die Demonstrierenden auf dem Kiewer Maidan, mit jedem Getöteten schienen auch meine Wurzeln und mein eigenes Leben einzugehen. Die Brutalität der Menschen betäubte mich, als ob es Schläge auf meinen Kopf wären.

«Anna, ich habe diesen Schritt bis jetzt nur einmal in meinem Leben gemacht, aber jetzt bin ich bereit, ihn für dich ein zweites Mal zu tun. Ich biete dir die Scheinehe an. Das wird für dich keine Folgen haben, nur dass du in der Schweiz bleiben kannst. Es ist zu gefährlich für dich, jetzt in die Ukraine zurückzukehren. Wir hören es im Radio und lesen es in den Zeitungen.»

«Du hast doch selbst gesagt, dass es notwendig sei, die Wurzeln zu bewahren, und dass man die größte Freiheit nur in seinem eigenen Land bekommen kann.»

«Ich weiß, dass ich das gesagt habe, aber nicht unter diesen Umständen. In deinem Land wird es noch lange Unruhen geben. Ich weiß das, der algerische Bürgerkrieg hat 1991 begonnen und dauert bis heute an, obwohl man sagt, er habe 2002 geendet. Du bist sehr klug, deshalb solltest du dein Potenzial lieber hier entfalten, wo das noch möglich ist.»

«Dann werde ich meine Eltern, meine Schwester und meine Freunde lange nicht mehr sehen. Einige von ihnen vielleicht nie mehr. Ich weiß nicht, ob ich dazu bereit bin.»

«Ich biete eine solche Hilfe nicht oft an, aber dir möchte ich wirklich helfen.»

«Danke, Tahar, vorerst lehne ich ab. Aber wenn es sehr schlimm wird, werde ich wieder in die Schweiz kommen und deine Hilfe annehmen.»

Bald nach diesem Gespräch würde ich abfahren. Ich würde nicht gleich wieder in die Schweiz zurückkehren, wie ich es Tahar versprochen hatte. Der Krieg im Donbas, der nach der

Revolution der Würde ausbrach, würde mich während mehrerer Jahre lähmen. Ich würde nicht einmal die Stadt verlassen können, in der ich wohnte, geschweige denn in eine so ferne und illusorische Schweiz reisen, deren Ruhe mir wie ein unwirklicher Traum vorkam.

Doch noch bevor ich in die Ukraine zurückkehrte und bevor der Krieg dort begann, erwartete mich im Streichholzhaus eine ganz besondere Bekanntschaft.

35

# Sylwester

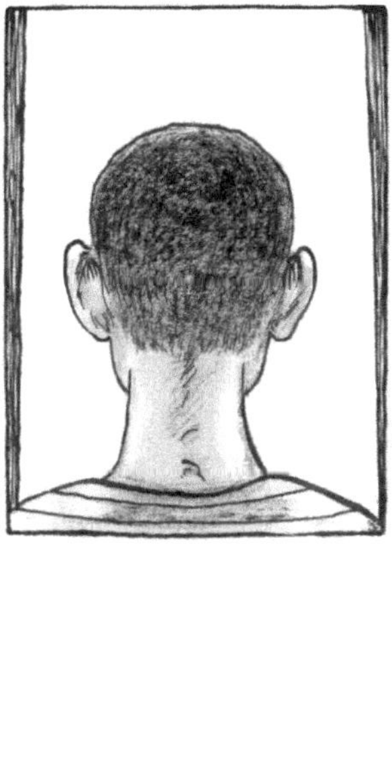

Er trat im Spätherbst über unserer Schwelle, als in La Chaux-de-Fonds bereits richtig Winter war. Er hatte zerzauste Haare und einen ebenso wirren Blick. Er sagte, er heiße Sylwester, und wir mussten ihm glauben, da er keinen Ausweis auf sich trug. Seine Tasche mit all seinen Sachen und Papieren war ihm nachts am Bahnhof in Bern, wo er eingeschlafen war, gestohlen worden. So wenigstens erzählte er es uns.

Noch am selben Abend rasierte sich Sylwester den Kopf und kam schon als anderer Mensch zu uns zum Abendessen, als ob er sich mit Hilfe seines Rasierers nicht nur einfach seiner Haare, sondern auch seiner Vergangenheit entledigt hätte. Es war bei uns nicht üblich, uns über unsere Vergangenheit zu befragen, deshalb erkundigte sich niemand nach seinem früheren Leben, es sei denn, er würde selbst davon zu erzählen beginnen. Wir wussten nur, dass er Pole war und in seinen dreißig Jahren schon viele Länder und Gegenden gesehen hatte.

Seine Sprache war etwas wunderlich: Mit mir sprach er ein Gemisch aus Polnisch und einigen Brocken Russisch. Und obwohl ich jede dieser Sprachen recht gut verstand, war mir das Gemisch praktisch unverständlich. Zuerst dachte ich, es sei ein Dialekt jener Gegend Polens, aus der er stammte, und ich fragte ihn bei Gelegenheit danach. Er sagte mir dann, er versuche, mit mir Russisch zu sprechen, weil er nicht sicher sei, ob ich Polnisch verstehe. Aber meine Beteuerungen, dass ich Polnisch sehr gut verstehe, sogar noch besser als dieses Gemisch, überzeugten ihn nicht, wahrscheinlich gefiel ihm dieses Spiel mit den Wörtern und ihren Bedeutungen.

Sylwester sagte mir, dass er Russisch vom Fernsehen gelernt habe, als er in England arbeitete und sich mit Russen zusammen eine Wohnung teilte. Mit den übrigen Bewohnern und Mitarbeitern der Gemeinschaft sprach er ein entsprechendes Gemisch aus Englisch und Französisch. Auch diese beiden Sprachen hatte er beim Fernsehen gelernt, aus seiner Lieblingstrickfilmserie *Tom und Jerry*, aber bereits in Frankreich. Sein Englisch-Französisch war kaum verständlich, obwohl er viel und gerne sprach, oft über seine Abenteuer, von denen wir nicht wussten, ob sie erfunden waren oder echt.

Schon in seinen ersten Tagen in der Gemeinschaft kam Sylwester während der Arbeit zu mir, um über Gott und die Welt zu plaudern. Ich sprach jedes Mal gerne mit ihm. Er war gutmütig, trotz seines schweren Schicksals, das Spuren auf seinem Gesicht hinterlassen hatte; seine Güte äußerte sich in seinen Augen, in den herzlichen Gesprächen, in seinem Lächeln. Er war ziemlich bescheiden, wies niemanden darauf hin, dass das, was er bei seiner Ankunft trug, das Einzige war, das er besaß. Sylwester bat nicht, dass man ihm warme Kleider gab oder auch nur lieh, obwohl es immer kälter wurde.

In dieser auf tausend Meter Höhe gelegenen Stadt dauerte der Winter fast sechs Monate. Und es war kein Winter, wie er in Europa üblich war. Hier lag so viel Schnee, wie wir das sonst nur aus den Märchen kennen.

Ich liebe den Winter und den Schnee. Ich liebte es, im großen Wohnzimmer von Odile vor dem Fenster zu stehen, fasziniert vom endlosen Schneefall. Als ich Odile von meiner zärtlichen Liebe zum Schnee erzählte, lachte sie und meinte, dass sie mir einen Kalender mit Bildern von verschneiten Bergen schenken würde, denn sie selbst mochte den Schnee nicht so sehr, besonders wenn sie ihn jeden Tag aus ihrem Hof schaufeln musste.

So kam der Schnee also zu uns, noch bevor sich der kalendarische Herbst in den Urlaub verabschiedete. Als ich mit einigen Jungs einmal nach der Arbeit in die Stadt ging, bemerkte ich, dass Sylwester keine warme Jacke trug. Ich sagte ihm nichts, da ich wusste, dass er es bloß mit einem Witz abtun würde. Also wartete ich bis zum nächsten Tag und fragte dann beim Abendessen in die Runde, ob nicht jemand eine zusätzliche Jacke habe. Und auch wenn ich genau wusste, dass einige mehr warme Kleider hatten, als sie brauchten, antwortete keiner der Jungs auf meine Frage. Ich aß fertig, stand schweigend vom Tisch auf und ging zu Odile. Die Situation und vor allem diese Gleichgültigkeit hatten mich traurig gemacht. Ich verlangte ja nicht, dass sich alle Menschen auf der Erde umeinander kümmern sollten, aber die Leute hier in dieser Gemeinschaft waren noch gestern ohne jeglichen Besitz und sollten doch besser als alle andern Sylwesters Situation verstehen!

Odile holte gleich einen Koffer mit alten Jacken ihres Mannes hervor und sagte, dass wir morgen Sylwester eine Jacke bringen würden. An Odiles Bereitschaft, jedem zu helfen, der es brauchte, hatte ich keinen Moment gezweifelt. Ich war über die Kälte der Compagnons traurig, die grösser schien als die Kälte dieses sechsmonatigen Winters.

Am nächsten Morgen, noch bevor Odile ihre Jacke in die Gemeinschaft bringen konnte, kam Sylwester zu mir in die Abteilung, wo ich die Sachen sortierte. In seinen Händen hielt er eine Jacke, die er mir hinstreckte.

«Anna, du hast gestern eine Jacke gesucht. Ich habe soeben eine gute Jacke für dich gefunden. Hier, nimm sie!»

Ich fand keine Worte, und nach einer kurzen Pause sagte ich, dass er es sei, für den ich eine Jacke gesucht habe, weil er keine besaß. Sylwester schien noch gerührter als ich. Nie hatte sich jemand um ihn gesorgt, er war es gewohnt, mit dem auszukommen, was er hatte, gewohnt, dass jeder nur an sich selbst dachte. Und das, was mich traurig machte, war für ihn selbstverständlich.

Er behielt die Jacke für sich und nahm diejenige von Odile für den Fall, dass jemand anders eine brauchte. Von da an wurde aus unserer Bekanntschaft eine Freundschaft.

Mit ihm sprach ich über das, was mich störte: eine Gesellschaft, die verdorben war und auf der einerseits Überfluss und andererseits Mangel an Essen und dem Allernotwendigsten herrschte. Er hörte mir aufmerksam zu und führte selbst lange Monologe. Bis er auf einmal fragte: «Und du, was machst du hier? Weswegen bist du hier?»

«Ich möchte das Leben, die Gesellschaft und die Welt verstehen.»

«Und dann, wenn du verstanden hast?»

«Dann kann ich vielleicht etwas ändern. Vielleicht werde ich Sozialarbeiterin und helfe den Menschen.»

«Ich bin nicht sicher, ob du das schaffen würdest. Du bist allzu sensibel und verletzlich, nimmst dir alles zu sehr zu Herzen. Du wirst nicht mit Menschen arbeiten können, die ernste Probleme haben. Dafür braucht es Festigkeit und eine gewisse Kaltblütigkeit. Glaub mir, ich weiß, wovon ich rede, ich habe auf der Straße gelebt und vieles gesehen. Das ist nichts für dich, ein solches Leben und eine solche Arbeit. Das würde dich kaputt machen.»

Ich entgegnete nichts darauf, sondern dachte nur, dass mich Sylwester noch zu schlecht kannte. Von außen sah es zwar aus, als ob ich sehr weich wäre, innen hatte ich jedoch einen harten Kern. Und ich hatte auch viel in meinem Leben gesehen.

Dann machte ich mich wieder an die Arbeit. Es war Zeit, den Weihnachtsschmuck einzupacken, denn die Feiertage rückten näher, und eine Menge Kartonschachteln warteten darauf, sortiert zu werden. Ich arbeitete schon über eine Woche am Weihnachtsschmuck, versuchte alles auszubessern, was noch irgendwie für ein zweites Leben taugte. Ich legte den Baumschmuck nach Farbe sortiert in kleine durchsichtige Beutel, die ich mit einem schönen lila Band verschloss. Mir gefiel diese Arbeit sehr. Ich verbrachte die Zeit mitten in einer wundervollen, von Menschenhand geschaffenen Schönheit. Und jetzt taten meine Hände alles, um das zerbrechliche Leben dieser Dinge zu retten, damit sie wenigstens noch eine Weihnacht lang den Menschen Freude bereiten konnten.

Sylwester war im Nebenraum, nur durch eine Wand von mir getrennt. Dort, wo die Jungs die Elektrogeräte reparierten und testeten und wo die Sachen für Polen oder die Ukraine sortiert und verpackt wurden. In diesem Raum im hinteren Teil des Gebäudes befand sich auch die Tür, an der die Leute das Material abgaben. An jenem Tag war Sylwester daran, die Kisten für Polen einzupacken und das neue Material entgegenzunehmen, das er dann zu mir herübertrug. So hatten wir neben der eintönigen Arbeit auch die Gelegenheit, ein paar Worte zu wechseln oder Scherze zu machen. Unter anderem brachte er auch einen Pfeilbogen mit Pfeilen, die er mir zeigte und von denen er sagte, dass es Amors Pfeile seien und bald jemanden treffen würden. Ich lachte laut und hatte noch keine Ahnung, dass dieser harmlose Witz sich als Prophezeiung erweisen sollte.

Ich arbeitete schnell und sah, dass meine lange Beschäftigung mit dem Weihnachtsschmuck schon in weniger als einem Tag fertig sein würde. Und noch bevor ich den letzten Beutel gefüllt und mit dem lila Band verschnürt hatte, kam Etienne zu mir, und fragte mich, ob ich ein paar Stunden in der Möbelabteilung arbeiten möchte. Natürlich sei ich nicht verpflichtet und könne ablehnen, aber es sei ihm gerade in den Sinn gekommen. Ich hätte noch nie in der Möbelabteilung gearbeitet und solle es doch einmal versuchen.

Ich sagte, dass ich keineswegs etwas dagegen habe, wenn meine noch unvollkommenen Französischkenntnisse kein Hindernis für die Arbeit mit den Kunden seien. Etienne antwortete, dass das eine gute Übung für mich sei. Also räumte ich meinen Arbeitsplatz und ging nach unten in die Möbelabteilung.

36

# Philippe

Die Abteilung mit den reparierten und restaurierten Möbeln befand sich in zwei großen Räumen. Hier gab es fast alles: Doppel- und Einzelbetten, Etagenbetten für Kinder, Schreib- und Küchentische, Sofas und Sessel, Kommoden und Schränke. Die Möbel waren modern oder alt, um letztere kümmerte sich meistens Gabriel in der Schreinerei, in der auch ich ihm ab und zu half. Die Möbel bei ihm waren besonders schön und hatten eine eigene Seele, ich berührte sie, fuhr mit der Hand über ihre glatte Oberfläche und erinnerte mich dabei immer an meine Gespräche mit Gabriel.

Direkt beim Eingang an einem kleinen Tisch saß Pierre. Er arbeitete nur in der zweiten Tageshälfte und schrieb den Kunden die Zahlungsquittungen für die Möbel. Die Jungs transportierten die verkauften Möbel mit dem großen Aufzug vom Untergeschoss ins Erdgeschoss und halfen den Kunden, sie in ihre Autos zu verladen. Mal gab es viel Arbeit, mal weniger, dann saßen sie in den zum Verkauf angebotenen Sesseln und Sofas und hörten Radio.

Ich kam zum ersten Mal hierher, nachdem mich Etienne gegen Ende des Arbeitstages gebeten hatte, Pierre während der Kaffeepause zu ersetzen. Pierre nahm seine Pause erst dann, wenn alle anderen aus ihrer Pause wieder zurückgekommen waren, damit der Laden nicht unbeaufsichtigt bleiben würde. Ich trank schnell meinen Kaffee aus und beeilte mich, Pierres Platz einzunehmen.

Ich hatte ein wenig Angst, da ich nicht wusste, was ich den Kunden sagen sollte, wenn sie sich an mich wenden würden. Ich hoffte einfach, dass es während Pierres viertelstündiger Abwesenheit niemandem in den Sinn kommen würde, Möbel kaufen zu wollen.

Ich nahm eine kleine Kerze und steckte sie in ein Kristallglas, das Dominique hatte entsorgen wollen und das ich gerade noch hatte retten können. Ich dachte, Pierre würde sich bestimmt über die Wärme dieser Kerze auf seinem Arbeitstisch freuen. Sobald ich mich an seinem Platz eingerichtet und einen Radiosender mit schöner Musik eingestellt hatte, betrat ein junger Mann den Laden und wandte sich auf Französisch an mich. Ich war verlegen und gab ihm zu verstehen, dass ich kein Französisch spreche.

«Was für eine Sprache sprechen Sie?»

«Englisch oder Deutsch.»

«Und woher kommen Sie? Was ist Ihre Muttersprache?»

«Ich komme aus der Ukraine. Ich spreche Ukrainisch und auch gut Russisch, und dann noch Polnisch.»

«Dann lieber Englisch», lächelte er.

«Es tut mir leid, aber ich denke nicht, dass ich Ihnen helfen kann, ich arbeite erst seit fünf Minuten in der Möbelabteilung und weiß noch nicht, was sich wo befindet, deshalb ist es besser, wenn ich gleich meine Kollegen rufe, damit sie Ihnen bei Ihrer Suche helfen können.»

Ich verschwand schnell in den Raum nebenan, wo die Jungs den anderen Besuchern die Möbel zeigten. Dann führte ich den Kunden zu ihnen und kehrte an Pierres Arbeitsplatz zurück, wo ich auf seine Rückkehr wartete. Als Pierre zurückkam, ging ich nach oben zu Sylwester, um ein paar Worte mit ihm zu wechseln und einen warmen Pullover zu holen. Der Arbeitstag neigte sich dem Ende zu, im Möbelladen waren fast keine Kunden mehr, die Jungs und ich saßen auf den Stühlen neben Pierre und hörten Schweizer Radio. Plötzlich betrat derselbe junge Mann, mit dem ich eben gesprochen hatte, den Laden. Beim Eingang blieb er stehen. Ich lächelte ihm zu, stand vom Stuhl auf und ging zu ihm hin.

«Haben Sie gefunden, was Sie gesucht haben?»

«Nein, Ihre Kollegen haben mir gesagt, dass es das, was ich suche, hier nicht gibt. Und ich habe es auch vermutet.»

«Aber was suchen Sie denn genau?»

Er sah mich verwundert an, als würde ihn meine Neugier überraschen.

«Ich frage nur, weil ich am Vormittag im Erdgeschoss arbeite und ich dort die Waren sortiere und aufstelle, deshalb kenne ich fast alles, was sich im Laden befindet.»

«Ich suche eine Büste von Napoleon.»

«Vor ein paar Tagen habe ich Büsten von Mozart und Bach aufgestellt, aber einen Napoleon habe ich noch keinen gesehen, seit ich hier arbeite. Ich würde mich daran erinnern.»

Wir gingen zusammen durch die Möbelreihen hindurch und führten unser Gespräch fort.

«Haben Sie sich hier in der Umgebung schon etwas umgesehen, haben Sie Freunde hier?»

«Meine Freunde sind die Bewohner dieser Gemeinschaft. Wir gehen manchmal in die Stadt, aber die meiste Zeit verbringen wir hier.»

«Sie sollten mehr nach draußen gehen, um sich etwas abzulenken, einfach einen Kaffee trinken gehen.»

«Gern», platzte es aus mir heraus.

«Wollen wir morgen zusammen einen Kaffee trinken gehen?»

«Gern.»

«Ich lasse Ihnen meine Telefonnummer. Rufen Sie mich an, wenn Sie morgen Zeit haben, und dann treffen wir uns.»

Ich reichte ihm ein gelbes quadratisches Stück Papier, das ich von Pierres Tisch genommen hatte, und er schrieb in sauberer Schrift seinen Namen und seine Telefonnummer auf. Er hieß Philippe. Jetzt fiel mir ein, dass ich ihm meinen Namen noch gar nicht genannt hatte.

«Ich heiße Anna.»

«Dann bis morgen, Anna.»

«Bis morgen!»

# 37

Am nächsten Tag schneite es. Ich hatte frei und musste nicht in die Gemeinschaft, aber aus Gewohnheit ging ich zum Mittagessen hin, vor allem, um die Jungs zu sehen. Ich überlegte lange, ob ich diesen großen, dunkelhaarigen jungen Mann anrufen sollte, in dessen Gang und Haltung etwas Edles und Starkes war, was mir ganz flüchtig und am Rande wieder in Erinnerung rief, woher ich kam und was ich hier tat. Ich war sogar ein wenig erstaunt darüber, dass er mich so schnell und ohne Weiteres zu einem Treffen eingeladen hatte. Zuerst wusste ich nicht, ob ich ihn wirklich anrufen sollte, dann aber am Nachmittag, als ich schon wieder bei Odile war, wählte ich schnell seine Nummer und sagte ihm, ich hätte Zeit und wir könnten uns in der Stadt treffen.

Wir verabredeten uns vor dem Espacité-Turm, einem hohen Gebäude im Stadtzentrum mit einem Restaurant im obersten Stock und einer Terrasse, von der aus sich eine Aussicht auf die ganze Stadt bot. Als ich kam, wartete Philippe bereits auf mich. Er schlug vor, einen Spaziergang zu machen und dann ins Café zu gehen. Der Tee wärmte mich auf, und wir benahmen uns bereits so, als würden wir uns nach langer Trennung wiedersehen und als hätten wir uns viel zu erzählen.

«Ich habe lange nicht mehr so gelacht wie jetzt mit dir. Aber ich lache nur als Antwort auf dein Lachen. Warum lachst du?»

«Weil ich dir gerne beim Lachen zusehe.»

«Warum hast du meine Einladung so schnell angenommen?»

«Ich weiß nicht.»

Sein Blick verweilte ein paar lange Sekunden auf meinem Gesicht, während derer ich versuchte, eine ausführlichere Antwort auf seine Frage zu finden. Aber ich wusste wirklich nicht, warum ich ihn sehen wollte und warum ich mich mit ihm so leicht und gut fühlte. Mir war, als hätte ich ihn schon immer gekannt.

Als wir aus dem Café traten, fanden unsere Hände schnell zusammen. Philippe sagte, er würde mich gerne morgen wiedersehen und mir den Doubs zeigen, den Grenzfluss zwischen der Schweiz und Frankreich. Ich war gerne einverstanden, ich wollte ihn nochmals treffen, obwohl meine Abreise näher rückte.

38

Ich frage mich,
wie der Film
weitergeht...

Wir trafen uns am Sonntagnachmittag und fuhren zum Fluss, der an seinen Ufern zwei verschiedene Länder vereinigte. An diesem Tag fiel der Schnee noch dichter, und so war Philippes Auto das einzige auf dem Parkplatz, von dem aus ein Pfad an den Doubs hinunterführte. Mich erinnerte dieser heftige Schneefall an ein Wintermärchen oder einen wunderschönen Weihnachtsfilm. Wie schon gestern sprachen wir über Ernstes und lachten über das Alltägliche. Er fragte mich nach meinem Land und ich ihn nach den Ländern, in denen er gelebt hatte. Philippe war erst vor wenigen Monaten von seinen Suchen und Wanderungen zurückgekehrt. Er war lange Zeit nicht mehr in der Schweiz gewesen. Seine Ausbildung hatte er in Kanada gemacht und dort beschlossen, nach dem Studium nach Israel zum Militärdienst zu gehen. Er war jüdisch.

Wir waren fast gleich alt, Philippe ein paar Monate älter als ich. Er sagte mir, dass er zum ersten Mal in unserem Laden gewesen sei, dass er gar nicht dorthin habe gehen wollen, da er im Voraus gewusst habe, dass er nicht finden würde, was er suchte. Aber dem schlechten Wetter und dem starken Regen zum Trotz führten ihn seine Füße in unser Streichholzhaus. Es war ihm zwar klar, dass es auch in unserem Möbelladen keine Büste von Napoleon geben würde, nachdem er in den übrigen Abteilungen nichts gefunden hatte, und so hatte er eine Weile überlegt, ob er wieder nach Hause zurückkehren oder doch noch hinuntergehen sollte. Zur selben Zeit kam Etienne mit dem Vorschlag zu mir, in die Möbelabteilung zu wechseln, er bestand natürlich nicht darauf, er bot es mir nur an. Ich zögerte ein paar Sekunden und war dann einverstanden. Auch Philippe entschied sich in diesem Moment, Napoleon bei den Möbeln zu suchen, wo er doch bei diesem Unwetter schon bis an den Rand der Stadt gekommen war. Und zehn Minuten zuvor hatte Sylwester zum Spaß mit dem Bogen auf mich gezielt und gesagt, dass das Amors

Pfeil sei. Das alles sagte ich Philippe nicht, unsere Bekanntschaft schien mir allzu unwirklich.

Jetzt gingen wir dem Fluss entlang, und unser Lachen ging im Rauschen des Wassers unter. Wir näherten uns einer schmalen Brücke, und Philippe sagte, dass am andern Ufer schon Frankreich sei. Es gab niemand, der Wache stand, es gab keine Grenzmarkierung. Man überquerte einfach die Brücke und befand sich in einem anderen Land. Philippe sagte, dass die Aussicht von der französischen Seite aus viel schöner sei. Wir stiegen zur Aussichtsplattform auf dem Felsen, von der aus man auf den Wasserfall blicken konnte. Ich näherte mich dem Rand und erstarrte: Das Wasser fiel als mächtiger Strom hinunter und löste sich im ruhigen Fluss wieder auf. Endlos floss das Wasser von oben heran und wie große Felsbrocken stürzte es hinunter, und mir schien, ich könnte ihm ebenso endlos zuschauen. Philippe stand an meiner Seite und sah mein Gesicht an, als ich mich ihm zuwandte und ihm sagte, dass ich in diesem Augenblick, in dieser mächtigen Ruhe des Wasserfalls eine übernatürliche Kraft fühlen würde. Ich wollte diesen Zustand und diesen Moment in mich aufnehmen, wie der Fluss die starke Strömung in sich aufnahm. Philippe lächelte und antwortete, dass er mein Profil ebenso endlos anschauen könnte.

Zu jenem Zeitpunkt, als wir uns kennengelernt hatten, war ich schon fest entschlossen, in mein Land zurückzukehren, ich hatte das Ticket gekauft und den Leiter der Gemeinschaft über meine bevorstehende Abreise informiert. Ich hatte nicht die Absicht, meine Pläne zu ändern. Philippe sagte, das habe für ihn keine Bedeutung, er möchte nur, solange ich noch hier war, so viel Zeit wie möglich mit mir verbringen.

Als wir von unserem Ausflug zurückkehrten, wollten wir uns noch nicht trennen, und so gingen wir lange durch die Straßen der Stadt, es hatte aufgehört zu schneien, und ich sagte, dass mich diese leeren, verschneiten Straßen an eine Szene aus einem Film erinnerten.

«Ich frage mich, wie der Film weitergeht», sagte er.

Wir umarmten uns und gingen dann zu einer Kirche, um uns etwas aufzuwärmen. Sie war offen, und wir wurden gebeten einzutreten, um an einem Anlass teilzunehmen, bei dem wir die einzigen Besucher waren. In der leeren Halle standen in den vier Ecken Stühle und kleine Tische; auf denen Gegenstände mit Aufgaben zu den Sinnesorganen lagen. Wir lösten alle Aufgaben, wärmten uns auf, sprachen mit den Leuten, die uns Tee anboten und noch andere Besucher erwarteten. Wir bedankten uns für die Wärme, lehnten den Tee ab und gingen wieder hinaus in die verschneiten Straßen.

Philippe zeigte mir einige interessante Gebäude, unter anderem die Villa Schwob oder Villa Turque, wie sie auch genannt wurde, des Architekten Le Corbusier. Er bedauerte, dass es nicht mehr interessante Orte gebe. Das bedeutete, dass wir uns jetzt trennen mussten, obwohl wir uns schon sehr zueinander hingezogen fühlten. Er brachte mich zu Odiles Haus, und wir verabredeten uns für die nächste Woche. Danach vereinbarten wir, dass wir uns bis zu meiner Abreise noch jeden Tag sehen würden.

39

Die Gemeinschaft war der Ort, an dem jeder über jeden alles wusste. Natürlich betraf das nicht unser früheres Leben, da konnte man nur glauben, was gesagt wurde, deshalb erfanden einige die unglaublichsten Geschichten über sich. Jene, die ihre Dokumente verloren hatten – unabsichtlich oder absichtlich – dachten sich einen anderen Namen oder gar eine andere Staatsangehörigkeit aus. Und es gab nichts, womit diese Informationen überprüft werden konnten, aber es hatte auch gar niemand im Sinn, sie zu überprüfen. Wir akzeptierten einander mit den erfundenen oder den wirklichen Lebensgeschichten.

Hingegen stand das Leben innerhalb der Wände des Streichholzhauses unter sorgfältigster Aufsicht vieler von uns. Hier wurde alles bis aufs Letzte registriert und sogleich über das *Radio Antonio* verbreitet. Deshalb wussten schon einen Tag nach einem besonderen Ereignis nicht nur alle Bewohner der Gemeinschaft, sondern auch alle Mitarbeiter und Freiwilligen Bescheid. Dies unterschied die Arbeit hier von der Arbeit in der Außenwelt, in irgendeinem Geschäft, einer Fabrik, einem Betrieb oder sonst einer Firma. Wir waren mehr als nur Kollegen, wir hatten den Anspruch, eine Familie zu sein. Und Familienmitglieder haben keine Geheimnisse voreinander.

Seit ich Philippe kennengelernt hatte, fiel mir jede Arbeit in der Gemeinschaft leichter. Ja, ich gewann selbst an Leichtigkeit, mein Gang, meine Bewegungen, mein Lachen – mein ganzes Wesen erfüllte sich mit Licht. Die körperliche Arbeit ermüdete mich nicht mehr, die Schachteln mit dem Material lasteten nicht mehr auf mir, ich wusste, dass der Abend kommen und der Schnee mir die Schwere von meinen Schultern nehmen würde, und Philippes Berührungen würden mir die Müdigkeit aus meinen Armen nehmen.

Jeden Abend fand er neue Orte oder Straßen, Parks oder Cafés in dieser kleinen Stadt, wo wir, wie es mir schien, schon überall waren und alles gesehen hatten. Unser Lieblingsort war jenes Café in der Nähe des Brunnens, das wir jedes Mal nach unseren langen Spaziergängen aufsuchten, so dass uns die Kellnerinnen bereits kannten. Nur hier, in diesem einzigen Café der ganzen Schweiz und vielleicht der ganzen Welt, bekam man diesen besonders wohlriechenden, herben und aromatischen Zimttee. Philippe mochte keinen Tee, aber er bestellte jeweils zwei Tassen und gab mir dann die seine.

Wir lasen französische Bücher. Das heißt, ich las, und er hörte mir zu. Dann besprachen wir das Gelesene, teilten uns unsere Eindrücke des Tages mit, und ich gab mich seinen warmen Umarmungen hin. Wir waren glücklich am Ufer des Lebensflusses in diesem kleinen Café beim Brunnen. So verlief fast jeder unserer Abende. Wir gingen in den Park, aßen in einem Restaurant ein Fondue, gingen wieder nach draußen, stiegen auf die Aussichtsterrasse, von der aus wir auf die Stadt sahen und uns die Straßen zeigten, durch die wir gegangen waren. So ging es bis zu meinem letzten Tag in La Chaux-de-Fonds.

Die Jungs aus dem Streichholzhaus vergaß ich kein einziges Mal. Ich konnte sie nicht mehr vergessen. Aber nachdem ich ihnen eine Woche vor meiner Abreise gesagt hatte, dass ich in die Ukraine zurückkehren werde, benahmen sie sich bereits so, als wäre ich nicht mehr da, als wäre ich schon abgereist. Nur einer sagte mir, dass er sich wie eine Waise fühlen werde, wie wenn ihn seine Eltern für immer verlassen würden. Es war Giorgio. Ich wünschte, dass auch er eines Tages diese Leichtigkeit und innere Freiheit finden würde, aber ich wusste, dass jeder seinen eigenen Weg gehen musste.

An meinem letzten Tag in der Gemeinschaft bat ich die Jungs, nach dem Abendessen noch eine Weile zu bleiben, weil ich mich von ihnen verabschieden wollte. Wenn ich in ihren

Erinnerungen bleiben sollte, dann wollte ich das so, wie sie mich immer gekannt hatten: lächelnd, liebevoll und fröhlich. Ich wollte mit ihnen den Sonnenuntergang genießen, und wenn die Sonne wieder aufgehen würde, sollten sie bereits ohne mich ihre gewohnte Arbeit anfangen. Wir tranken zusammen Tee, unterhielten uns ein wenig und verabschiedeten uns wie immer, als würden wir uns am nächsten Tag wiedersehen. Ich sah mich noch einmal um, bevor ich die Straße überquerte, und einige Jungs kamen auf den Parkplatz heraus, um mir noch nachzuschauen. Anstelle eines langen Abschieds ließ ich ihnen einen Brief zurück:

*Meine lieben Freunde,*

*Ich möchte euch etwas Wichtiges sagen, etwas, was ich euch jeden Tag durch meine Gegenwart gesagt habe. Viele von euch haben es ohne Worte verstanden. Dann waren keine Worte notwendig. Jetzt bin ich nicht mehr hier, nicht mehr bei euch, außerhalb eurer Welt. Diesmal muss ich meine Worte zu Hilfe nehmen. Ich möchte euch sagen, dass ich vom ersten Tag an, als ich über die Schwelle dieses Hauses trat, in eine Atmosphäre der Liebe und der Geborgenheit kam, die ich vorher nicht gekannt hatte. Ich hatte das Gefühl, dass ich euch alle bereits liebte, noch bevor ich euch kennenlernte, weil mir schien, dass ich euch schon immer gekannt hatte. Ihr habt mich jeden Tag gelehrt, vorbehaltlos zu lieben, auch wenn es manchmal schwierig war. Ihr habt mir gezeigt, dass das Zuhause überall ist, so, wie die Menschen überall gleich sind.*

*Einmal vor dem Abendessen, als ich mir die Hände wusch, dachte ich, dass es gar nicht lange her war, dass ich von keinem von euch etwas gewusst hatte. Ich wusste nicht, wer Pascal oder Gabriel, Pierre oder Cédric war. Und auch ihr hattet keine Ahnung von meiner Existenz. Es gibt so viele unbekannte Menschen auf der Erde, wie es unentdeckte Planeten oder Galaxien gibt. Aber dann habe ich euch entdeckt, eure Welt, und ich wurde ein Teil davon. Ich spürte, wie ihr ein Teil von mir wurdet, ein wichtiger Teil von mir. Ein polnischer Schriftsteller hat einmal gesagt, «dass Menschen nur in anderen Menschen wirklich leben können. Depression ist nichts anderes als Obdachlosigkeit. Unter einer Depression leiden Menschen, die niemanden haben, in dem sie leben können.»*

*Ich möchte sagen, dass ihr in mir lebt. Wo auch immer ich bin und was auch immer ich mache, ihr werdet immer in mir leben. Ihr braucht nichts mehr zu fürchten, und vor allem nicht, obdachlos zu werden, denn jeder von euch hat von jetzt an ein sicheres und warmes Zuhause – mein Herz. Das sollt ihr wissen und nicht vergessen.*

*Ich war selbst erstaunt, dass euer Zuhause genau so war, wie ich es mir vorgestellt hatte, als ich mich zu euch aufmachte. Ich kannte weder eure Gesichter noch eure Namen, aber ich kannte euer Inneres. Ich liebte euch bereits. Ich bin jeden Tag gern in die Gemeinschaft gekommen, ich habe gefühlt, dass man mich gernhatte und mich brauchte. Wir Menschen brauchen nichts so sehr wie die Liebe. Sie ist das eine Heilmittel gegen alle Krankheiten. Wir alle wollen trotz unserer Mängel und Fehler akzeptiert werden. Wir brauchen die Liebe. Ich habe eure Liebe gefühlt, und ebenso liebe ich euch. Und das ist das Einzige auf dieser Welt, was wichtig und wertvoll ist.*

*Ihr habt mir von meinem Licht erzählt, und ich möchte von eurem Licht sprechen. Ihr sollt wissen: Um das Licht in jemandem zu sehen, muss man es in sich selbst haben. Wenn ihr das Licht nicht in euch habt, werdet ihr es auch nicht in jemand anderem sehen. Ihr habt alle viel Licht in euch, und das ist es, woran ihr jeden Tag denken müsst. Ihr könnt mein Gesicht vergessen, mein lautes Lachen, ja mich überhaupt, aber vergesst eines nicht: Jeder von euch, ihr alle habt das Licht. Umsorgt es, behütet es, teilt es und benutzt es jeden Tag, um das Licht in jenen zu sehen, die euch nahe sind. Nur wenn ihr das Licht in den anderen seht, werdet ihr euer eigenes heller und grösser machen können. Dann werdet ihr euch überzeugen können:* Sun lives in you!

*Ich weiß nicht, ob wir uns noch einmal sehen werden, aber das ändert nichts daran, dass ihr in mir lebt. Ich möchte jedem von euch besonders danken. Für eure Hilfe, für euer Verständnis, für eure Unterstützung und für eure Wärme. Auch die verschiedenen Sprachen haben uns nicht daran gehindert, uns zu verstehen. Danke, dass ihr in meinem Leben und jetzt auch ein Teil von mir seid.*

*Ich liebe euch sehr und umarme euch fest.*

*Eure Anna*

40

Philippe und ich verbrachten den Rest des Abends zusammen, und am Morgen begleitete er mich zum Zug nach Genf. Aber ich war nicht allein. Antonio hatte beschlossen, mit mir zu kommen, auf seinen Hund Blacky sollte Luc aufpassen. In Genf nahmen wir das Flugzeug und machten uns zuerst in Richtung Polen auf. Ich war traurig darüber, diese Stadt, dieses Land, das Streichholzhaus und vor allem Philippe zu verlassen. Aber wir wussten beide, dass das so richtig war, und versuchten daher nicht, den Lauf der Dinge zu ändern.

Philippe hatte mir viele Geschenke gelassen, und es waren nicht nur solche, die man in den Händen halten konnte. Während ich in den Zug stieg und er mich zum Abschied küsste, wusste ich, dass seine Schätze für mich noch viele Jahre in meinem Herzen bleiben würden. Unsere Umarmung löste sich, unsere Hände schafften es gerade noch, einander loszulassen, bevor sich die Tür des Zuges schloss und er sich in Bewegung setzte. Wir hätten uns wenigstens noch einmal fest umarmen und in dieser Umarmung verharren wollen, aber der Zug eilte mit der Zeit um die Wette. Am Flughafen öffnete ich Philippes Abschiedsbrief, den er zusammen mit einem auf einem Berg gepflückten Edelweiß in eine kleine Ausgabe des *Petit Prince* gelegt hatte. Er schrieb, dass es so für uns beide besser sei, dass es ein Glück für ihn sei, mich zu kennen und diese auch nur so kurze Zeit mit mir verbracht zu haben. Er schrieb, dass ich in seinem Leben ein wichtiger Mensch sei und es immer sein werde. Es blieb mir nichts anderes, als ihm eine kurze Mitteilung zu schicken: «Ich werde dich nie vergessen.»

Ich hatte keine Ahnung, was mich in der Ukraine erwarten würde. Aber ich war Antonio sehr dankbar, dass er bei mir war. Als er in der Gemeinschaft erklärt hatte, er würde in die Ukraine gehen, hatten alle über ihn gelacht.

«Antonio, hast du schon eine kugelsichere Weste gekauft?»

«Antonio fährt mit mir. Macht euch keine Sorgen, wenn es nötig sein wird, werde ich mich vor ihn stellen.»

Dann rief Antonio fröhlich mit seiner lauten Stimme:

«In meinem nächsten Leben werde ich heterosexuell sein und Anna heiraten!»

Es gelang ihm immer, die Situation zu entschärfen.

Wir flogen nach Krakau und fuhren weiter mit dem Zug nach Rzeszów. Dort verbrachten wir die Nacht in einer uns bekannten Gemeinschaft. Wir wurden sehr herzlich empfangen und es wurde alles mit uns geteilt. Wir schliefen in der Küche auf Klappbetten, die zwar eher an Hängematten erinnerten, aber wir waren für alles dankbar. Am Morgen brachte man uns nach Przemyśl, und von dort fuhren wir mit einem Auto in Richtung Lwiw.

An der Grenze fragten uns die Polen lange, woher und wohin ich mit dem Italiener fahre. Sie wollten wissen, ob ich vorher in Italien gearbeitet habe. Ich meinte, es könne ihnen eigentlich egal sein, da ich das Gebiet ihrer geliebten Europäischen Union ja nun verlassen würde und sie sich darüber freuen sollten. Die polnischen Grenzbeamtinnen sahen sich an und lachten, und sie drohten, meinen Pass zu zerreißen, wenn ich mich noch weiter herausreden wollte. Aber ich hatte nicht die Kraft zum Widerstand und zur Verteidigung meiner Rechte.

Als die Grenze schon hinter uns lag, holte Antonio mit verschwörerischem Blick aus der hinteren Tasche des Fahrersitzes ein kleines Paket.

«Was ist das, Antonio?»

«Haschisch.»

«Bist du verrückt? Sie hätten uns verhaften können!»

«Keine Sorge, ich bin vielleicht schwul, aber kein Idiot. Deshalb habe ich es in den Fahrersitz gesteckt.»

«Wo hast du es her?»

«Ich wollte kein Marihuana mitnehmen, aber einer der Jungs hat es in eine meiner Zigarettenpackungen getan. Das war sicher Cédric, damit ich meine Nerven beruhigen kann.»

«Antonio, du bist schrecklich!»

In Lwiw trennten sich unsere Wege für eine Weile. Er ging in die Gemeinschaft *Oselya* in Lwiw, und ich machte mich auf zur kleinen Wohnung, die meine Freunde vor meiner Rückkehr für mich gemietet hatten. Ich musste meine frühere Arbeit wieder aufnehmen und mich in die unruhige Lage meines Landes einfinden. Ich wusste, dass ich in nächster Zeit nicht in die Schweiz zurückkehren würde, ja ich zweifelte, ob ich überhaupt jemals wieder dorthin gehen würde. Allzu gleichgültig schien mir jetzt die Schweiz mit ihrer unverrückbaren Neutralität zu sein.

Die Situation in der Ukraine hatte mich hingegen gelehrt, dass man nicht neutral bleiben konnte, dass Gleichgültigkeit genauso bestraft wurde wie eine falsche Wahl. Wir hätten tausendmal gegen den Krieg sein können, aber das hätte nichts an der Situation geändert. Alles war schon lange und ohne uns entschieden worden. So musste jeder persönlich entscheiden, auf wessen Seite er sich stellen sollte. Diese Entscheidung garantierte zwar nicht die Sicherheit, aber sie gab uns in gewissem Sinne eine innere Ruhe und das Gefühl, dass wir zumindest ein wenig unser Schicksal mitbestimmen konnten, indem wir als Bürger für unsere eigene Position einstanden.

Ab und zu besuchte ich Antonio in der Gemeinschaft in Wynnyky in der Nähe von Lwiw. Wir spazierten zusammen durch den kleinen Ort und unterhielten uns wie früher in La Chaux-de-Fonds. Bei einem meiner Besuche jedoch war er äußerst aufgeregt und stürzte, ohne mich überhaupt begrüßt zu haben, aus seinem Zimmer:

«Anna, ich weiß nicht, was du ihnen getan hast. Aber sie haben mich mehrmals aus der Schweiz angerufen und mir gesagt, ich solle jeglichen Umgang mit dir meiden.»

«Was? Einfach so? Haben sie dir auch gesagt, warum?»

«Sie haben gesagt, dass du zu viele Probleme machst und ich Abstand von dir halten soll, wenn ich selbst keine Scherereien haben will. Anna, sie haben mir ein Ultimatum gestellt. Wenn ich weiter mit dir verkehre, werde ich aus der Gemeinschaft ausgeschlossen. Ich bin nicht mehr jung und habe sonst keinen Ort, wo ich hingehen kann. *Je suis désolé.*»

Ich war fassungslos und verstand überhaupt nicht, was los war. Alles schien wie ein absurder Traum, der mir keine Wahl ließ.

«Antonio, aber es weiß ja niemand, dass du mich hier triffst. Wenn du wieder zurückkehrst, werden wir jede Verbindung abbrechen, und vielleicht werde ich auch gar nicht mehr in die Schweiz zurückgehen. Aber bis es soweit ist, lade ich dich noch zum Essen ein. Ich mache dir italienische Pasta mit Schweizer Käse, ist das gut so?»

«Oh, *ma belle*, du kannst dir gar nicht vorstellen, wie ich von italienischer Pasta geträumt habe! Das Essen in dieser Gemeinschaft ist einfach schrecklich! Ich weiß nicht, wie lange ich es noch aushalte hier. Einmal musste ich den Obdachlosen draußen in der Nähe des Pulverturms das Essen verteilen. So etwas habe ich noch nie gesehen. Die Leute schlugen sich um ein Stück Brot und einen halben Liter Suppe. Gott sei Dank regnete es, so hat niemand meine Tränen gesehen.

In der Schweiz ist das Leben sehr stabil. Du weißt heute, was morgen, übermorgen, in einem Monat sein wird. Hier aber lebt man wie auf einem Pulverfass. Ich bin zu schwach für ein solches Leben, meine Liebe. Ich habe dauernd einen hohen Blutdruck und war auch schon im Krankenhaus deswegen. Lange halte ich es nicht mehr aus, und ich habe mir auch schon ein Flugticket gekauft.»

«Komm zu mir zum Essen, *mon ami,* Gott weiß, ob wir uns sonst wiedersehen werden.»

Bald kehrte Antonio in die Schweizer Gemeinschaft zurück. Ich aber ließ wie versprochen nicht mehr von mir hören.

41

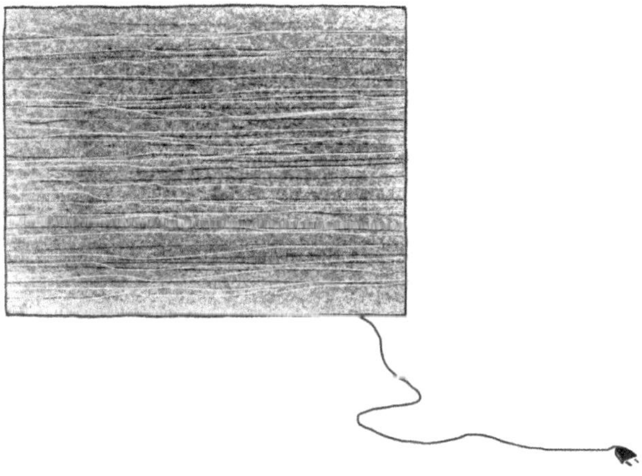

Bevor ich Eric kennengelernt hatte, wusste ich nicht, was eine Depression wirklich bedeutete. Ich konnte nicht verstehen, wie die Menschen in der Schweiz an einer solchen Krankheit leiden konnten. Verzweiflung und Traurigkeit kannte ich vor allem im Zusammenhang mit den Geschehnissen in meinem Land, wo junge Menschen von den Kugeln des *Berkut*[9] getötet wurden, ohne dass ihnen jemand beistehen konnte. Meine eigene Unfähigkeit, auf die Situation Einfluss zu nehmen, ließ mir keine Ruhe, weder am Tag noch in der Nacht. Die nervliche Anspannung wurde immer größer, und meine Kraft schwand. Jeden Tag fühlte ich, wie mein Körper schwächer wurde und ich nicht mehr so wie früher arbeiten konnte. Ich wusste nun, was es bedeutete, wegen emotionaler Erschöpfung arbeitsunfähig zu sein. Eric kam mir in den Sinn, aber ganz verstehen konnte ich ihn trotzdem nicht. Er kannte keine Kriege oder blutigen Revolutionen, was nahm ihm dann seine Ruhe?

Odile war fast die einzige, mit der ich von der Ukraine aus noch Kontakt hatte. Ich rief sie regelmäßig an und fragte sie, wie sie sich fühle, was es Neues in der Gemeinschaft gebe und wie es den Compagnons gehe. Sie berichtete mir das Neueste und erkundigte sich nach der Situation in der Ukraine. In einem unserer Gespräche offenbarte sie mir, dass Giorgio bald nach meiner Abreise zu trinken begonnen habe. Dem Leiter hatte er gesagt, dass ich daran schuld sei, weil er sich in mich verliebt habe. Odile sagte auch, dass Eric die Gemeinschaft verlassen habe. Er hatte erneut einen Anfall von schwerer Depression gehabt und mehrere Tage nicht aus dem Bett steigen können. Er hatte nur dagelegen und sich kaum bewegt, mit niemandem

9 Frühere Spezialeinheit der ukrainischen Miliz, die während der Demonstrationen auf dem Kiewer Maidan von 2014 für die Mehrzahl der Todesopfer verantwortlich war (A. d. Ü.)

gesprochen und vor sich hingestarrt. Nach einer Woche in diesem Zustand, als keine Besserung eingetreten war, wurde er gebeten zu gehen, und das Zimmer für jemanden freizugeben, der arbeiten würde. Auch für Erics Depression wurde ich verantwortlich gemacht, und man hatte beschlossen, keine Frauen mehr in die Gemeinschaft zu lassen, außer den Freiwilligen, die in der Kleiderabteilung arbeiteten. Mir wurde verboten zurückzukehren, was man damit begründete, dass Frauen nur Probleme machen würden.

Ich fragte mich da zum ersten Mal, ob mit der Gemeinschaft etwas nicht stimmte, deren Aufgabe es doch eigentlich war, Obdachlosen zu helfen, wieder auf die Beine zu kommen. Was es genau sein konnte, vermochte ich nicht zu sagen. Ich hatte auch keinen Kontakt zu Eric, den ich danach hätte fragen können.

Unterdessen hatte Russland die Krim annektiert, und mir war nicht mehr zumute, nach den Ursachen für die Depressionen in der Schweiz zu suchen; nicht einmal die genauen Gründe für meinen Ausschluss aus der Gemeinschaft interessierten mich. Ich dachte nur noch daran, dass es als nächstes den Donbas, meine Heimat treffen könnte. Ich fühlte mich leer. Und wieder wählte ich Odiles rettende Nummer und fragte sie unter anderem schüchtern:

«Haben Sie Philippe etwa gesehen? Vielleicht zufällig auf der Straße oder im Supermarkt?»

«Nein, Anna, ich habe ihn seit deiner Abreise nicht mehr gesehen. Aber du hast ja seine Adresse, schreib ihm doch.»

«Ja, das werde ich bestimmt tun. Danke für alles, Odile!»

«Ruf mich wieder an und lass von dir hören!»

«Ich werde ganz sicher wieder anrufen!»

42

Etwas später schickte ich Philippe einen Brief, den ich in eine französische Übersetzung von Bruno Schulz' Buch *Die Zimtläden* legte. Es war eine schon etwas umfassendere Antwort auf jenen Brief, den er mir vor meiner Abreise in Saint-Exupérys Buch gelegt hatte:

*Lieber Philippe,*

*In diesem Brief möchte ich dir meine allerbesten Wünsche für dein weiteres Leben ausdrücken. Ich wünsche dir, dass du den richtigen Weg findest, falls du ihn immer noch suchst, und dass du die Zeichen auf diesem Weg weiterhin richtig erkennst.*

*Mein größtes Geschenk in dieser Zeit in der Schweiz warst du. Und ich möchte dir auch meine Dankbarkeit schenken. Da wir Menschen unsere Gefühle in bestimmte Gegenstände legen müssen, soll dieses Buch ein Symbol meiner tiefen Dankbarkeit Dir gegenüber sein.*

*Wenn wir reisen, neue Kulturen, Traditionen und Menschen kennenlernen, verändert uns dies. Besonders verändern uns die Menschen, denen wir begegnen. Wenn wir dann aber nach Hause zurückkehren, stellen wir fest, dass wir uns selbst am meisten gefunden haben. Wir finden Antworten, ohne zu wissen, dass wir Fragen hatten. Menschen sind Zeichen, sie weisen uns den richtigen Weg und geben uns die Schlüssel zu der Tür, die wir öffnen wollten. Du bist ein wichtiger Mensch in meinem Leben geworden, weil ich durch dich zu mir gefunden habe.*

*Odile und Lee haben in einem Brief, den sie mir in die Ukraine geschickt haben, geschrieben, dass das größte Glück die Liebe sei, die zum Ausdruck kommen kann. Dem möchte ich hinzufügen, dass eine rechtzeitig ausgedrückte Dankbarkeit geradeso wichtig ist, ebenso wie die Entgegennahme dieser Dankbarkeit. Durch sie geben wir den Menschen zu verstehen, wie wichtig sie für uns sind. Ich habe dir einmal gesagt, dass ich meine, dass du einzigartig seist. Eigentlich meine ich das nicht. Nein. Ich weiß es. Und du bist genauso einzigartig wie jeder Mensch auf der Erde. Das dürfen wir nie vergessen. Wir sind einzigartig, ebenso einzigartig wie alle anderen Menschen auch.*

*Ich danke dir für die wunderschöne Welt, die du mir eröffnet hast. Damit ich sie verstehen konnte, brauchte ich eine Brücke. Zu einer solchen ist Bruno Schulz geworden, und ich möchte dir seine großartige Zimtwelt anvertrauen.*

*Geh deinen Weg weiter und sei glücklich, denn wir sind dazu geboren, glücklich zu sein.*

*Ich werde dich niemals vergessen.*

*Deine Anna*

43

# Vasyl

Wir hatten uns kennengelernt, noch bevor ich in die Schweiz gefahren war. Vasyl wohnte in der Gemeinschaft in Lwiw. Und während jener Tage, die ich dort verbrachte, um Mike, dem Afrikaner aus Simbabwe, Unterricht in Ukrainisch zu erteilen, hatte ich auch die Gelegenheit, die anderen kennenzulernen, die in der *Oselya* wohnten und arbeiteten. Ich wurde oft zum Essen eingeladen, und dort am Mittagstisch lernte ich Vasyl kennen. Er war offen und lächelt stets, ging gerne auf die Leute zu und schloss schnell Freundschaft.

Unsere Freundschaft begann jedoch nicht in Lwiw, sondern erst in La Chaux-de-Fonds. Damals, nachdem ich meinen Platz in der Schweizer Gemeinschaft gefunden hatte, kam auch Vasyl hierher. Wir waren die einzigen aus der Ukraine, daher war es logisch, dass uns vor allem wegen der Sprache der Kontakt zueinander leichter fiel als zu den übrigen Bewohnern.

In der Mittagspause, während der Arbeit und an den Wochenenden waren wir oft zusammen, und ich erfuhr einiges aus Vasyls Leben, das ebenso turbulent und ereignisreich war wie dasjenige der anderen. Aber weder er noch ich wussten zu jenem Zeitpunkt, dass die größten Prüfungen uns noch bevorstanden. Wenn die Ruhe eintrat, schien das Schlimmste überstanden zu sein und die Zeit aufzuatmen endlich gekommen. Aber nein, bald würde sich herausstellen, dass die heilige Ruhe nur vorübergehend und nur dazu da war, um für die nächste Prüfung wieder zu Kräften zu kommen. Beim Spazierengehen im Wald, beim Radfahren oder während der Ausflüge an den See erneuerten wir diese Kräfte, ohne zu wissen, wofür wir diese brauchen würden.

«Annytschka, wenn ich dir mein ganzes Leben erzählen würde, könnte man ein Buch darüber schreiben. Wo ich nicht alles schon gewesen war! Ich löschte den Brand in Tschernobyl, ich arbeitete im Norden Russlands in einem Wärmekraftwerk. Ich verdiente Geld, investierte es in eine Wohnung, heiratete, und dann ließen sich die Frauen von mir scheiden und nahmen mir Wohnung und den gemeinsam erarbeiteten Besitz weg. So ging es mehrere Male, bis ich nach Lwiw kam und als Trolleybusführer arbeitete. Und als ich wieder einmal ohne Wohnung und das Lebensnotwendige war, erfuhr ich von der Obdachlosengemeinschaft in Lwiw. Sie wurde dann zu meinem richtigen Heim.»

Vasyl war fleißig und arbeitete gut. Er war die Arbeit gewohnt und übernahm auch dann zusätzliche Verantwortung, wenn er sich hätte ausruhen können. Er hatte hart gearbeitet in der Ukraine, deshalb sagte er, dass das hier für ihn wie Urlaub sei. Gutes Essen, mehrmals am Tag eine Pause, korrekte Arbeitsbedingungen, regelmäßige Arbeitszeiten – das hatte ihn zu Kräften kommen lassen. Und diese Kräfte hatte er nötig.

Noch früher hatte mir Vasyl erzählt, dass er in der Armee gedient habe. Aber das sei schon lange her gewesen, und mir wäre es nie in den Sinn gekommen, dass er mit dem Gedanken spielen könnte, in den Krieg zu ziehen.

Einmal jedoch, als ich schon wieder in der Ukraine war, rief mich Vasyl an und sagte mir, dass er mich treffen wolle, um sich zu verabschieden. Wir hatten uns eine Weile nicht mehr gesehen, der Schock der ersten Bomben über meiner Stadt saß noch tief in mir. So war ich wie gelähmt, als ich Vasyl in einer Militäruniform auf mich zukommen sah. In ein paar Tagen schon sollte er in den Osten fahren. Ich konnte mich kaum beherrschen, während er wie üblich Scherze machte und seiner guten Laune Ausdruck gab.

Ich hatte Vasyl während unserer gemeinsamen Arbeit in der Schweiz gut kennengelernt. Er war überaus gutmütig und friedliebend. Nie verursachte er einen Konflikt, vielmehr versuchte er, den anderen entgegenzukommen. Er machte als Erster Zugeständnisse und bot seine Hilfe an. Man musste ihn nicht lange um etwas bitten, er fühlte mit und war immer bereit, seinen Beitrag zu leisten. So hatte ihn auch niemand gebeten, in den Donbas zu gehen – er meldete sich als Freiwilliger.

«*Annytschka*, sei mir nicht böse. Ich weiß, wie schwer du es hast, deine Eltern und deine ganze Kindheit sind ja dort. Wir gehen deshalb in den Osten, um dieses Land zu verteidigen. So schnell werden wir nicht aufgeben.»

«Passen Sie auf sich auf, *Vasyltschyk*, und lassen Sie ab und zu von sich hören. Ich werde auf Nachricht von Ihnen warten.»

Vasyl verschwand für mehrere Monate. Diese Monate waren die Hölle. Es gelang mir noch, meine Mutter herauszuholen, mein Vater aber blieb im Gebiet, wo die Kämpfe stattfanden. Wir hatten keine Verbindung zu ihm und wussten nicht einmal, ob er noch lebte. Auch wir, auf der anderen Seite der Ukraine, waren kaum noch am Leben, obwohl in Lwiws Straßen weder Gewehr- noch Raketenschüsse zu hören waren. Physisch waren wir weit vom Krieg entfernt, aber metaphysisch erfüllte er unser ganzes Leben und jeden unserer Gedanken. Einmal rief mich Vasyl an. Und wie ich seine ruhige und fröhliche Stimme hörte, konnte ich mich nicht mehr zurückhalten. Er sprach mit mir, ich aber erstickte an meinen Tränen.

«*Annytschka*, was ist los? Stimmt etwas nicht mit deiner Familie?»

«Wir leben alle. Ich bin nur froh, dass Sie endlich angerufen haben, dass Sie noch am Leben sind. Wir haben lange nichts mehr voneinander gehört, ich dachte, es sei alles schon aus ...»

«Hör auf damit! Warum denn schon alles aus? Ich bin doch nicht hierhergekommen, damit alles schon schnell aus sein sollte.»

Vasyl beruhigte mich, obwohl es eigentlich an mir gelegen hätte, ihn zu beruhigen. Aber meine Nerven waren dem Zerreißen nahe, und ich hatte nicht mehr die Kraft, mich unter Kontrolle zu halten.

«Vasyl, wo sind Sie?»

«Ich stehe auf einem Hügel. Die Verbindung wird gestört, deshalb kannst du nicht anrufen. Wir müssen an einen bestimmten Ort gehen, wo wir Empfang haben.»

«Vasyl, sagen Sie, wo sind Sie?»

«Anna, das kann ich dir nicht sagen. Ich muss schon wieder gehen. Pass auf dich auf!»

«Gott behüte Sie, Vasyl!»

Es gab nur sehr sporadisch Telefonanrufe von denen, die im Osten waren. Das Leben zwischen ihnen und uns war zum Stocken gekommen und glich der Stille zwischen den Signaltönen eines Telefons. Wir konnten sie von unserer Seite her nicht anrufen. Man konnte es einen ganzen Tag versuchen, doch es war zwecklos. Die Kampfgebiete waren von jeglicher Kommunikation abgeschnitten. Und selbst als die Kämpfe in meiner Heimatstadt aufgehört hatten, nachdem die Stadt auf besetztes Gebiet zu liegen kam, erzeugte der fehlende Kontakt zu meinem Vater die immer gleichen traumatischen Erinnerungen und Ängste.

Manchmal schaffte es Vasyl doch, mich zu erreichen, wenn seine Einheit an einem sicheren Ort stationiert war.

«Anna, was ist mit deiner Stimme? Bist du krank?»

«Nein, Vasyl, es ist alles in Ordnung.»

«Wenn du noch einmal weinst, werde ich nie wieder anrufen.»

«Ich weine nicht, Vasyl. Wie geht es Ihnen?»

«Wir halten durch. Der Himmel ist schön hier, wir haben einen Sonnenuntergang.»

«Wann kommen Sie wieder zurück?»

«Das weiß niemand. Und man soll auch besser nicht darüber nachdenken. Wie geht es dir? Erzähl mir lieber von dir.»

«Ich lebe, Vasyl. Ich versuche zu arbeiten, und ich lebe einfach. Ich möchte, dass dieser ganze Schrecken so schnell wie möglich vorbei ist!»

«Das möchten wir auch, Anna. Aber es wird nicht so schnell vorbei sein. Bewahre deine Kräfte!»

«Ich habe keine mehr, Vasyl.»

«Du hast, Anna. Du musst welche haben. Wir müssen jetzt alle Kraft füreinander haben. Ich will nicht mehr, dass du weinst. Dafür haben wir keine Zeit.»

«Ich werde nicht mehr weinen, Vasyl.»

Im Laufe der Monate war Vasyls Stimme schwerer geworden. Wir sprachen nur noch selten miteinander, und jetzt war ich es, die ihn unterstützen musste. Für Tränen war kein Platz mehr. Ich hatte wohl verstanden, dass man jetzt für die anderen stark sein musste. Es war nicht die Zeit für Schwäche.

Wenn Vasyl mich anrief, sprachen wir über Verschiedenes, meist über die Schweiz, das Radfahren, die Ausflüge in die Alpen und an den Neuenburgersee. Wir erwähnten jedes Mal das Gleiche, als würden wir alte Filmstreifen einspannen und durch unser Gedächtnis laufen lassen, während wir uns in den zwei entgegengesetzten Ecken ein und desselben Landes befanden. Die Schweiz schien uns jetzt ferner und unzugänglicher denn je. Wir glaubten nicht einmal daran, uns je wieder in diese Ruhe begeben zu können.

«Anna, ich rufe dich jetzt vielleicht zum letzten Mal an. Ich möchte mich für alle Fälle von dir verabschieden. Und egal, ob unsere Telefone abgehört werden, ich sage dir jetzt, wo ich bin. Wir befinden uns in der Nähe von Awdijiwka[10]. Es ist die Hölle hier, ich konnte dich nur schwer erreichen. Wir haben uns letzte Nacht kaum halten können. Tagsüber ist es natürlich ruhiger, aber am Abend geht alles wieder von vorne los. Kurz, ich weiß nicht, ob wir die nächste Nacht noch erleben werden. Deshalb wollte ich dir nochmals für alles danken.»

«Vasyl, Sie müssen diese Nacht überleben und noch viele weitere. Sie müssen zurückkehren, versprechen Sie mir das. Und ich verspreche Ihnen, dass wir nach Ihrer Rückkehr wieder in die Schweiz gehen werden. Sie wollen doch die Alpen noch einmal sehen, oder nicht?»

«Weißt du was ich wirklich will, Anna? Ich möchte einfach in ein Land gehen, wo es keinen Krieg gibt.»

«Vasyl, wir werden in ein solches Land gehen. Ich verspreche es Ihnen. Nur sollen Sie lebend wieder zurückkommen.»

Und Vasyl kam zurück. Nicht sofort, erst nach längerer Zeit und nach vielen Telefonanrufen. Aber schließlich kam er zurück, nachdem er seinen Dienst getan hatte. Obwohl der Krieg selbst nicht daran dachte aufzuhören. Wir trafen uns wieder in Lwiw, als wäre nichts passiert. Doch unsere Gesichter waren nicht mehr dieselben, und das Lachen vermischte sich mit dem Schmerz.

«Ich weiß jetzt, wie man ein Visum bekommt. Ich werde mit der Gemeinschaft Kontakt aufnehmen und sie um einen Platz für Sie bitten. Sie brauchen eine Rehabilitation. Die Luft in La Chaux-de-Fonds soll gut für die psychische Gesundheit sein. Ich selbst kann leider nicht in die Gemeinschaft zurück. Aber auch wenn ich nicht gehe, werde ich alles tun, damit Sie gehen können.»

«Aber wie soll ich mich ohne deine Hilfe mit ihnen verständigen, ich verstehe ihre Sprache ja immer noch nicht.»

10 Stadt in der Oblast Donezk, im Osten der Ukraine. Die Kämpfe um Awdijiwka dauerten von 2014 bis 2017. Heute liegt die Stadt auf dem von der ukrainischen Regierung kontrollierten Gebiet (A. d. Ü.)

«Ich weiß noch nicht. Ich werde versuchen, für mich eine Arbeit in der Schweiz zu finden. Am Wochenende werde ich dann zu Odile fahren, dann könnten wir uns sehen und zusammen in die Stadt gehen. Ich denke, Sie brauchen jemanden aus der Ukraine, der weiß, was Sie durchgemacht haben.»

«Wie du willst, aber ohne dich gehe ich nicht, *Annytschka*.»

«Dann werde ich schauen, dass sie mich doch noch nehmen.»

So machten wir es auch. Wir reisten zwar nicht zusammen, aber wir trafen uns in La Chaux-de-Fonds, wo mich Odile erneut bei sich aufnahm und mich aus meiner Not rettete. Vasyl und ich verabredeten uns auf neutralem Gebiet, außerhalb der Gemeinschaft, irgendwo in der Stadt. Er war nicht allzu froh, hier zu sein. Etwas drückte auch ihn. Die Arbeit fiel ihm nicht schwer, es war sogar ein anderer Ukrainer in der Gemeinschaft, mit dem sich Vasyl in seiner Sprache unterhalten konnte. Aber bei unserem Treffen sah ich, dass er in Gedanken bereits seine Koffer gepackt hatte.

«Ist etwas nicht gut, Vasyl?»

«Nichts ist gut, Anna. Diese Leute verstehen das Leben nicht. Sie verstehen überhaupt nichts.»

«Ich weiß, Vasyl. Ich sehe es auch. Seltsamerweise haben wir das früher, vor dem Krieg, nicht bemerkt. Aber es ist ja bekannt, dass nur wenige den fremden Kummer verstehen.»

«Ich möchte wieder zurück.»

«Schon? Vielleicht bleiben Sie noch eine Weile, und dann gehen wir in einem Monat zusammen zurück. Aber was ist überhaupt passiert?»

«Jener Ukrainer, der auch hier ist, sagt, dass wir in den Krieg gehen, um Geld zu verdienen. Als ob man keine andere Arbeit finden kann und man dafür sogar sein Leben riskieren muss!»

«Vasyl, dann sagen Sie ihm, er soll doch in den Osten gehen! Warum kommt er in den Westen Geld verdienen?»

«Ja, und er ist nicht mal der Einzige, der behauptet, die Ukrainer seien radikal. Ich will mit ihnen nichts mehr zu tun haben!»

«Oh, da möchte ich sehen, wie weit die Toleranz der Schweizer gehen würde, wenn jemand auf ihr Gebiet dringen und ihnen ein Stück von ihrem Land wegreißen würde. Aber ich bin mit Ihnen einverstanden, Vasyl, da gibt es nichts mehr zu bereden. Schade, denn ich hatte so gehofft, dass diese Reise Ihnen von Nutzen sein würde.»

«Das war sie auch, *Annytschka*. Mach dir keine Sorgen. Ich verstehe jetzt einfach besser, dass uns niemand nirgendwo braucht und keine Hilfe von außen zu erwarten ist. Und das Problem liegt vor allem darin, dass wir auch bei uns selbst nicht gebraucht werden. Ich war Offizier im Krieg, aber als ich von dort zurückkehrte, war ich erneut ohne Obdach. Habe ich denn zu wenig getan, um mir ein Dach über dem Kopf zu verdienen?»

«Was kann ich für Sie tun, Vasyl?»

«Was sollst du tun können, du hast doch selbst dein Zuhause verloren. Manchmal bereue ich es, nicht mit den meinen im Krieg umgekommen zu sein.»

«Sagen Sie das nicht, Vasyl. Alles wird sich ändern. Vielleicht werden Sie eine Wohnung bekommen.»

«Ja, sicher! Ich wurde auf eine Warteliste gesetzt und soll nun warten. Wie viele Jahre ich warten muss und was ich bis dann machen soll, weiß ich nicht. Wahrscheinlich werde ich in den Osten zurückkehren.»

«Dies ist kein Ausweg, freiwillig in den Tod zu gehen.»

«Aber was bleibt mir dann für ein Ausweg, Anna? Du kommst aus dem Krieg zurück, wo du hingegangen bist, um dein Land zu retten, und du hast gedacht, dass die Leute in den ruhigen Gegenden dies wenigstens zur Kenntnis nehmen würden. Aber nein! Jeder lebt sein eigenes Leben, und alle pfeifen darauf, was dort passiert. Aus was für einer Hölle wir zurückkehren. Und dann vernimmst du, dass wir dorthin gehen, um Geld zu verdienen.»

«Vasyl, hören Sie auf damit! Nicht jeder denkt, dass ihr damit Geld verdient. Was sollen jene denn auch tun, die ein scheinbar ruhiges Leben führen? Sollen sie hysterisch werden? Sie wissen selbst, wie viel Hysterie es gibt, und hat sich deswegen etwas geändert? Die Leute sind müde, sie wollen einfach nur ein ruhiges Leben haben.»

«Ich möchte auch nur ein ruhiges Leben haben. Nur habe ich weniger Glück ...»

Ich verstand Vasyl, weil auch ich nicht ruhig leben konnte. Tagsüber war ich mit der Arbeit beschäftigt, nachts quälten mich abwechslungsweise Schlaflosigkeit und Träume von meiner Heimatstadt, auf die die Bomben fielen. Und hier war es unmöglich, jemandem die Erschöpfung zu erklären, die einen schon vom Morgen an quälte, als hätte die Nacht keine Erholung gebracht. Ich wusste auch, dass die meisten Leute meinten, wenn der Krieg vorbei sei, würden auch die Erinnerungen zurückgelassen und gelöscht. In der Ukraine sorgte man sich zwar um das Schicksal der Kämpfer im Krieg, während sie in leiblicher Gefahr waren. Aber nur wenige erkundigten sich, wie es ihnen nach dem Erlebten ging, was sie danach fühlten und was sie danach träumten.

Vasyl blieb noch eine Woche, dann kehrte er in die Ukraine zurück. Er kümmerte sich um einige Dokumente und bemühte sich bei den Behörden um eine Wohnung, aber alles war vergeblich. Er musste warten. Er schlug sich mit einigen kleinen Jobs durch und lebte dort, wo sich Freiwillige um ihn kümmern konnten. Die Aufgaben des Staates wurden vor allem von Kriegsveteranen, deren Angehörigen sowie Freiwilligen- und Bürgerorganisationen übernommen. Wir hatten verstanden, dass sich auch nach der Revolution, selbst nach dem Krieg, im Wesentlichen nichts geändert hatte. Und es blieb uns nichts anderes, als uns selbst zu retten, zu überleben und uns gegenseitig zu helfen.

Aber die Häuser vieler waren zerstört, Tausende waren vertrieben, und wir hatten keinen Abbé Pierre, der die Menschen von der Straße bei sich aufnahm und für sie eine Obdachlosengemeinschaft gründete. Die einzige Ausnahme war immer noch *Oselya* in Lwiw.

44

# Odile

Jeder hat seinen eigenen Helden oder seine eigene Heldin. Wenn man mich fragen würde, wer mein Vorbild sei, würde ich keine berühmte Persönlichkeit und keinen geistigen Lehrer nennen, sondern ohne zu zögern antworten, dass ich wie Odile sein möchte.

Die Umstände der vergangenen Zeit hatten mich gelehrt, dass das Leben schwer und die Menschen hart und ungerecht waren, dass es keine Freunde gab und auch kein Mitgefühl. Doch trotzdem bemühte ich mich, etwas zu finden, das mich vom Gegenteil überzeugen könnte. Ich suchte die Menschen, die das Leben trotz all seiner Schwere weiterhin liebten, die die Menschen um sich herum liebten, und die durch ihre Liebe die anderen lehrten, es ihnen gleichzutun, egal wie die Umstände waren.

Das erste, was Odile sagte, als ich vor vier Jahren mit nur einem Rucksack die Schwelle ihres Hauses übertrat, war: «Ich liebe die Menschen.» Weiterer Worte bedurfte es nicht. Diesen Satz bestätigte sie täglich durch ihr Handeln.

Odile arbeitete einige Tage pro Woche als Freiwillige in der Obdachlosengemeinschaft. Zusammen mit anderen Frauen im Rentenalter sortierte sie Kleider, Schuhe, Textilwaren und bereitete alles für den Verkauf vor. Wenn Odile bei der Arbeit in der Kleiderabteilung der Gemeinschaft gewisse Sachen fand, die nicht mehr für den Verkauf geeignet waren und der Verwertung übergeben werden mussten, nahm sie einiges davon mit nach Hause. Sie wusch, nähte und flickte die Sachen, um sie dann in ein Flüchtlingsheim nach Frankreich oder in die *Maternité* zu schicken, wie auf Französisch die Geburtsklinik genannt wurde, und was ich, in Anlehnung an das französische Wort *fraternité* – Brüderlichkeit – eher mit einer Selbsthilfeorganisation von Müttern assoziierte. Kurz gesagt, sie sammelte Kinderkleider, um sie nach Paris an Mütter zu schicken, die auf der Straße lebten und nichts besaßen, in das sie das Kind nach der Geburt legen konnten. Manchmal waren diese Mütter erst vierzehn oder fünfzehn Jahre alt und waren selbst noch Kinder.

Einmal fand Odile in der Gemeinschaft eine große Menge gestrickter farbiger Quadrate, die für die Entsorgung bestimmt waren. Sie nahm sie mit nach Hause, wo wir sie schön nach Farbe geordnet zusammennähten, so dass kleine Decken entstanden, in welche die Neugeborenen gewickelt werden konnten.

Odile war Französin, und, obwohl sie bereits mehr als fünfzig Jahre in der Schweiz lebte, hatte sie nie damit aufgehört, den Franzosen auf jede erdenkliche Weise zu helfen. Wir sammelten ganze Koffer voll Kleider und Decken, die Odile dann jemandem mitgab, der die Sachen direkt in die Pariser Geburtsklinik brachte. Danach machten wir uns an eine neue Arbeit.

Die Gemeinschaft bekam oft sehr alte Sachen, richtige Antiquitäten. Zum Beispiel mit Initialen bestickte Betttücher, Tischdecken, Taschentücher, verschiedene handgemachte Kleidungsstücke. Die freiwilligen Helferinnen sortierten sie aus, um einmal im Monat im Gemeinschaftsladen einen Sonderverkauf durchzuführen, der wiederum von Odile organisiert wurde. Sie trug jeweils alles, was sich während der Monate angesammelt hatte, zu sich auf den Dachboden, und an den Wochenenden sortierten und wuschen wir oder besserten die Sachen falls nötig aus.

Einmal während der Arbeit hielt Odile für einen kurzen Augenblick inne und fragte mich: «Du denkst wahrscheinlich, ich bin nicht ganz normal.»

Ich sagte ihr, dass ich sie für einzigartig halte, dass es keinen anderen Menschen wie sie gebe, dass sie sofort nach ihrem Tod in den Himmel kommen würde und dass ich Glück hätte, von ihr lernen zu können.

An einem anderen solchen Tag sagte ich ihr, dass ich jetzt verstünde, warum sie so viel Zeit für die Freiwilligenarbeit aufwende. Neben allem anderen komme man so auch mit der Schönheit in Berührung. Odile und ich hatten oft Gelegenheit, seltene und einzigartige Sachen in den Händen zu halten. Feine Handarbeit, Stickereien und Strickzeug, verschiedenartige Stoffe, die mich Odile lehrte, durch Befühlen zu erkennen: feines und grobes Leinen, Baumwolle, Seide, Nylon, reines Kaschmir und Wolle. So erfuhr ich, dass es Stoffe gab, die sich kalt oder warm, rau oder glatt anfühlten.

Wir bewunderten die ausgefallenen Muster der bestickten Servietten. Wir unterschieden Handarbeit von maschineller Arbeit, obwohl dies nicht immer leicht war. Meistens waren die Sachen alt, aber in sehr gutem Zustand. Odile sagte, dass fast niemand mehr solche Sachen benutze, außer einigen Kennern des Erhabenen und des Schönen. Meistens würden die Leute, ohne viel Gedanken darauf zu verwenden, Stoffe in Supermärkten oder großen Textilgeschäften kaufen, gar solche mit Mustern aus Massenanfertigung.

Neben dieser Arbeit bereitete es mir große Freude, mit Odile französisch zu sprechen. Diese Sprache war für mich so etwas wie eine filigrane *guipure*, eine *dentelle ajourée*, ein *jabot* oder andere Stoffe der Spitzentechnik. So viele Buchstaben in ein Wort zu schreiben, um dann nur drei oder vier Laute auszusprechen! So etwas konnten sich nur die schönheitsverliebten Franzosen ausdenken, wenn sie ihre Sprache mit den chimärischen Ornamenten dieser vokalen Halbtöne versahen, die zwischen einem Ä und einem I, einem Ö und einem O oszillierten und die ich nie gelernt hatte, richtig auszusprechen.

Bei unserer Arbeit sprachen wir auch über französische Literatur. Odile hatte während mehr als zwanzig Jahren als Lehrerin für französische Sprache und Literatur gearbeitet. Auch im Ruhestand gab sie Privatunterricht. Wir sprachen über Balzac, Hugo und Zola.

Ich fragte Odile, ob sie wisse, dass Balzac mit einer Ukrainerin verheiratet gewesen war, seine letzten Jahre in der Ukraine verbracht und den Roman *Eugénie Grandet* geschrieben hatte. Natürlich wusste Odile das. In solchen Momenten ließ sie ihre Arbeit ruhen und griff nach den Büchern, von denen ihr großes Haus voll war. Sie holte für mich Zeitschriften über Schriftsteller hervor, um sich das berühmteste Werk von Emile Zola wieder in Erinnerung zu rufen, dessen Namen uns beiden entfallen war. Sie konnte nicht weiterarbeiten, bevor ihr der Titel dieses Buches über die Bergarbeiter wieder eingefallen war. Ja, es war *Germinal*!

Ich sagte Odile, dass Literatur wohl ihre große Leidenschaft sei.

Sie antwortete: «*Absolument!* Unbedingt!» Sie sagte, wenn sie in der Bücherabteilung arbeiten würde, dann säße sie den ganzen Tag auf einem Stuhl in einer Ecke und würde lesen. Da verstand ich, warum man uns für Verwandte hielt, wenn man uns sah. Einmal sagte mir Odile sogar, wenn sie eine Tochter gehabt hätte, hätte sie sich so eine wie mich gewünscht.

Aber trotzdem gab es Leute, die Odile nicht mochten und sie für einen Sonderling hielten. Vielleicht, weil sie sich nicht scheute, aufrichtig zu sein, weil sie widersprach, ihre Meinung sagte und ihre Rechte und diejenigen der Unterdrückten verteidigte. Oder vielleicht, weil sie sich um alle kümmerte, um die sie sich kümmern konnte: um den einsamen Nachbarn, dessen einzige Familie sein Pferd war; um ihre Freundinnen, die ihr Leben lebten und niemanden sonst hatten; um die Obdachlosen und deren Hunde, die ebenso obdachlos waren wie ihre Besitzer; um die Verlassenen, Kranken, Bedürftigen und Leidenden.

Auch ich musste eine von denen gewesen sein, um die sich Odile kümmerte, wenn sie mir ein Dach über dem Kopf bot, zu essen gab und es mir möglich machte, wenigstens ein paar Monate lang ein ruhiges Leben zu führen.

Ich liebte Odiles und Lelands Haus. Zwei Jahre waren es her, seitdem ich sie verlassen und der Krieg meine Stadt erfasst hatte. Damals glaubte ich nicht, dass ich diese Schwelle jemals wieder überschreiten würde. Ich glaubte nicht, dass ich den Krieg überleben oder meinen Verstand nicht verlieren würde. In den schwierigsten Momenten und in den dunkelsten Nächten in der Ukraine hatten mich meine Gedanken immer wieder nach La Chaux-de-Fonds geführt, in Odiles Haus. Ich stellte mir vor, wie ich abends, wenn die Hölle im Donbas vorbei sein würde, neben Odile und Lee sitzen und die Nachrichten oder Krimiserien schauen würde, die sie so sehr mochten. Diese Vorstellung gab mir die Kraft, mir meinen Verstand zu bewahren.

Die Hölle war noch nicht vorbei, aber nach zwei Jahren in diesem Schrecken begriff ich, dass es genug für mich war, wenn ich nicht verrückt werden wollte. Nicht selten musste ich diejenigen unterstützen, die in den besetzten Gebieten geblieben waren, während ich gleichzeitig genauso viel Hilfe nötig hatte. Und so brachte mir der eine Satz Odiles, den sie mir sagte, nachdem ich sie angerufen hatte, sofortige Erleichterung: «Dein Zimmer wartet auf dich.»

Als ich nach langer Abwesenheit und nach all dem, was ich erlebt hatte, ihr Haus wieder betrat, fiel mir als erstes der Geruch auf. Der mir bekannte und vertraute Geruch. Meine Empfindsamkeit für Gerüche und die Umgebung war noch ausgeprägter als zuvor. Ich ging ins Badezimmer, um mir die Hände zu waschen. Auch früher schon konnte ich mich für längere Zeit in diesen Raum zurückziehen. Und nun hielt er mich erneut mit seinen blauen Farben, den Schwertlilien Van Goghs und den Düften der französischen Parfums im Bann. Diese Gerüche holten tief aus meinem Gedächtnis die Erinnerungen hervor, von denen ich geglaubt hatte, dass sie zusammen mit meinem Land zerstört worden waren.

Ich betrachtete mein Spiegelbild und merkte erst jetzt, dass dies nicht mehr jene Augen waren, die vor ein paar Jahren in denselben Spiegel geschaut hatten, als ich mich zum Treffen mit Philippe aufgemacht hatte. Damals hatten diese Augen den Krieg noch nicht gesehen. Und nur die Gerüche schafften es, die erloschenen Gefühle wiederzubeleben. Auf einmal fühlte ich ein starkes Bedürfnis, Philippe nochmals zu sehen, auch wenn es unser letztes Treffen sein könnte.

Ich drehte den Wasserhahn auf, um mein Gesicht zu erfrischen, und als ich das Wasser spürte, fiel mir wieder ein, dass man es hier trinken konnte. Ja, in diesem Land floss Trinkwasser aus dem Wasserhahn. Und das war ein wahres Glück, das ich mit meinen Handflächen und meinem ganzen Inneren empfand.

Einmal fragte ich Odile, wer in jenem Zimmer gewohnt hatte, in dem ich jetzt war und das als Gästezimmer diente. Odile erzählte mir von einem Jungen aus ihrer Schule, der mit seiner großen Familie in einer kleinen Wohnung lebte und deshalb keine Möglichkeit hatte, sich gut auf die Schule vorzubereiten. Sie hatte ihn dann zu sich genommen, und er wohnte ein Jahr lang in ihrem Haus, zusammen mit ihrem Sohn in demselben Zimmer. In solchen Augenblicken merkte ich, dass ich vieles über Odile noch nicht wusste.

Doch Odile vergaß auch nicht, Prioritäten zu setzen, wenn sie anderen half. Sie kümmerte sich in erster Linie um ihren über neunzigjährigen Ehemann Leland. Er hatte im Zweiten Weltkrieg gedient und ein überaus ereignisreiches Leben geführt.

Nach dem Abendessen spülten Lee und ich das Geschirr, und ich fragte ihn nach dem Dritten Weltkrieg, der zweifellos bereits im Gange war, auch wenn er von anderer Art war. Er bewegte den Kopf und verwarf die Arme. Wir spülten weiter Geschirr. Odile trug ihm kleine Arbeiten im Haushalt auf, um seine Motorik zu fördern und sein Gedächtnis anzuregen. Sie gab ihm jeden Tag verschiedene Aufgaben, damit sein Lebenswille gekräftigt würde.

Ich fand Gelegenheit und Zeit, jeden Tag etwas für Odile zu tun: aufräumen, waschen, putzen. Ich dachte, dass es ein gewisses Gleichgewicht in der Welt geben sollte. Wenn sie sich so viel für die Anderen einsetzte, dann musste es auch jemanden geben, der etwas für sie tat. Ich war glücklich, dieser Jemand sein zu können. Bestimmt war ihre unermüdliche Arbeit auch ein Ausdruck ihres Dankes für ihre robuste Gesundheit und ihre Energie, die sie im gleichen Maß erhielt, wie sie sie leicht und selbstlos teilte.

In den Sommermonaten pflanzten wir neben dem Haus Blumen und etwas Gemüse. Der Boden war steinig, aber Odile war sehr darauf bedacht, dass er wenigstens eine kleine Ernte hervorbringen würde. Sie lehrte mich, wie man mit natürlichen Mitteln Schädlinge bekämpfte.

Sie gab mir Gummihandschuhe und trug mir auf, die Brennnesseln zu jäten, die mir fast bis zur Hüfte reichten. Wir legten ganze Bündel Brennnesseln in ein großes Fass und füllten es mit Regenwasser, das Odile zu diesem Zweck in Eimern sammelte. Die Brennnesseln fermentierten, und zwei Wochen später begossen wir mit der Flüssigkeit aus dem Fass die schüchternen Sprösslinge der Kartoffeln, der Karotten, der Zwiebeln und des Spinats.

Beim Aussäen der Samen oder beim Setzen der Saatkartoffeln dachte ich immer wieder an das Streichholzhaus und an uns

J'aime les gens!
Du denkst wahrscheinlich, ich bin nicht ganz normal...
Ich denke, Sie sind eine Superwoman!

alle, die wir länger oder weniger lang darin verweilt hatten. Wir waren wie jene Saat, die Odiles Hände unermüdlich gepflanzt, begossen und vor Schädlingen geschützt hatten. Nicht immer brachte diese Saat später Früchte hervor. Manchmal, wie sehr man sie auch begossen hatte, fand sie ihren Weg durch die Erde nicht. Doch dies störte Odile nicht, sie widmete sich jedem Saatkorn mit der gleichen Energie, ohne sich der Illusion hinzugeben, dass auch jedes von ihnen auskeimen würde. Die Erde hatte sie gelehrt, deswegen nicht zu klagen, sondern erneut auszusäen, es ein erneutes Mal zu versuchen. Sich an dem zu erfreuen, was aus der Erde trieb und ihr die Kraft für deren Pflege gab.

Ein anderes Mal fuhren wir zur großen Abfallsammelstelle, um das vorsortierte Glas, Plastik, Papier und Sperrgut zu entsorgen, nachdem es seinen Zweck erfüllt hatte. Odile erklärte mir, was wohin getan werden musste, und ich konnte mit eigenen Augen sehen, von wo aus der Abfall zur weiteren Verwertung geschickt wurde.

Diese Frau war für mich ein Beispiel dafür, wie der Mensch den Abfall auf ein Minimum reduzieren konnte. Mit den Essensresten, das heißt dem Kompost, werteten wir den Boden auf. Mit Papier, Karton und Holz feuerte Odile im Winter ihren alten Ofen, mit dem sie das Wohnzimmer beheizte und auf dem sie die Suppe für das Abendessen kochte. Dieser unaufhörliche Strom von Dingen und Gegenständen, die die Menschheit produzierte, übte keinen Einfluss auf Odiles Leben aus, er nahm sie nicht gefangen und begrub sie nicht unter sich. Sie ging gekonnt mit diesem Chaos um und machte daraus eine beispielhafte Ordnung. Sie war eine Superwoman.

Einmal beim Frühstück fing Odile von sich aus das Gespräch an:

«Du musst in die Gemeinschaft zurückkehren. Wir müssen dieses Missverständnis klären. Ich habe ein Treffen zwischen dir und dem Leiter vereinbart. Und ich werde dich begleiten. Denn ich finde es überhaupt nicht richtig, dass du nicht dort arbeiten darfst.»

Und schon am nächsten Tag, ohne dass es zu einer langen Unterredung mit dem Leiter gekommen war, kehrte ich zur Arbeit in die Gemeinschaft zurück. Wir hatten auf unnötige Erklärungen verzichtet. Und ich hatte mir vorgenommen, Odile zuliebe nicht auf meine erlittenen Kränkungen einzugehen. Ich hatte ganz ihrer Weisheit und ihrer unbestrittenen Autorität vertraut. Schließlich hatte ich verstanden, dass jedes Haus einen Dachboden und einen Keller hatte, Orte, an denen Dinge oder Gegenstände aufbewahrt wurden, die nicht zur Schau gestellt werden sollten. Jeder Mensch hatte in seinem Schrank verzogene Pullover oder löchrige Socken, aber diese Dinge änderten nichts an den positiven Eigenschaften des Menschen. So wie das Spinnennetz auf dem Dachboden das Licht nicht verdunkelte, das das geräumige Wohnzimmer erfüllte.

Möge auch dieses Streichholzhaus seine Mängel und dunklen Ecken haben, seine Kammern und versteckten Zimmer, die zwar geöffnet waren, in die aber nur wenige traten. Niemand kam auf die Idee, unter dem alten Gerümpel etwas Interessantes zu finden, geschweige denn Antworten auf seine Fragen.

Und so war auch mir dies unterdessen egal. Ich glaubte nicht mehr an die Existenz des Vollkommenen in dieser Welt. Und ich wollte auch keine Beweise für die Unvollkommenheit unseres Streichholzhauses finden. Ich machte mich schweigend an die Arbeit, als hätte es keinen Krieg und keine Feindschaft gegeben und als wäre ich nicht zwei Jahre lang abwesend gewesen.

45

Im Laufe dieser Jahre hatte sich auch vieles im Streichholzhaus verändert. Tatsächlich waren nur noch wenige Leute hier, die ich von früher kannte. Es lag mir sehr daran, diejenigen wiederzufinden, mit denen ich gut befreundet war, und von denen noch eine Spur übriggeblieben war.

Ich war froh darüber, dass Gabriel seine Permakultur weiter pflegte. Wir sprachen miteinander, als ob es diese Jahre nicht gegeben hätte. Und es freute mich ebenfalls zu sehen, wie Pierre noch immer sein ruhiges und friedliches Leben in der Gemeinschaft führte. Offenbar änderte sich bei ihm nichts, während der Zeiger auf dem Zifferblatt der Uhr stetig voranrückte. Jeden Tag kam er zur selben Stunde zum Mittagessen herunter, sagte seine üblichen Worte und drückte auf diese Weise seine Zugehörigkeit zu uns aus.

Nicht sofort, aber nach einer gewissen Zeit erinnerte er sich wieder an mich, wenn auch nicht an meinen Namen, aber das war ja nicht wichtig. Er kam leise auf mich zu, legte seine Hand auf meine Schulter und fragte: «Ça va?». Auch ich antwortete nach alter Gewohnheit fast automatisch: «Ça va, Pierre. Et vous?»

Nur hatte mein *Ça va* diesmal eine andere Bedeutung. Gleichwohl wurde mir bei Pierres Frage immer warm ums Herz. Es tat mir wohl, denn auch wenn Menschen starben, Häuser einstürzten und Bomben vom Himmel fielen, war Pierre hier mit seinem unveränderlichen, einem Uhrwerk gleichenden Tagesablauf und seiner banalen, aber gleichzeitig so wichtigen Frage: *Ça va?*

Ich freute mich, mit Tahar durch die Stadt zu gehen, einen wohlriechenden Tee im Café beim Brunnen zu trinken und über alles zu sprechen, was in der Welt geschah. Tahar, der sich nie mit der Obdachlosengemeinschaft identifiziert hatte, sondern sie eher als Durchgangsort betrachtete, an dem er sich nur eine Zeitlang aufhalten würde, hatte das Verbot nicht beachtet und sich mit mir getroffen, noch bevor ich wieder in die Gemeinschaft zurückgekehrt war.

«Du hast damals richtig entschieden. Ich habe viel an dich gedacht in diesen Jahren. Du bist stärker als viele Männer, und das sollst du wissen.»

«Ich hatte nicht die Wahl, ich musste stark werden. Ich habe mich sehr verändert in dieser Zeit.»

«Das sieht man, aber du bist schon immer stark gewesen. Gerade deshalb haben sie dir den Weg zurück versperrt. Außerdem ist dein Französisch viel besser geworden, und du verstehst schon viel. Mit der Revolution und dem Beginn des Krieges in der Ukraine hast du ihnen allen gezeigt, dass dir gesellschaftliche Aktionen nicht egal sind. Solche mag man hier nicht. Lass dir das nicht zu nahe gehen, sie haben einfach eine andere Mentalität. Sie werden dich nie verstehen, und du wirst sie nie verstehen. Aber du sollst wissen, dass du das Richtige tust.»

«Wenn du das alles verstehst, warum bist du dann immer noch hier?»

«Oh, keine Sorge, ich werde bald gehen. Ich habe alles schon geplant, ich muss nur noch ein bisschen warten.»

«Ist das wahr? Kehrst du nach Algerien zurück?»

«Zuerst gehe ich nach Frankreich und kehre danach nach Algerien zurück. Habe ich dir noch nicht gesagt, dass ich wieder Kontakt zu meiner ehemaligen Frau aufgenommen habe?»

«Mit jener, die mit deinem Sohn in Frankreich lebt?»

«Nein. Mit jener davor. Wir haben uns zufällig gesehen, als ich meine Eltern besuchte. Wir haben herausgefunden, dass unsere Verwandten uns absichtlich auseinandergebracht hatten. Sie haben ihr viel Falsches über mich erzählt und mir über sie. Wir durften nach der Scheidung keinen Kontakt mehr zueinander haben. Aber wir haben gemerkt, dass wir nach dieser Zeit immer noch Gefühle füreinander haben, wir haben über alles gesprochen und dabei den wahren Grund für die Trennung erkannt. Ich liebe sie aufrichtig und habe erst jetzt begriffen, dass ich sie die ganze Zeit über geliebt habe.»

«Ich freue mich ungemein für euch beide. Du verdienst dieses Glück, Tahar.»

«Du auch, Anna. Deshalb hör auf mich alten Araber, erlaube niemandem, sich in dein Privatleben einzumischen, lass niemanden dein Glück zerstören.»

«Das werde ich nicht zulassen. Du hast selbst gesagt, dass ich stark bin.»

Wir gingen wieder durch die gleichen Straßen wie früher und besuchten die Läden und Cafés, deren Schilder und Speisekarten noch immer dieselben waren. Tahar nahm mich in ein Schuhgeschäft mit und sagte, er wolle mir ein Geschenk zum Andenken machen, weil er sehr bald gehen werde und wir uns höchstwahrscheinlich nicht wiedersehen würden. Ich probierte zuerst ein Paar Schuhe und dann ein anderes Paar. Mir gefielen beide, und ich konnte mich nicht entscheiden. So traf Tahar die Wahl für mich.

«Ich meine, dass sowohl diese, also auch jene gut sind, also nimm beide Paare. Dies wird mein Geschenk für dich sein, denn du hast einen langen Weg vor dir, ein zweites Paar Schuhe wird nicht zu viel sein. Der Weg ist nicht leicht, und das Mindeste, was ich für dich tun kann, ist, dir gute Schuhe zu schenken.»

Wir tranken noch einen Zimttee im Café beim Brunnen und verabschiedeten uns vor Odiles Haus. Wir telefonierten ein letztes Mal miteinander, als Tahar bereits nahe der französischen Grenze war. Ich wünschte ihm Glück und die Weisheit, das Glück zu bewahren. Und auch er wünschte mir Glück auf meinem ausgetretenen Pfad. Von da an hatten wir keinen Kontakt mehr.

46

In der Gemeinschaft fand ich weder Antonio noch Pascal vor, und auch Cédric, Luc, Eric, Alassane und Alhassan, Andrej und Dominique, mit dem ich damals die Kartonschachteln ausgepackt hatte, waren nicht mehr hier. Ich fragte nach ihnen, es war mir sehr wichtig zu wissen, wie ihr Leben weiter verlaufen war und wo sie sich jetzt aufhielten.

Als ersten fand ich Antonio. Er war in ein Kloster gegangen, in ein Frauenkloster, unmittelbar nach seiner Rückkehr aus der Ukraine. Das Kloster befand sich im Kanton Wallis, in einem malerischen Ort in den Bergen. Ich fuhr hin, um meinen Freund zu besuchen und zu erfahren, wie es ihm ging.

Antonio empfing mich mit Blacky zusammen. Er sah gut aus, hatte ein paar Kilos abgenommen, und schien sich mit ihnen auch von einer gewissen Last befreit zu haben. Er sah frisch und gepflegt aus. Die Aussicht beim Kloster war erhaben: majestätische Berge, eine Vielfalt an Bäumen und Blumen, alles von der Sonne beschienen, die sich in La Chaux-de-Fonds oft nicht zeigen wollte.

Antonio stellte mich der Äbtissin vor, wir tranken Tee und sie dankte mir, dass ich zu Antonio gekommen war. Sie sagte, es fehle ihm hier an Freunden. Als wir uns wieder verabschiedeten, drückte sie mir die Hand, sah mir in die Augen und sagte, sie habe das Gefühl, dass wir uns noch einmal wiedersehen würden. Auch ich konnte mir vorstellen, das nächste Mal etwas länger als nur einen Tag zu bleiben.

Antonio und ich spazierten mit dem Hund durch den Ort, er erzählte, wie er die Gemeinschaft verlassen hatte und erkundigte sich, wie es mir in der Ukraine ergangen sei, während jener ganzen Zeit, in der wir uns nicht gesehen hatten.

«Ich freue mich so, dich wieder zu sehen, Anna. Du kannst es dir nicht vorstellen. Ich habe schon nicht mehr daran geglaubt, dass wir uns je wiedersehen würden. Du bist mir doch nicht böse, oder?»

«Antonio, du weißt doch, wie sehr ich dich mag.»

«Komm doch mal für eine Woche hierher. Im Kloster gibt's ein freies Zimmer. Ich werde mit der Äbtissin sprechen.»

«Geht es dir gut hier?»

«Ich habe hier meine Ruhe gefunden, bin zum Gebet zurückgekehrt und habe mit dem Haschisch aufgehört. Manchmal ist es ein wenig langweilig, weil nicht viel los ist im Kloster. Und es fällt mir nicht leicht mit all diesen Schwestern. Es sind zu viele Frauen. Besonders ärgert es mich, wenn sie mich herumkommandieren.»

«Mein lieber Antonio. Du hast dich nicht verändert.»

Wir waren schnell um den kleinen Ort herumgekommen, auf dessen Hügel das von Bäumen und Blumenbeeten eingefasste Kloster stand. Antonio besorgte hier den Garten, schnitt die Bäume und pflanzte Blumen. Er kümmerte sich auch um die Küche, sagte mir aber, dass es im Allgemeinen nicht viel zu tun gebe. Zumindest bedeutend weniger als in der Gemeinschaft.

«Ich werde nicht mehr in diese Gemeinschaft zurückkehren, obwohl ich dort einen Teil meines Lebens gelassen habe. Aber es hat nicht gut geendet zwischen mir und dem Leiter und seinen *Adjoints*. Ich war so wütend, dass ich ihnen eine Menge Schimpfwörter gesagt habe. Und ich möchte auch gar nicht mehr dorthin zurück.»

Zum Mittagessen kochte Antonio seine berühmte Lasagne, für mich extra eine mit Gemüse. Ich war erneut gerührt von seiner Aufmerksamkeit. Wir sprachen lange miteinander, erinnerten uns an alle, mit denen wir in der Gemeinschaft zusammen lebten und arbeiteten.

Antonio erzählte mir von Cédric und Andrej. Ich erfuhr, dass Cédric plane, nach Kanada auszureisen. Er sei im Moment in Frankreich, um seine Ausreisedokumente vorzubereiten. Sein Bruder habe eine große Summe in der Lotterie gewonnen und wolle in Kanada ein eigenes Geschäft eröffnen, eine Bäckerei oder so etwas ähnliches. Cédric sollte seinen Bruder begleiten und ihm bei der Arbeit helfen. Auch wenn diese Geschichte mit dem Lotteriegewinn nicht sehr glaubwürdig war, war sie doch ganz im Stil von Cédric. Aber ich freute mich für ihn und darüber, dass er den Kontakt zu seinem Bruder wiederaufgenommen hatte und sein Leben nochmals von vorne beginnen konnte.

Ebenso schnell wie Antonio hatte auch Andrej die Gemeinschaft verlassen. Eines Tages war er nicht mehr da, er war gegangen und hatte nicht einmal seinen Pass mitgenommen. Er hatte alle Verbindungen abgebrochen und keine Adresse zurückgelassen. Ich konnte nur vermuten, dass er wieder von Norden nach Süden durch immer neue Länder wanderte.

Als ich es in der Ukraine besonders schwer hatte, als die Bomben neben meinem Haus einschlugen, das schließlich jenseits der Kontrollpunkte auf besetztem Gebiet zu liegen kam, und ich meine Unterkünfte eine nach der anderen wechseln musste, da erinnerte ich mich an Andrejs Worte, die er mir wie Nägel in den Kopf geschlagen hatte: «Wo immer du bist und wo immer du lebst, überlasse jenem Ort, wo du dich gerade aufhältst, einen Teil deiner Zeit und deiner Kraft. Egal, ob es dein Zuhause ist oder nicht, ob du Gast bist oder Gastgeber, du musst jenem Ort, der dich aufgenommen hat und der in diesem Moment dein Zuhause ist, das geben, was ihm gebührt.»

Ich erzählte Antonio, wie ich Luc zufällig getroffen hatte. Er hatte die Gemeinschaft ganz kurz nach Antonio und mir verlassen, obwohl er danach noch einige Male zurückgekommen war. Alle wussten, dass er irgendwo in der Stadt lebte, aber niemand hatte ihn gesehen, deshalb konnte mir auch niemand etwas über ihn sagen, als ich mich nach ihm erkundigte. Einmal am späten Abend, als ich mit dem Zug von Genf nach La Chaux-de-Fonds zurückgekommen war, hatte ich Luc am Bahnhof gesehen. Er stürzte auf mich zu und umarmte mich, obwohl er sich kaum auf den Beinen halten konnte. Er war völlig betrunken, schmutzig, abgemagert, das Gesicht grau und zerschlagen, er roch von weitem nach Alkohol, und ich konnte es fast nicht für möglich halten, dass er mich erkannte.

«Luc ...»

«Ja, Anna, es ist eine Katastrophe. Ich bin eine echte Katastrophe. Ich trinke. Ich trinke viel.»

«Das sehe ich, Luc.»

Er umarmte mich von neuem und ich umarmte ihn ebenso fest. Ungeachtet seines Äußeren und seines heftigen Geruchs wollte ich in ihm zumindest einen kleinen Teil jenes Luc wiederfinden, den ich gekannt hatte. Mich erfüllten eine große Trauer und Angst um ihn.

«Luc, du musst aufhören! Wir können zusammen zu Antonio fahren, wenn du willst. Ich habe seine Adresse. Gehen wir ihn besuchen! Willst du?»

«Antonio ist mein Freund!»

«Ich weiß, Luc. Gehen wir zusammen zu ihm! Gib mir deine Telefonnummer, und wir fahren gleich in den nächsten Tagen zu ihm. Willst du?»

«Ich habe kein Telefon. Ich habe nichts. Ich bin eine totale Katastrophe!»

Er brach in ein Lachen aus, das eher Verzweiflung als Fröhlichkeit ausdrückte. Und es war gerade dieses Lachen, das so bezeichnend für Luc war. Er zeigte nie, dass es ihm schlecht ging. Er machte stets Witze und wechselte das Thema, wenn er nicht über sein Leiden sprechen wollte. Er umarmte mich noch einmal fest. Er schwankte hin und her, und es schien, als versuche er auf diese Weise, das Gleichgewicht nicht zu verlieren.

«Meine kleine Anna, ich freue mich so, dich zu sehen! Du kannst es dir gar nicht vorstellen!»

«Ich habe dich gesucht, Luc. Aber niemand wusste deine Adresse oder deine Telefonnummer. Es ist schon spät. Ich muss gehen. Gib auf dich acht, Luc. Gib acht, mein Freund!»

«Pass auch du auf dich auf!»

Dann kehrte ich durch die nächtlichen leeren Straßen vom Bahnhof zu Odiles Haus zurück. Es tat mir äußerst weh, was ich gesehen hatte. Ich wusste, wie es war, als während der Revolution junge Menschen starben, die noch ein ganzes Leben vor sich gehabt hätten. Ich hatte gesehen, wie Tausende Männer ihre Familien verlassen mussten, um in den Krieg geschickt zu werden. Ich hatte gesehen, wie sie verwundet zurückkehrten, wie sie regungslos und mit amputierten Gliedmaßen im Militärkrankenhaus lagen. Ich hatte gesehen, wie erschöpfte junge Männer an der Front bei kaltem Wind in löcherigen Zelten auf den Feldern schliefen. Ich hatte gesehen, wie Frauen und Kinder ihre Häuser verließen und sich über diejenigen Städte zerstreuten, in denen der Krieg noch nicht angekommen war. Ich hatte junge Leute gesehen, die sich trotz allem zusammentaten, um die von den Bomben zerstörten Häuser wiederaufzubauen. Und nun sah ich, wie Menschen schonungslos ihr Leben ruinierten. Wie sie sich leichtsinnig zu Grunde richteten und dabei doch eine ruhige und friedliche Existenz gehabt hatten und sozial abgesichert gewesen waren.

Ich war wütend auf Luc. Ich sah nichts, was sein Handeln rechtfertigen könnte, und wollte auch nichts sehen. Ich wollte mir alle diese Fragen nach der Schuld nicht stellen. Ob es am Menschen selbst lag, oder am Umfeld. Was in dieser Gesellschaft nicht stimmte. Was wir alle falsch machten. Und ob es überhaupt zu etwas führte, sich den Kopf darüber zu zerbrechen.

Später erfuhr ich, dass Luc ernsthafte Probleme mit der Polizei hatte, weil er seine Miete nicht bezahlte. Ich erinnerte mich, wie er mir vor längerem einmal gesagt hatte: «Ich fühle mich nicht gut, wenn ich keine Probleme mit dem Gesetz habe.» Damals dachte ich, das sei ein Witz. Aber jetzt wurde ihm erneut eine Buße auferlegt, die er nicht bezahlen konnte. Stattdessen hätte er hundertzwanzig Stunden gemeinnützige Arbeit leisten sollen, aber das wollte er auch nicht. Folglich würde er bald hinter Gitter kommen. Ich dachte, das wäre vielleicht das Einzige, was ihn vor dem Tod irgendwo am Bahnhof retten würde.

Ueli hatte mir einmal gesagt, ich solle mir nicht alles zu Herzen nehmen. Jeder sei nur für sein eigenes Leben verantwortlich und nicht noch für dasjenige eines anderen.

«Du kannst einem Menschen helfen, aber du kannst ihn nicht zwingen, das zu tun, was er selbst nicht tun will. Lohnt es sich denn, sich damit zu quälen, dass man einen Menschen nicht auf den richtigen Weg bringen kann? Ich wünsche dir, dass du lernst, an solche Dinge etwas kühler und distanzierter heranzugehen. Glaub mir, so hilfst du dem Menschen bedeutend mehr.»

Antonio und ich spazierten noch eine kurze Weile durch die blühenden Gässchen, bevor wir zum Bahnhof kamen, wo er mich in den Zug setzte. Wir hatten kein anderes Treffen vereinbart, aber ich hatte mir vorgenommen, wieder hierher zu kommen.

Als ich ihn jedoch anrief, nachdem ich mich entschlossen hatte, ihn noch einmal zu besuchen, blieb mein Anruf ohne Antwort. Die Äbtissin des Klosters sagte mir nur, dass er auf unbestimmte Zeit verreist sei. Er habe sich zunächst in die Gemeinschaft in den italienischsprachigen Kanton Tessin begeben, und sei dann von dort aus weiter nach Italien gegangen. Das Letzte, was man von ihm gehört habe, sei, dass er irgendwo in den italienischen Alpen eine Arbeit als Hirte gefunden habe. Mit Blacky zusammen hütete er nun in den Bergen die Schafe. Mehr wusste niemand über ihn.

47

# Les civilistes

Etwas später, bereits nach meiner Rückkehr, erfuhr ich den wahren Grund für meinen Ausschluss aus der Gemeinschaft. Lange hatte mir dies keine Ruhe gelassen, doch ich fragte nicht aktiv danach und brachte auch nicht als erste das Gespräch auf dieses Thema. Anhand einzelner Tatsachen und Aussagen konnte ich mir aber ein Bild der Situation machen. Meine Anwesenheit hatte Unruhe unter den Compagnons gestiftet, ich hatte sie gewissermaßen um ihr Gleichgewicht gebracht. Dies schloss ich aus den Informationen, die zu mir durchdrangen.

Warum aber wurde ich dann wieder in die Gemeinschaft aufgenommen? Die Regeln hier hatten sich geändert während der Kriegsjahre in der Ukraine. Nachdem ich begnadigt worden war, konnte ich feststellen, dass es in der vormals geschlossenen Männerwelt nun von weiblichen Gesichtern jeden Alters und jeder Nationalität wimmelte. Es verstand sich, dass dies allen zugutekam. Früher hatte das Problem darin bestanden, dass ich die einzige junge Frau unter vielen Männern war.

Samuel entschuldigte sich später bei mir. Wir umarmten uns freundschaftlich und ich fuhr schon ruhiger mit meiner Arbeit fort. Ich nahm mir vor, weniger emotionale Gespräche mit den Compagnons zu führen. Aber mein Verhalten änderte sich auch infolge der Ereignisse in der Ukraine – ich lachte weniger, wurde verschlossener und suchte nicht mehr aktiv das Gespräch. In gewissem Sinne wurde ich so wie sie. Zur selben Zeit begann aber auch ein neuer Abschnitt in meinem Leben im Streichholzhaus. Ein neues Element offenbarte sich mir: *les civilistes*.

Wenn die Compagnons die Streichhölzer waren, die die Mauern des Hauses bildeten, dann brauchte es auch jemanden, der es füllte. Außer den Compagnons, den Freiwilligen, den *Adjoints* und dem Leiter gehörten zur Gemeinschaft auch junge Männer, die hier ihren Zivildienst leisteten. Diese Leute entschieden sich für eine Arbeit im sozialen Bereich anstelle des Militärdienstes. Obwohl die Dauer dieses Einsatzes jene des Militärdienstes überstieg, wählten trotzdem viele diesen Weg, indem sie sich oft von pazifistischen Motiven leiten ließen.

Es gab viele Möglichkeiten, den Zivildienst zu leisten: in Altersheimen, Spitälern, Institutionen für Menschen mit besonderen Bedürfnissen, bestimmten staatlichen Einrichtungen oder eben Obdachlosengemeinschaften. In unserer Gemeinschaft verging kein Monat ohne Zivildienstleistende, oder *Civilistes*, wie sie hier genannt wurden. Sie waren nur für eine gewisse Zeit hier und wussten, im Gegensatz zu den Compagnons, wie lange sie in der Gemeinschaft bleiben würden. Ihr Einsatz dauerte jeweils ein paar Monate, die sich über mehrere Jahre erstrecken konnten. Einige kehrten ein bis zwei Jahren später wieder in die Gemeinschaft zurück, um weitere Monate abzudienen.

Wie die anderen Angestellten wohnten auch die *Civilistes* nicht in der Gemeinschaft. Sie kamen am Anfang des Arbeitstages und kehrten an dessen Ende wieder heim. Gerade deshalb war ihre Anwesenheit für die Compagnons so wichtig, da sie Menschen von außerhalb waren. Sie waren die frische Luft im Streichholzhaus, sie gingen durch die Zimmer wie ein Luftzug, der den Raum belüftete und sich dann wieder verzog. Sie brachten stets eine gewisse Freiheit und Sorglosigkeit mit sich.

Jeder integrierte sich mehr oder weniger in die Gemeinschaft. Einer arbeitete präzise die ihm vorgegebenen Stunden ab, stieg dann in sein Auto und fuhr nach Hause zurück. Ein anderer verbrachte die Mittagspause zusammen mit den Compagnons beim Fußball- oder Basketballspiel. Und noch einer bat gar um ein Zimmer, um für die Dauer seines Einsatzes in der Gemeinschaft übernachten zu können. Dieser aß und verbrachte seine Freizeit dann auch gemeinsam mit den anderen. Je tiefer die Zivildienstler in das Leben der Gemeinschaft eintauchten, desto größer war das Vertrauen in sie und desto stärker prägten sich ihre Namen und Gesichter ins Gedächtnis.

Während meines Aufenthalts in der Gemeinschaft sah ich eine Vielzahl junger Leute, die ihren Zivildienst hier leisteten. Einigen kam ich näher, anderen weniger. Es gab solche, bei denen sich unser Kontakt auf die morgendliche Begrüßung und die Frage *ça va?* beschränkte. Und es gab auch diejenigen, mit denen eine enge Freundschaft entstand. Diese entwickelte sich vor allem bei der gemeinsamen Arbeit, dem Mittagessen und der arbeitsfreien Zeit. Und dann auch bei den gemeinsamen Ausflügen an den Wochenenden. Solche *Civilistes* waren selten, sie waren die ersehnte Leichtigkeit, an der es im Streichholzhaus am meisten mangelte.

Unabhängig davon, wie sehr sie sich in das Leben der Gemeinschaft integrierten, mussten sie alle den Lastwagen fahren. Mir fiel es nur äußerst selten zu, mit ihnen mitfahren zu können, außer wenn Wohnungen zu räumen waren oder die Ladung nicht allzu schwer war.

Ich liebte diese Fahrten. Und während wir fuhren, stellte ich mir vor, dass wir einen Ausflug irgendwohin an den See oder in die Berge machen würden. Das Liefern oder Abholen der Möbel sei nur der Vorwand dazu. Unterwegs hatten wir Zeit, über Geschichte oder Politik, Kunst oder Natur zu sprechen. Wir stellten die Musik lauter, öffneten die Fenster und sangen zum Radio. Wir lachten viel und ließen die frische Luft nicht nur in die Führerkabine, sondern auch in unser eigenes Leben.

Die *Civilistes* waren noch alle ziemlich jung, manche sogar sehr jung. Ihre Berufe und Interessen waren verschieden. Und es war gerade der Umgang mit ihnen, der meinen Eindruck von der Schweiz am nachhaltigsten änderte. Denn zu Beginn, als ich mich praktisch nur innerhalb der Gemeinschaft aufhielt und tagein, tagaus mit Dingen zu tun hatte, die die Bewohner dieses Landes nicht mehr brauchten, war es mir schwergefallen, dieses Land zu verstehen. Die *Civilistes* hingegen zeigten mir, wie vielfältig und verschiedenartig die Schweiz war, bedeutend komplexer und vielschichtiger, als es auf den ersten Blick scheinen mochte.

Sie waren zu dritt: Victor, Tariq und Jules. Sie erinnerten an die *Drei Kameraden* oder die *Drei Musketiere*. Obwohl sie sich in ihren Charakteren, ihren Vorlieben und ihrer Einstellung zur Arbeit in der Gemeinschaft unterschieden, hielten sie doch zusammen.

Ich wurde die Vierte in ihrem Team. Mit Victor und Jules arbeitete ich oft im Laden, und Tariq begleitete ich auf dem Lastwagen. Damals, als mir alles schwerfiel, redete ich mir ein, dass ich nicht zur Arbeit ging, sondern einfach meine Freunde besuchte.

An den Wochenenden fuhren wir an den Doubs und den Wasserfall, stiegen auf die Hügel außerhalb der Stadt, um den Sonnenuntergang zu betrachten, machten einen Ausflug nach Basel oder gingen zum Picknick an den Neuenburgersee. Abends trafen wir uns in den Cafés der Stadt oder gingen Bowling spielen. Und in den Mittagspausen an den Arbeitstagen eilten wir in die Museen oder lernten ukrainische Gedichte. Es schien nichts zu geben, was uns nicht interessierte. Unterwegs machten sie ukrainische Musik an, ich schwieg und dachte nur, dass ich so mit ihnen bis ans Ende der Welt fahren könnte. Hauptsache, sie waren in meiner Nähe, und ich in ihrer.

Ich glaubte, dass dieses Land nicht müde wurde, mich mit bedeutenden Menschen zu beschenken. Und wenn die einen gingen, nahmen sogleich andere ihren Platz in meinem Leben ein.

Es war, als ob die Menschen die Eigenschaft hätten, sich zu wiederholen. Jeder kehrte in einem anderen Menschen wieder zurück. Wohin jemand auch geht, in welches Land er sich begibt, überall trifft er auf seinesgleichen – auf Menschen. Denn die Menschen sind überall gleich, wozu also nach jemand Besonderem suchen, wenn man sich nur umzusehen braucht?

Und so kam ich erneut zum Schluss, dass es keine unersetzlichen Menschen gab. Ich wusste, dass ich früher oder später, wie schon zuvor, von hier weggehen würde und jemand anderes an meine Stelle treten und den vierten Platz in Tariqs Auto einnehmen würde. Ihre Reise würde nicht enden, wie auch meine nicht. Und eines Tages würden sie zu mir kommen, damit auch ich ihnen meine Flüsse und meine Ufer zeigen kann.

48

# Gilles

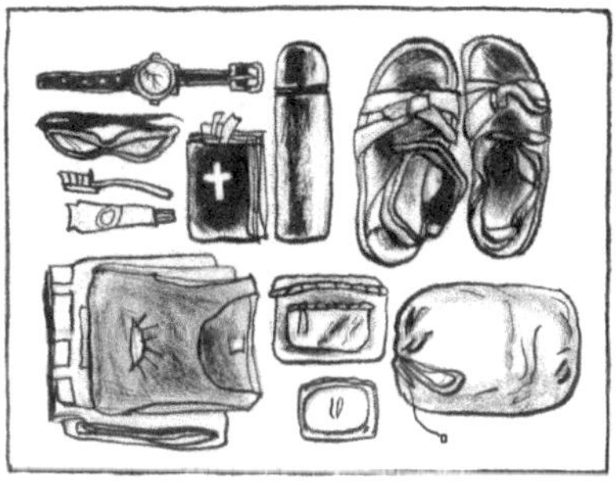

Wenn ich keine Ahnung habe,
worum es in einem Buch geht,
dann wird das Gilles
höchstwahrscheinlich
interessieren.

Unter den Kunden des Ladens traf man ebenso wie unter den Bewohnern oder Mitarbeitern der Gemeinschaft oft auf sehr interessante, ja einzigartige Menschen. Jeder, der in unseren Laden kam, war auf der Suche nach etwas Besonderem, und je nachdem, was die Person suchte, konnte auf deren Beruf, Charakter oder Eigenart geschlossen werden. Eines Tages, noch vor meiner Abreise in die Ukraine, war Luc zu mir in den Laden gekommen und hatte mir gesagt, er wolle mich mit einem unserer Kunden bekanntmachen. Dieser Mann kam ausschließlich der Bücher wegen zu uns und ging jeweils sofort zu Luc, der bereits einen Stapel Bücher für den besonderen Kunden vorbereitet hatte. Er war reformierter Pfarrer, was ich jedoch erst später erfuhr, weil Gilles sich mir zuerst als Theologieprofessor vorstellte. Er kam fast jede oder jede zweite Woche in die Gemeinschaft. Bis es jeweils soweit war, legte ihm Luc diejenigen Bücher zur Seite, die für ihn von Interesse sein könnten. Luc meinte: «Wenn ich keine Ahnung habe, worum es in einem Buch geht, dann wird das Gilles höchstwahrscheinlich interessieren.»

Gilles war bereits im Ruhestand, weshalb er seine Tätigkeit auf andere Art fortsetzte. Er verfasste für Zeitschriften Rezensionen philosophischer und theologischer Bücher. Wir freuten uns denn auch, wenn er bei uns das fand, wonach er gesucht hatte. Wenn sein Besuch mit unserer Pause zusammenfiel, konnte ich mich mit Gilles über vieles unterhalten. Zwischen den Bücherregalen hatte er mir seine Lebensgeschichte erzählt, die er dann an einer bestimmten Stelle unterbrochen hatte, und ich hatte auf unsere nächste Begegnung warten müssen, um die Fortsetzung zu erfahren, wie bei einem in Serien aufgeteilten Film.

Als junger Mann, noch bevor er Pfarrer wurde, war Gilles nach Israel gegangen. Er wollte mit eigenen Augen die Orte sehen, die in der Bibel beschrieben wurden. Da er kein Geld für eine lange Reise hatte, arbeitete er mit anderen Israelis in einem Kibbuz und verdiente sich so seinen Lebensunterhalt. Gleichzeitig hatte er studiert und die Sprache gelernt.

Wenn Gilles über Israel sprach, war es, als ob sich sein Körper aufhellte. Sein Antlitz strahlte, die Augen widerspiegelten das innere Lächeln. Er schien die Hoffnung auf ein Wiedersehen mit dem Gelobten Land nicht aufgegeben zu haben. Und er war sich bewusst, dass diese Reise diesmal eher metaphysischer Natur sein würde. Ich spürte dies in seinen Worten, in den Pausen zwischen den Worten und in seinem Blick, ich schloss dies aus seiner Eile. Er beeilte sich, sein Wissen weiterzugeben, so viel Wissen wie nur möglich. Und ich wurde durch Zufall zu einer von denen, der er dieses Wissen großzügig weitergab.

Gilles nannte mir die Namen, wegen denen er eigentlich in unseren Laden kam und die er mir zur Lektüre empfahl. Es waren Emmanuel Levinas, Martin Buber, Moses Maimonides, Nikos Kazantzakis und Karl Barth. Und als ich ihm von meiner Entdeckung Samuel Joseph Agnon berichtete, sagte er nur: «Ich verbringe schon vierzig Jahre mit ihm.»

Als ich wieder in der Ukraine zurückgereist war, suchte ich nach den Namen und Büchern, die Gilles mir genannt hatte. Und einige Jahre später, nach meiner Rückkehr in die Schweiz, trafen wir uns erneut in der Gemeinschaft und setzten unsere Gespräche fort, als hätte es keinen so langen Unterbruch gegeben. Bis Gilles auf einmal nicht mehr im Laden erschien.

Er kam nicht nach zwei Wochen und auch nicht nach zwei Monaten. Erst nach einer Weile erfuhr ich, dass er schwer erkrankt war und sich einer Herzoperation unterziehen musste. Gewiss hatte er es deshalb so eilig gehabt, mir sein Wissen weiterzugeben.

49

In jenem Haus, in dem ich unter einem Dach mit Menschen wohnte, die bereits ein ansehnliches Alter erreicht hatten, bemächtigte sich meiner eine übersteigerte Sentimentalität und Sensibilität. Odiles Sorge um ihren Ehemann war so rührend, dass dies einen größeren Eindruck auf mich machte, als es irgendein Film oder ein Buch hätte tun können.

Odile beobachtete das fortschreitende Altern ihres Mannes Leland, und ich stellte fest, wie auch sie alterte, ohne dass sie es selbst wahrnahm. Odile tat ihr Möglichstes, um Lees langsames Erlöschen aufzuhalten. Sie tat das so hartnäckig und beherzt, dass es für einen Augenblick schien, sie könnte den Tod selbst bezwingen. Doch glich ihr Kampf demjenigen Don Quijotes gegen die Windmühlen. Lees Gedächtnis schwand sehr schnell. Er befand sich bereits im Frühstadium der Alzheimer-Krankheit. Und so war ich nicht überrascht, wenn er sich nicht mehr an mich erinnerte. Wir machten jeden Tag erneut Bekanntschaft. Und nachdem wir uns am Morgen gegrüßt hatten, begegnete ich am Mittag bereits wieder seinem fragenden Blick, wer ich wohl sei und was ich in ihrem Haus mache. Er fand keine Antwort darauf und behandelte mich deshalb wie einen unbekannten Gast.

Odile konnte sich nicht damit abfinden, dass Lee mit der Zeit auch sie selbst nicht mehr erkannte, so dass sie ihn mehrmals am Tag daran erinnerte, dass sie seine Frau sei. Sie tat es jedoch wie zufällig, nur nebenbei, wie im Scherz.

Ich konnte Odiles Unwillen, ihre Niederlage einzugestehen, verstehen. Sie wollte sich nicht damit abfinden, dass der von ihr so sehr geliebte Mann sie und alles, was zwischen ihnen geschehen war, langsam vergaß. Es war, als ob er zu seinen Wurzeln, zum Zustand des reinen Bewusstseins zurückkehren und Tabula rasa machen würde. Es tat Odile weh, diese Veränderungen mitzuverfolgen, deshalb gab sie oft vor, nichts zu bemerken.

Auch ich musste das von ihr lernen. Denn ich sah selbst, wie sich Chronos auch an Odiles Fersen heftete. Es schmerzte mich. Ich konnte meine Überraschung nicht verbergen, als ich zum ersten Mal bemerkte, dass Odile gewisse Ereignisse vergaß. Das war nicht dasselbe, wenn junge Leute gewisse Dinge vergaßen. Ich fragte dann schnell: «Haben Sie das etwa vergessen, Odile?» Sie tat das dann mit einem Lachen ab und antwortete, dass sie in ihrem Leben schon viel erlebt habe, und nicht alles im Kopf behalten könne. Aber von diesem Augenblick an tat auch ich, als würde ich diese Veränderungen in ihrem Gedächtnis nicht bemerken. Ich erzählte das, was ich am Vortag gesagt hatte, als ob es etwas Neues für sie wäre.

Odile übernahm noch immer eine große Zahl an Verpflichtungen und half, wo sie nur konnte, aber die Müdigkeit zeigte sich immer öfters auf ihrem Gesicht. Und Odile gab nun auch selbst zu, dass sie einfach mehr Ruhe brauchte und sich ihren Kreuzstichen oder anderen Beschäftigungen widmen möchte. Ich setzte mich dann zu ihr, um mit ihr zusammen Kreuze zu sticken, ihr alte Geschichten zu erzählen und mich davon zu überzeugen, dass sie sie nicht vergessen hatte. Vielleicht ließ ich mich vom selben Schmerz leiten, weigerte mich, die Realität zu akzeptieren, wollte gegen die Natur antreten und gegen Windmühlen kämpfen. Ich hatte einfach Angst, dass Odile mich eines Tages vergessen würde. Wenn die vielen Geschichten, die wir uns erzählt und die wir gemeinsam erlebt hatten, aus ihrem Gedächtnis gelöscht würden, wenn ich weg sein würde und ich sie mit meiner Anwesenheit nicht an mich erinnern konnte. Ich hatte Angst, aus ihrem Gedächtnis gelöscht zu werden.

Aber gleichzeitig stellte ich mich darauf ein, dass dies mit jedem geschehen konnte, den ich in meinem Leben je geliebt hatte, und dass es schließlich auch mich selbst treffen konnte.

Deshalb war diese Erfahrung für mich wertvoll. Sie mahnte mich daran, dass man heute leben und heute seine Pläne umsetzen musste, dass man aber zugleich nicht vergessen durfte, sich auszuruhen, auch wenn es nur ein paar Kreuzstiche lang sein sollte.

Ich konnte mich erneut davon überzeugen, dass es sich lohnte, seinen Angehörigen genügend Zeit zu widmen, denn Chronos war unbesiegbar, ob es uns passte oder nicht. Es war wichtig, einander beizustehen. Aus diesem Grund setzte ich mich abends nach dem anstrengenden Tag in der Gemeinschaft neben Odile und stickte mit ihr noch bis in die Nacht hinein.

# 50

# Ismail

Ismail war einige Zeit nach den andern zu uns gekommen. Er war ein *compagnon extérieur*, ein auswärtiger Compagnon, der nur tagsüber bei uns arbeitete und abends wieder nach Hause zurückkehrte. Er wohnte nicht in der Gemeinschaft. Die Schweiz hatte ihm und seiner Familie politisches Asyl gewährt, sie bekamen Sozialhilfe und eine Unterkunft.

Ismail stammte aus Afrika, und wie in den meisten Ländern dieses Kontinents war auch in seinem Land kein Frieden. Er musste für seine Frau und sein kleines Kind sorgen. Ismail sprach fast kein Französisch, jedoch fließend Englisch, weshalb wir uns bald anfreundeten.

An seinem ersten Tag in der Gemeinschaft wurden wir zusammen zur Arbeit auf dem Lastwagen eingesetzt. Auf der Fahrt sprachen wir über unsere Länder. Da verstanden Ismail und ich uns besonders gut. Besser als alle andern fühlte ich seinen Schmerz. Ich versuchte, ihn mit etwas Angenehmem und Schönem abzulenken, aber er war unruhig und widersprach allem, was ich ihm sagte, um ihn irgendwie zu unterhalten. Er war sehr traurig. Weder die schneebedeckten Alpen noch die stillen Seen fanden Platz in seinem Herzen.

«Ismail, vergiss den Krieg, den Tod und den Schmerz. Schau dich doch um, wir sind im Paradies!»

«Wir sind nicht im Paradies! Was sagst du denn da? Es gibt kein Paradies auf dieser Erde.»

«Aber schau doch, wie schön es hier ist!»

«Was geht es mich an, ob es hier schön ist, wenn ich nicht zu Hause bin. Zu Hause aber... ist Krieg.»

Darauf wusste ich keine Antwort.

Als wir angekommen waren, machten wir uns an die Arbeit. Wir mussten die Möbel hinaustragen, die die Besitzer nicht mehr brauchten. Das Haus war alt und hatte eine enge, gewundene Treppe. Die Arbeit war äußerst umständlich und manchmal sogar gefährlich.

Als Ismail sah, wie ich den Schrank hob, um ihn mit ihm zusammen hinunterzutragen, sagte er, dass Ladys keine Möbel tragen sollen. Er nahm den Schrank ganz allein und hob ihn sich auf die Schulter. Ich schaute ihm erschüttert zu, wie er behände mit dem großen Schrank die steile Treppe hinunterstieg. Er war in der Tat stark und kräftig und erinnerte an einen Helden aus der griechischen Mythologie. Die harten Muskeln zeichneten sich unter seinem Pullover ab, so dass kein Zweifel an seiner Kraft bestand. Deshalb wurde Ismail auch fast täglich zum Lastwagen aufgeboten, was sichtbar an seiner Heldenkraft zehrte.

Er war aber von weicher und empfindsamer Natur und sehr verletzbar. Die für das Auge nicht sichtbaren Wunden hinderten Ismail daran zu lachen und selbst auf harmlose Witze zu reagieren. Er sprach immer ernst, erzählte von seiner Frau und zeigte Bilder seines Kindes. Ohne dass er etwas sagen musste, merkte man, wie sehr er sie liebte und wie viel sie ihm bedeuteten. Von Zeit zu Zeit, damit er sich von der körperlich harten Arbeit auf dem Lastwagen etwas erholen konnte, wurde Ismail aufgetragen, den Laden zu reinigen, bevor er ihn für die Kunden öffnete.

Damals arbeitete ich bereits auf dem ersten Stock in der Kleiderabteilung mit den anderen Frauen zusammen. Er kam mit dem Staubsauger zu uns und machte sich gewissenhaft an die Arbeit. Ich war dabei, die Kleider zu sortieren und aufzuhängen, als ich sein Lied vernahm, das aus dem Innersten seines Wesens hervorzukommen schien. Dieses Lied schien übermenschlichen Ursprungs zu sein, als hätte es die Natur selbst geschaffen.

Ich schloss die Augen und im selben Augenblick sah ich mich auf den grenzenlosen und blendend weißen Baumwollplantagen, wo Hunderte von Menschen unermüdlich die weichen Baumwollblüten ernteten. Sein Lied gab nicht nur dem ausgezehrten Körper etwas Ruhe, sondern auch der erschöpften Seele. Es war von einer außergewöhnlichen Melodie, traurig zwar, aber doch voll Hoffnung auf den unvermeidlichen Sieg des menschlichen Geistes über jegliche Form der Knechtschaft und der Sklaverei. Es vermittelte den Glauben an den Frieden, an ein Ende, an den Exodus. Ich wollte, Ismail hörte nie auf zu singen, es war mir, als könnte ich diesem Lied ewig zuhören und mit ihm durch das Leben gehen, Wände überwinden und Mauern einreißen.

Als auf unserer Etage alles wieder sauber war, ging er auf eine andere und nahm seine wunderbare Melodie mit sich, seine Hymne auf die Freiheit und die Wahrheit.

Einmal blieb Ismail unerwartet für einige Tage fern. Ich dachte schon, seine Kraft sei gebrochen worden. Ich war beunruhigt, denn nur er war imstande, allein durch seine Erscheinung, durch seine Anwesenheit von der Unbesiegbarkeit zu zeugen, den unausweichlichen Sieg des freien Willens zu verkünden.

Nach seiner Rückkehr erzählte mir Ismail, dass ihm eine zweite Tochter geboren worden war, und er zeigte mir ihre Fotografie. Ich war froh, dass niemand die Kraft besaß, diesen Riesen zu bezwingen, so wie niemand die Kraft besaß, das Leben selbst zu bezwingen.

# 51

# Jean-Marie

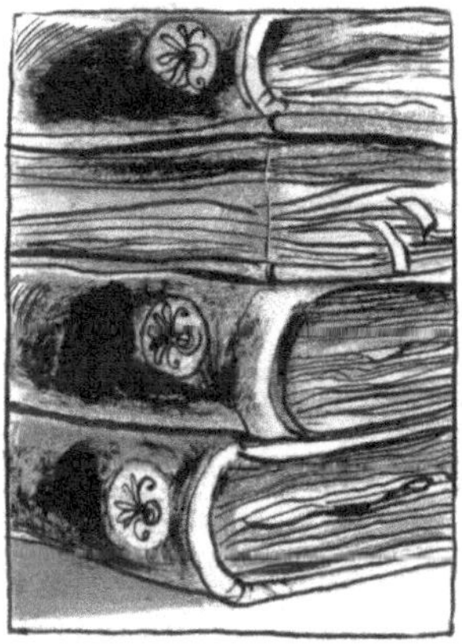

Die Bücherabteilung wurde in vergangener Zeit beträchtlichen Veränderungen unterzogen. Das Lager wurde auf das unterste Stockwerk verlegt, neben die Möbelabteilung und die Schreinerei, die ebenfalls an einem neuen Ort untergebracht worden war. Es arbeiteten nun viele Freiwillige hier, die nacheinander die Bücher sortierten und einräumten.

Als ich Etienne einmal bat, mich zur Abwechslung in eine andere Abteilung zu versetzen, schickte er mich zu den Büchern. Das kam für mich sehr unerwartet, da ich mich längst damit abgefunden hatte, aus sprachlichen Gründen nicht mit den Büchern arbeiten zu können. Aber offenbar waren meine Französischkenntnisse nun ausreichend, um mit dem Sortieren der Bücher zurechtzukommen.

Es waren nun wirklich mehr Leute in der Bücherabteilung beschäftigt, und ich musste dauernd an Luc denken, der allein damit fertiggeworden war. Außer den Freiwilligen gab es auch einen Compagnon, dessen Arbeitsplatz ausschließlich in der Bücherabteilung war. Seinem Aussehen nach eignete sich Jean-Marie bestens für die Arbeit mit den Büchern. Er war großgewachsen, seine Haltung war aufrecht, die Schultern waren gerade und das Kinn hielt er erhoben. Er hatte ein aristokratisches Profil, feine Gesichtszüge, eine spitze Nase und schaute von der Höhe seiner Gestalt auf uns herunter, als ob er uns sagen wollte, dass er etwas wisse, was wir nur ahnen konnten.

Jean-Marie bewegte sich langsam. Bedächtig sortierte er die Bücher, schenkte jedem einzelnen die gebührende Aufmerksamkeit, wählte die für den Verkauf bestimmten aus, stapelte sie auf den Wagen, fuhr mit dem Aufzug nach oben und durchquerte dann stolz den Laden, um schließlich zu den Büchergestellen zu gelangen.

Jean-Marie liebte, was er tat, und ich arbeitete vom ersten Augenblick an gerne mit ihm zusammen. Doch abgesehen vom Sortieren der Gegenstände war dies hier die größte Prüfung, die ich in der Gemeinschaft bestehen musste. Viele Bücher mussten weggeworfen werden, genau gleich wie andere Dinge auch. Sie mussten erbarmungslos in den großen Papiercontainer geworfen werden.

«Jean-Marie, aber das geht doch nicht! Ich kann das nicht tun!»

«Anna, auch ich konnte mich in den ersten Wochen nicht damit abfinden. Aber wir haben keine andere Wahl. Man gibt uns viel zu viele Bücher. Wir können sie nicht alle verkaufen, und wir haben nicht genügend Platz, um sie zu lagern.»

«Brauchen die Leute etwa keine Bücher mehr?»

«Komm, ich werde dir etwas zeigen.»

Er öffnete die Schublade des Tisches, auf dem wir die Bücher sortierten, und holte einen kleinen Schlüssel hervor. Dann nahm er mich in den Möbelladen mit und öffnete dort mit dem Schlüssel einen großen Schrank. Riesige, dicke Bücher lagen zu Stapeln geschichtet darin.

«Das ist eine Enzyklopädie. Eines der ersten französischsprachigen historischen Wörterbücher. Schau dir das Datum an: MDCCXXXIII. Das bedeutet 1733. Und weißt du was? Alle diese Bücher sollen auf den Müll kommen. Ich habe sie vorläufig hier versteckt.»

«Nein! Das ist unmöglich! Die sind ja von unschätzbarem Wert, warum können sie nicht verkauft werden? Ich kann mir nicht vorstellen, dass niemand sich ihres Wertes bewusst ist.»

Jean-Marie nahm langsam die Bände heraus, einen nach dem anderen. Jeder sah aus wie ein alter, großer Ziegelstein, der aus derselben Epoche wie das Buch stammte. Er schlug die riesigen Bücher auf und wies auf die leicht beschädigten Seiten hin, auf denen die Zeit, die Feuchtigkeit und kleine Schädlinge ihre Spuren hinterlassen hatten.

«In diesem Zustand wird niemand diese Bücher kaufen wollen, außer vielleicht einigen Liebhaber. Zudem fehlen mehrere Bände. Wir haben keine vollständige Ausgabe davon.»

«Das ist doch egal! Diese Bücher sind 253 Jahre älter als ich. Sie haben Weltkriege überstanden, was nicht vielen Menschen gelungen ist. Wie können wir sie nur auf den Müll werfen?!»

«Dann nimm du sie. Hier!»

Er kehrte bedächtig an seinen Platz zurück und fuhr fort, gedankenversunken seine Bücherberge abzuarbeiten. Ich legte die Bände der Enzyklopädie wieder in den Schrank, schloss ab und kehrte zu Jean-Marie zurück.

«Aber lassen wir uns doch etwas einfallen», sagte ich und gab ihm den Schlüssel.

Er drehte mir den Rücken zu und begann, von einem der Regale in der hintersten Ecke des Raumes die oberste Reihe der Bücher herauszunehmen, worauf dahinter weitere Bücherstapel sichtbar wurden.

«Diese Bücher hier stehen denen, die ich dir soeben gezeigt habe, in nichts nach. Auch sie haben keinen Platz in unserem Laden. Sie standen lange in den Regalen, aber niemand wollte sie. So habe ich sie hierhin gelegt. Aber ich weiß immer noch nicht, was ich mit ihnen tun soll.»

«Wir können sie auf unserer Website anbieten und versuchen, sie verkaufen. Aber wirf sie bloß nicht weg! Ihr wisst ja nicht, wie viel Mühe es kostet, ein Buch zu schreiben, einen Verlag zu finden und das Buch schließlich zu veröffentlichen. Die Leute haben ihr ganzes Leben darauf verwendet. Und jetzt sollen wir dieses Leben fortwerfen?»

Jean-Marie hörte mir ruhig zu und antwortete dann in der Art und Weise eines Pathologen:

«Die Menschen brauchen keine Enzyklopädien mehr, sie benutzen das Internet. Hast du je bedacht, dass sie ihre Aufgabe schon erfüllt haben? Alle großen modernen Entdeckungen wurden auf der Grundlage der Entdeckungen ihrer

Vorgänger gemacht. Diese Bücher hier wurden dafür benutzt, und heute haben sie ihren Zweck erfüllt. Jetzt sind sie nur noch der Beweis dessen, dass sie wirklich existiert hatten. Du kannst dir nun einen Lastwagen oder einen Anhänger besorgen, die Bücher aufladen, die für den Müll bestimmt sind. Du kannst sie mit dem Anhänger in die Ukraine mitnehmen, wenn du willst. Ich habe kein Zuhause und keine Unterkunft, wo ich sie bis unter die Decke stapeln und vor der Zerstörung retten kann.»

«Ich habe auch kein Zuhause.»

«Genau das meine ich.»

Dann schwieg Jean-Marie, und wir fuhren mit der Arbeit fort, ohne wieder zu diesem Thema zurückzukehren. Ich fragte ihn nach den Gattungen der Bücher und beriet mich mit ihm bezüglich der Preise, die ich für jedes Buch festlegen musste. Manchmal hielten wir inne, und Jean-Marie schlug ein Buch auf und las mir einige interessante Passagen daraus vor. Er liebte den schwarzen Humor, und wenn ihm ein solches Buch in die Hände fiel, setzte er sich an den Tisch und las mir einige bissige Witze vor. Ich lachte, obwohl ich bei weitem nicht alles verstand. Am meisten erheiterte mich Jean-Maries vornehmes Lachen. Es drang durch unsere Traurigkeit, von der wir gleichermaßen erfüllt waren. Und auch ich versuchte, mit meinem fröhlichen Lachen die Wolken unserer Verzweiflung zu verjagen.

Etwas später verließ Jean-Marie die Gemeinschaft. Er war nicht mehr der Jüngste, graue Strähnen durchzogen in breiten Wellen sein schwarzes Haar. Er konnte in Ruhe von seiner wohlverdienten Rente leben. Er war Franzose und hatte uns schon mehrmals von seinen Plänen erzählt, nach Frankreich zurückzukehren. Und dies tat er dann auch eines Tages. Er nahm keinen Anhänger mit Büchern mit, sondern trug nur einen kleinen Rucksack, der seinen geraden Rücken noch mehr streckte. In seiner Körperhaltung und in seinem Blick erkannte ich die Weisheit und den Grund für seine unerschütterliche Ruhe. Während er sich täglich mit den Büchern abgab, sie berührte und daraus vorlas, nahm er sie in sich auf, als ob er ihre Seiten und ihre Einbände einscannen würde. Es war ihm klar, dass diese Bücher alle früher oder später als Abfall enden würden. Es war nur eine Frage der Zeit, wie sehr man sich auch um ihre Rettung bemühen mochte.

Und was sollten auch diese Bücher, wenn doch auch wir selbst alle einmal den Würmern zum Fraß vorgesetzt werden, egal, wofür wir unser Leben hingegeben und wem wir es gewidmet hatten? Darauf wusste Jean-Marie die Antwort bestimmt besser als ich.

52

# Fabien

Damals, als Fabien ging, nachdem er nur kurze Zeit in der Gemeinschaft verbracht hatte, nahm ich nicht an, ihn je wiederzusehen. Unsere Wege führten uns ganz offensichtlich in unterschiedliche Richtungen. Seine Frage aber, die er mir zu Beginn unserer Bekanntschaft gestellt hatte, war noch immer aktuell und hallte auch aus mehrjähriger Distanz noch in meinen Ohren: «Weißt etwa du, wann du hier weggehen wirst?» Damals wusste ich das natürlich nicht, und noch weniger, dass ich überhaupt wieder hierher zurückkehren würde. Wie Fabien übrigens auch nicht.

Und nun, einige Jahre später, kam er in diese Gemeinschaft zurück, genau wie ich und nur kurz nach mir. Und wieder dachte ich, wie nahe sich doch unsere Streichhölzer befanden.

«Ich kenne dich, oder?»

«Natürlich, Fabien! Wir kennen uns.»

«Du erinnerst dich noch an meinen Namen? Es sind schon einige Jahre her. An deinen erinnere ich mich nicht mehr.»

«Das macht nichts. Ich bin Anna.»

Fabien zwinkerte mir zu und brach in Gelächter aus. Und schon nach ein paar Tagen hatte er sich unsere Bekanntschaft wieder in sein Gedächtnis zurückgerufen. Einmal während der Arbeit kam er auf mich zu:

«Wo ist das Gedicht im Rahmen hingekommen? Weißt du, welches ich meine?»

«Natürlich weiß ich das noch. Es war Rudyard Kiplings Gedicht *Wenn–*. Als ich ging, hing der Rahmen im Speisesaal. Vielleicht hat ihn jemand in den Laden zurückgetan oder ihn mitgenommen.»

Einige Wochen vergingen, und Fabien war erneut niedergedrückt. Es stand ihm ins Gesicht geschrieben, dass er bereits seine nächste Reise plante. Der Winter und der Schnee konnten ihn nicht davon abhalten. Ich fragte ihn mehrmals, was ihn denn von hier forttreibe, aber Fabiens Antworten waren nur Ausreden.

Früher, als wir das erste Mal hier waren, hatten wir nie miteinander gearbeitet. Mein Platz war unverrückbar im Laden. Fabien war ein kräftiger Kerl von athletischem Wuchs, *un mec costaud,* wie man hier sagte. Deshalb war der Lastwagen sein fester Arbeitsplatz.

Auch diesmal bat ich darum, ab und zu dem Lastwagen zugeteilt zu werden. Denn die eintönige Arbeit im Laden gab mir allzu schnell das Gefühl, mich in einem Teufelskreis zu befinden, in dem sich nicht nur unsere Waren bewegten, sondern auch die ganze Menschheit. So konnte ich eines Tages mit Fabiens Team zusammen mit dem Lastwagen aus der Stadt herausfahren. Ich fragte nicht, wohin wir fuhren, besonders da Tariq am Steuer saß. Mir reichte vollauf, dass die Aussicht aus dem Fenster stetig wechselte.

Fabien fragte mich unterwegs nach meinem Leben und teilte mir ebenso großzügig seine Abenteuer mit. Die paar Jahre, die uns von unserer ersten Begegnung trennten, verbrachte er in Frankreich und Spanien. Wechselweise lebte er in Gemeinschaften und dann wieder auf der Straße. Die Freiheit war seine größte Leidenschaft.

«Ich legte den *Camino de Santiago* zu Fuß zurück. Den Jakobsweg. Hast du davon gehört?»

«Ja, ich habe von ihm gehört. Ich war aber noch nie in Spanien.»

«Oh, das ist ein wunderbares Land! Ich war mehrere Jahre dort und vielleicht werde ich wieder dorthin zurückkehren.»

«Was machst du, wenn du nicht in einer Gemeinschaft wohnst? Wo schläfst du dann?»

«Ich gehe von Dorf zu Dorf und von Stadt zu Stadt. Ich habe immer meinen Rucksack und den Schlafsack dabei, so schlafe ich auf Bänken in Parks oder an Bushaltestellen, auf den Feldern oder im Wald.»

«Und was isst du?»

«Manchmal suche ich auf der Straße oder in Abfalleimern nach Essbarem, manchmal frage ich die Leute. Ich sage, ich sei ein armer Bettler, dann teilen die Leute mit mir und geben mir auch mal etwas Geld. Weißt du, Gott hilft den Armen, mach dir deshalb keinen Sorgen! *Ne t'inquiète pas!*»

Als wir uns dem Ziel näherten, sagten die Jungs im Lastwagen, dass wir diesmal auf einer Mülldeponie arbeiten würden, wo der Abfall angeliefert und sortiert wird. Auf Französisch wird das *déchetterie* genannt. Sie sahen mich an und fragten mich ganz teilnahmslos: «Ça va?»

Ich aber ließ mir nicht anmerken, wie sehr mich diese Mitteilung erschütterte, sondern antwortete mit demselben *ça va.*

Es war kalt geworden, ein kühler Herbst war auf den Sommer gefolgt, und trotzdem mussten wir draußen arbeiten. Man gab mir eine leuchtend orange Jacke, wie sie hier alle trugen, denn ich hatte keine warmen Kleider auf mir. Die Jacke war mir einige Nummern zu groß, sodass ich meine frierenden Hände unter die langen Ärmel stecken konnte. Uns erwarteten aussortierte Möbel, die noch repariert und in unserem Laden verkauft werden konnten. Und ebenfalls waren da riesige Behälter mit Kleidern und Schuhen in großen Plastiksäcken. Diese mussten wir in unseren Wagen laden und dann in die Gemeinschaft fahren, wo die Kleider sortiert und zum Verkauf vorbereitet wurden.

Wie immer nahmen die Jungs die schwerste Arbeit auf sich. Fabien nahm den Hubwagen und schob ihn geschickt unter die Paletten, auf denen die Holzbehälter mit den Säcken standen. Er fuhr dann mit den Behältern an den Lastwagen heran, und von dort aus reichten wir Tariq zu zweit die

Plastiksäcke in den offenen Laderaum. Er schichtete dann die Säcke in geraden Reihen im Lastwagen auf.

Trotz des intensiven Arbeitens hatte ich schrecklich kalte Hände, und es fiel mir immer schwerer, die Säcke zu heben. Manchmal rissen die Säcke, und die Kleider fielen in den Behälter, worauf wir sie in neue Säcke füllen mussten. Die Behälter waren groß und reichten mir bis zu den Schultern. Wenn wir die oberste Schicht der Säcke herausgenommen hatten, nahmen wir einen Teil des Behälters ab, um leichter an die nächste Schicht Säcke heranzukommen. Fabien fasste an der einen Seite und ich an der anderen, und auf «drei» hoben wir mit einem Ruck den aus Holzbrettern gefertigten Rahmen hoch und stellten ihn auf den Boden. Jeder Behälter bestand aus drei solchen Rahmen. Wir leerten die Behälter, indem wir die Rahmen einen nach dem andern entfernten, und bauten den Behälter anschließend wieder auf. Ein Behälter folgte auf den andern, und der Laderaum des Lastwagens füllte sich zunehmend.

Die Jungs und ich machten Witze und lachten laut. Mit diesem Lachen kämpften wir gegen die unerwartete Kälte und das Gewicht der Säcke an. Bis zur Schnur waren sie vollgestopft, und sie kamen mir je länger je schwerer vor. Tariq merkte, dass mir die Kraft langsam ausging. Kaum hatte ich einen Sack aus dem Behälter gehoben, nahm er ihn mir aus den Händen und warf ihn selbst mit Schwung in den Laderaum. Ich lächelte und sagte ihm auf seine Frage hin, dass alles in Ordnung sei.

In der Schweiz sagten immer alle, es sei alles in Ordnung. Und so dachte ich erneut über die Absurdität dieser Gesellschaft nach. Sie produzierte so viel, wie sie selbst nicht konsumieren konnte. Das sah man am besten auf der Müllsammelstelle. Die Abfallberge waren nicht weniger beeindruckend als die Schönheit der schneebedeckten Alpen. Das war die

Kehrseite der wohlhabenden westlichen Gesellschaft. Und das wussten am besten diejenigen, die bei Kälte oder Hitze ganze Bergmassive von Material abarbeiten mussten.

Nach mehreren Stunden Arbeit, als wir alle Säcke, die für unsere Gemeinschaft bestimmt waren, verladen hatten, wurden wir eingeladen, uns bei einem Tee etwas aufzuwärmen. Meine Hände waren in gekrümmter Haltung erstarrt, die Haut vor Kälte aufgerissen und an einigen Stellen war getrocknetes Blut zu sehen. Die kräftigen Männer, die hier ihren festen Arbeitsort hatten, sahen schweigend zu, wie wir hastig den heißen Tee tranken und unvorsichtig die Schokolade zerbrachen und aufteilten, damit auch sie uns innerlich aufwärme. Nachdem ich die ersten Schlucke getan hatte, wandte ich mich an die Männer:

«Ich muss sagen, das ist ja eine heftige Arbeit! Wenn die Leute, die dauernd etwas kaufen und wieder wegwerfen, nur einen Tag oder auch nur eine Stunde in ihrem Leben hier arbeiten würden, dann würden sie bestimmt weniger Müll produzieren.»

«Um hier zu arbeiten, braucht man einen starken Charakter! Sonst hält man es nicht aus», antwortete mir ein zwei Meter großer Mann.

Dann schwiegen wir, und jeder trank seinen Tee. Sie sahen mich an, und ich sah sie an. Nur einmal fragte mich einer, woher ich komme und was ich hier mache. Einige bekamen während meiner Ausführungen feuchte Augen. Ich sah in diesen scheinbar groben Männern eine Sensibilität, in ihren Blicken spiegelte sich Mitgefühl und Mitleid mit uns und mit sich. Sie kannten die Kehrseite des Wohlstandes, sprachen aber nicht laut darüber. Sie gingen jeden Tag zur Arbeit und lachten über platte Witze, um dem Gefühl der Hoffnungslosigkeit zu entrinnen.

Wir reichten uns die Hände zum Abschied und ließen sie bei ihrer Arbeit zurück, während wir uns mit der Ware auf den

Anna, ça va?
ÇA VA.
BOIS
Ich muss sagen, das ist ja eine heftige Arbeit!
Wenn die Leute, die dauernd etwas kaufen und wieder wegwerfen, nur einen Tag oder auch nur eine Stunde in ihrem Leben hier arbeiten würden …
… dann würden sie bestimmt weniger Müll produzieren.

Rückweg machten. Im Auto lachten wir wieder laut und sangen zum Radio, als ob wir einen Ausflug in die Berge gemacht hätten. Wir sprachen nicht mehr über den Müll oder die menschliche Unersättlichkeit. Auch dafür war Charakter notwendig: seine Arbeit so zu machen, als ob sie einen nichts angehe, um sich von ihr nicht zerstören zu lassen. Um wenigstens auf diese bescheidene Weise zu verhindern, dass die Menschen den Planeten zerstörten. Stattdessen sprach Fabien von seinen Abenteuern und seiner Freiheitsliebe. Er war robust und konnte gut und geschickt arbeiten, aber er hatte sich für das freie Leben eines Vogels statt für Stabilität entschieden. Er wollte kein lebenslanger Sklave werden, und tauschte nur ab und zu freiwillig seine Kraft gegen ein Dach über dem Kopf und ein warmes Essen. Er sah für sich keinen anderen Weg, als immer wieder den Ort zu wechseln, damit ihn die Welt nicht gefangen nahm.

«Fabien, hast du nie daran gedacht, einmal damit aufzuhören? Wie lange wird dein Wandern noch dauern?»

«Ich bin gesund wie ein Fisch im Wasser, und solange es meine Gesundheit zulässt, lasse ich mich von niemandem versklaven.»

«Aber möchtest du dich nicht einmal irgendwo niederlassen?»

«Ich möchte in einem kleinen Dorf weit oben in den Bergen leben. Eine Frau und Kinder haben. Am Morgen würde ich die Kühe und die Hühner füttern, die Kühe würde ich melken und die Eier einsammeln, und Milch und Eier den Kindern zum Frühstück bringen. Das ist es, was ich möchte.»

«Das ist sehr schön, Fabien! *C'est vraiment magnifique!*»

Fabien blieb nur noch kurze Zeit in der Gemeinschaft, einige Wochen später ging er. Diesmal hatten wir nicht einmal Zeit, uns voneinander zu verabschieden. Aber vielleicht würden wir uns ja wiedersehen, nicht unbedingt in der Gemeinschaft, aber womöglich irgendwo auf dem Jakobsweg.

53

Ich habe keine Angst
vor den Menschen. Obwohl
sich nicht selten irgendwelche
Unbekannte hier herumtreiben.
Aber für den Fall der Fälle
habe ich ein mit Salz
geladenes Gewehr.

Odile schloss ihr Haus fast nie ab. Außer wenn sie wollte, dass ihre Katzen draußen blieben. Sie liebten es, den ganzen Tag über auf Odiles Bett zu schlafen, sodass Odile sie aus dem Haus schicken musste. Fellini, der schwarze, junge Kater war so geschickt, dass er auf die Türklinke springen und die Tür öffnen konnte. Nur deshalb also schloss Odile manchmal die Tür mit dem Schlüssel ab.

Sie pflegte zu sagen: «Ich habe keine Angst vor den Menschen. Obwohl sich nicht selten irgendwelche Unbekannten hier herumtreiben. Aber für den Fall der Fälle habe ich ein mit Salz geladenes Gewehr. Mit ihm werde ich ihnen auf den Hintern schießen. Ich weiß, dass das sehr weh tut!»

Tatsächlich kamen ab und zu irgendwelche seltsamen Leute zu Odile. Einer strich um die Garage herum auf der Suche nach irgendetwas, ein anderer klopfte an die Tür und bat um Geld. Ich fragte Odile, wer all diese Leute seien, die zu ihr pilgerten. Aber sie wusste nur selten eine Antwort. Jemanden, der sie um etwas bat, hatte sie in der Gemeinschaft kennengelernt, und für einige war es einfach das letzte Haus auf ihrem Weg aus der Stadt heraus, oder das erste auf ihrem Weg hinein. Odile jagte niemanden weg, sie hörte sich ihre Bitten an und half, soweit sie konnte.

Dieses alte Haus war wie ein Leuchtturm oder ein Hafen. Es war über zweihundert Jahre alt. Seine Wände hatten wohl schon viele Lebensgeschichten mitbekommen, und das Dach hatte auf mehr als einen Bewohner heruntergeblickt.

Odile und Lee hatten dieses Haus kurz nach ihrer Heirat erworben. Leland war aus den Vereinigten Staaten in die Schweiz gekommen. Er war Experte für Atomuhren. Solche wie er gab es nur wenige auf der Welt, weshalb er für dieses Land von großem Wert war. Odile und er lernten sich im Pilotenclub kennengelernt, als sie beide fliegen lernen wollten.

Das Haus war nicht im besten Zustand, als sie es erwarben. Bei der Renovation half ein Ehepaar aus Italien, das zur

Arbeitssuche in die Schweiz gekommen war. So hatten sich Odile und Lee etwas später entschlossen, das Erdgeschoss dem italienischen Paar als Dank für seine Hilfe zu überlassen.

Als ich zum ersten Mal das Haus betreten hatte, hatte nur noch Patrizia im unteren Stockwerk gewohnt. Ihr Mann war gestorben, und ihre schon erwachsenen Kinder hatten eigene Familien. Sie besuchten ihre Mutter an Feiertagen oder Wochenenden, an den übrigen Tagen war Patrizia allein. Odile kümmerte sich um sie und erledigte ihre Einkäufe. Und Patrizia brachte Odile und Lee am Morgen die Zeitungen, die sie aus dem gemeinsamen Briefkasten genommen hatte. Manchmal, um vier Uhr, ging Patrizia nach oben zum Kaffee, oder Odile lud sie zum Mittagessen zu sich ein. Ich gewöhnte mich an Patrizias ständige Fragen über mein Leben und die Arbeit in der Gemeinschaft sowie an die Gespräche über das Wetter. In den wärmeren Monaten saß Patrizia auf der Veranda und betrachtete die Blumen, die Odile gepflanzt hatte, und wenn Leute vorbeigingen, plauderte sie mit ihnen.

Das Haus mit seinen zahlreichen Zimmern, Stockwerken, Kellern, Abstellräumen, Garagen und Dachkammern öffnete sich mir im Laufe der Jahre immer mehr. Es hätte als Museum oder Filmdrehort dienen können – so sehr hatte es seine Authentizität bewahrt.

Odile erzählte mir von den Zeiten, als es in der Stadt noch keine Wasserleitungen gab und die Menschen das Wasser in Eimern nach Hause tragen mussten. Das sei noch nicht allzu lange her, meinte sie. Auch mir schien, dass sich dieses Haus noch an diese Zeiten erinnerte. Im großen Wohnzimmer, das sich neben der Küche befand, stand ein fein gemusterter grüner Kachelofen. Nebenan stand ein kleinerer Ofen, auf dem Odile manchmal kochte und mit dem sie im Winter das Wohnzimmer heizte. Auf den Fensterbänken und Kommoden waren Blumentöpfe, und in der Ecke stand ein großer, schöner schwarzer Flügel. In diesem riesigen Raum las und stickte Odile und sah mit Lee zusammen fern, während sie bügelte oder nähte. Am großen Tisch, der auf der anderen Seite des Raumes stand, aßen wir und lernten Französisch, und Odile empfing hier ihre Schüler oder ihre Stickfreundinnen. Es war ein lebhaftes Haus, das Leben brodelte in ihm ohne Unterlass. Die Leute verließen es nicht, die Gäste kamen gerne, deshalb sah Odile auch keinen Sinn darin, die Tür abzuschließen.

Eines Tages zog Patrizia in das Altersheim im Nachbarstädtchen Le Locle. Odile besuchte sie auch dort, als ob die Entfernung keine Rolle spielen würde und sie immer noch wie früher Nachbarn wären. Sie bat mich, rote Pfingstrosen zu schneiden, nahm für Lee einen Sonntagsanzug hervor, und zu dritt fuhren wir zu Patrizia auf Besuch. Sie erfreute sich an den Blumen, die sie an jene Zeiten erinnerten, als sie in die Schweiz gekommen war, und sie nahm ein Fotoalbum hervor und zeigte uns Bilder ihrer Kinder und ihrer Enkel, auf die sie ganz offensichtlich stolz war. Dann gingen wir einige Stockwerke tiefer in die Cafeteria und tranken zusammen einen Kaffee, wie wir das früher im Wohnzimmer des großen Hauses getan hatten.

Nun stellte sich die Frage nach dem Erdgeschoss, denn Patrizias Kinder hatten bereits ihre eigenen Wohnungen. Man schrieb das Erdgeschoss zum Verkauf aus, aber die potenziellen Käufer wollten unbedingt das ganze Haus kaufen und nicht nur einen Teil davon. Odile dachte sich einen Kompromiss aus: Sie willigte ein, auch ihren Teil des Hauses zu verkaufen, unter der Voraussetzung jedoch, dass sie und Leland weiterhin auf ihrem Stockwerk wohnen bleiben konnten, den sie von den neuen Eigentümern mieten würden. Solange Lee noch lebe, erklärte sie, wolle sie nicht von hier wegziehen. Und kurz darauf erschien am Zaun des Hauses ein Schild mit der Aufschrift *à vendre*, das mich jedes Mal traurig stimmte, wenn ich daran vorbeiging. Gleichzeitig erstaunte mich Odiles Kraft

Fellini, MACH DIE Tür hinter dir ZU!
MRAOWW!!

und Fähigkeit, derartige Entscheidungen mit einer solchen Leichtigkeit zu treffen und keine Angst zu haben, das wegzugeben, was ihr so viel bedeutete.

Da Odile das Haus aber nicht unter seinem Wert verkaufen wollte, fand sich lange niemand, der bereit war, den gebührenden Preis dafür zu bezahlen. Bis eines Tages Odiles Sohn das Problem löste. Er und seine Frau kauften Patrizias Kindern ihren Teil ab, womit sie das Haus als Ganzes bewahren konnten und Odile und Leland von der Verpflichtung befreiten, es möglichst bald zu verkaufen. Das Schild verschwand vom Zaun, der Friede und die Fröhlichkeit kehrten wieder ein, und das Haus bekam seinen früheren Status als sicherer Hafen zurück.

Nach dem Verlust meines eigenen Zuhauses war dieses Haus für mich noch wichtiger denn je geworden, da es fast der einzige Ort war, an dem ich mich wenigstens für eine gewisse Zeit wohlfühlen konnte. Hier waren auch meine Sachen und Bücher, und ich konnte weiter darauf zählen, dass ich sie auch nach mehreren Monaten Abwesenheit bei meiner Rückkehr wieder an derselben Stelle vorfinden würde, an der ich sie zurückgelassen hatte.

Nachdem ich nach meiner längeren Abwesenheit wieder zu Odile zurückgekehrt war, war es mir anfangs schwergefallen, mich an die offene Tür des Hauses zu gewöhnen. Vor Angst wachte ich nachts auf und starrte in die Dunkelheit, um mich zu vergewissern, ob nicht jemand in meinem Zimmer war. Ich erzählte Odile nichts von meiner Angst, ich wollte sie allein überwinden, um meinen Glauben an die Menschen wiederzubeleben, den mich diese Frau gelehrt hatte. Die Ruhe des Hauses und seine starken Mauern hatten mir mit der Zeit die Angst genommen und mir erneut das Gefühl von Sicherheit und Geborgenheit vermittelt.

Als ich mich wieder eingelebt hatte, bat ich Odile, zu Patrizia auf Besuch zu gehen.

«Patrizia ist nicht mehr hier», sagte Odile ruhig. «Sie ist letztes Jahr gestorben, kurz vor Weihnachten.»

Odile nahm aus einem Umschlag einen Zeitungsausschnitt mit einem Bild von Patrizia und ihrem Nachruf hervor. Und erneut war ich ergriffen davon, wie Odile das Unausweichliche akzeptieren konnte und mit welcher Standhaftigkeit sie den Verlust ihrer Freundinnen und Freunde ertrug, die eine nach der andern diese Welt verließen, wie Blätter, die von den Bäumen fielen. Ich hoffte bloß, dass nie etwas die Tapferkeit dieser Frau, ihren angeborenen Optimismus und ihre Lebensenergie erschüttern würden. Sie war nun noch die einzige und zuverlässigste Wärterin dieses alten Leuchtturms.

Eines Abends, nachdem ich wie so oft ziemlich spät aus der Gemeinschaft zurückkehrte, saß Odile noch immer im Wohnzimmer. Sie bot mir Tee an, ich aber lehnte ab. Dann fragte sie mich, ob ich nicht mit ihr zusammen noch etwas sticken möchte. Ich war müde und verstand nicht sofort, was der Grund ihrer Frage war. Deshalb antwortete ich, dass ich gerne zu Bett gehen würde. Darauf sagte Odile, so rücksichtsvoll und unaufdringlich sie gewöhnlich auch war, sie müsse mit mir reden, aber sie könne natürlich auch bis zum Morgen damit warten. Erst jetzt bemerkte ich den Kummer auf Odiles Gesicht und ich willigte ein, noch zum Tee zu bleiben. Odile flüsterte kaum hörbar, damit es Lee nicht mitbekomme, der auf der Couch saß und sich bei ausgeschaltetem Ton ein Fußballspiel ansah.

«Wir haben zuerst einen offiziellen Brief erhalten, aber ich habe ihm nicht allzu sehr geglaubt. Und heute sind Leute von der Behörde vorbeigekommen und haben uns gesagt, dass unser Haus abgerissen werden müsse.»

Odile stützte sich auf den Tisch, während sie langsam den letzten Satz sprach. Ich konnte mich kaum noch auf den Beinen halten.

«Sie wollen eine Umfahrungsstraße bauen. Hier, wo wir jetzt stehen, wird die neue Straße verlaufen. Es ist mir egal, was mit mir geschieht, ich kann mich an einen neuen Ort gewöhnen, aber Lee ... Er kann sich kaum mehr in diesem Haus selbst zurechtfinden, und woanders wird er völlig hilflos sein. Deshalb soll er nichts mitbekommen, für ihn soll alles so bleiben, wie es ist. Mit den Bauarbeiten wird auf jeden Fall erst in einigen Jahren begonnen.»

Ich hörte Odile ruhig zu, ich wollte, sie könnte sich auch auf mich stützen. Erst als ich mein Zimmer betrat, ließ ich meinen Tränen freien Lauf. Für mich war es mehr als ein altes Haus. Ich dachte über die Eigenschaft des Menschen nach, alles zerstören zu wollen.

54

# Philippe

Ich schickte ihm einen Brief an die Adresse, die ich noch immer aufbewahrte. Es war ein Brief aus Papier, er sollte eine Berührung als Gruß von mir erhalten. Kurz darauf hatte er auch mich gefunden, und er schlug ein Wiedersehen vor. In seiner kurzen Nachricht teilte er mir mit, dass er nach Genf gezogen sei und geheiratet habe.

Wir trafen uns wie früher beim Espacité-Turm. Er empfing mich mit seinem charmanten Lächeln, der große und kräftige Philippe. Wir umarmten uns, und er schlug vor, zum Wasserfall an den Doubs zu fahren. Ich lächelte zustimmend.

«Du hast dich überhaupt nicht verändert, Anna, du bist noch genauso schön. Wie lange haben wir uns denn nicht mehr gesehen? Drei Jahre?»

«Ich denke zwei.»

«Nein, fast drei. Du hast ein Jahr ausgelassen.»

«Habe ich mich denn so sehr vom Leben entfernt?»

Unterwegs sprachen wir über allgemeine Dinge, aber wir blickten einander mit großer Freude an.

«Erinnerst du dich noch daran, hier war die Straße vereist, und das Auto ist ins Rutschen geraten. Du warst sehr erschrocken und hast nach meinem Arm gegriffen. Das war unser zweites Treffen.»

«Du erinnerst dich noch so gut an alles. Auch ich erinnere mich an jedes Detail. Ich denke gerne an jene Zeit mit dir zurück.»

Er antwortete mir mit einem warmen Lächeln.

Wir fuhren zum Parkplatz, wo wir das Auto hätten abstellen müssen. Da es von dort aus zu Fuß jedoch noch mindestens eine Stunde bis zum Wasserfall gedauert hätte, wollten wir dieses Mal mit dem Auto hinfahren. Philippe hielt an und fragte die Leute, wie man an den Fluss fahren könne. Aber alle gaben zur Antwort, dass keine Straße dorthin führe. Dann hielt er erneut bei zwei älteren Frauen an, öffnete das Fenster und fragte noch einmal. Aber auch diese beiden Frauen ließen sich nicht beirren.

«Sie müssen das Auto hier stehen lassen und zu Fuß weitergehen.»

«Ich weiß, dass es eine Straße gibt. Sie müssen verstehen, diese Frau hier kommt aus der Ukraine, und in ein paar Stunden fliegt ihr Flugzeug zurück. Wir müssen es noch schaffen, den Wasserfall zu sehen!»

«Sehen Sie diese schmale Straße? Sie ist privat, und nur diejenigen dürfen sie befahren, die in der Nähe des Wasserfalls wohnen. Sie können eine Buße bekommen, wenn es sich herausstellt, dass Sie nicht von hier sind. Aber wenn Sie jemand fragt, wir haben Ihnen nichts gesagt.»

«Vielen Dank, meine Damen!»

Wenig später waren wir schon beim Fluss angekommen. Vor uns tat sich der Wasserfall auf, der uns mit seiner Wucht und seiner Kraft zu sich hinzog. Philippe fragte mich nach dem Krieg und sagte, dass er die ganze Zeit über an mich gedacht habe, dass er aber nicht gewusst habe, was er mir schreiben solle. Ich wusste wohl, dass er mich nicht vergessen hatte. Manchmal konnte ich den genauen Tag und die Stunde nennen, an denen er besonders fest an mich gedacht hatte. Aber das sagte ich ihm nicht.

«Ich habe es dir früher schon einmal gesagt, Anna, ganz bestimmt, aber ich muss es dir noch einmal sagen. Du hast sehr schöne Hände. Vollkommene.»

«Weißt du, dass sich die Juden früher ihre Bräute nach deren Händen ausgesucht hatten? Sie gaben der jungen Frau ein verheddertes Seil und schauten zu, wie sie die Knoten löste. Je nach Geschicklichkeit ihrer Hände konnten sie feststellen, wie beweglich sie als Hausfrau sein würde.»

«Also bin ich ein richtiger Jude.»

«Daran besteht kein Zweifel, Philippe! Sonst wäre es für dich nicht so wichtig, eine Jüdin als Frau zu haben.»

Wir gingen hinunter an den Doubs und setzten uns ans Ufer. Das Wasser war so ruhig, dass der Himmel, die Bäume und die Berge sich auf dessen Oberfläche spiegelten.

«Du hast es verdient, glücklich zu sein, Anna. Bleib in der Schweiz. Such dir hier einen Mann. Dann wirst du auch bald eine Arbeit finden, die dir entspricht.»

«Und du Philippe, bist du glücklich?»

Er schwieg eine Weile, umfasste meinen Schultern und antwortete schließlich:

«Was heißt schon Glück? Nur Narren können glücklich sein. Ich bin zufrieden mit meinem Leben.»

Wir saßen eine Weile schweigend da. Ich wünschte, in diesem Moment verharren zu können, nirgendwohin gehen oder fahren zu müssen.

«Ich weiß, woran du jetzt denkst, Anna. Ich meine, dich ziemlich gut zu kennen.»

«Gut, dass du das weißt. Aber es ist jetzt Zeit für uns zu gehen, deine Frau wartet auf dich.»

Philippe fuhr mich nach Hause, wir sprachen unterwegs über die gemeinsam erlebten Momente, an die er sich genauso gut erinnerte wie ich. Als wir uns verabschiedeten, wussten wir, dass wir uns nicht wiedersehen würden, obwohl wir uns versprachen, in Kontakt zu bleiben. Wir waren uns beide wohl bewusst, dass es wichtig war, den nötigen Abstand zu halten.

# 55

Nach meiner Rückkehr in die Schweiz begann ich, alles mit anderen Augen zu sehen. Diesmal war ich genauso kraftlos und durch die vielen Verluste gebrochen wie die, mit denen ich unter einem Dach wohnte, deren Nahrung ich teilte und mit denen ich Seite an Seite arbeitete. Ich lächelte sie nicht mehr an wie damals, als ich ihre Gemeinschaft zum ersten Mal betrat. Ich sprach nur noch mit wenigen und hielt mich aus ihren Angelegenheiten heraus.

Dieses Streichholzhaus war für mich nicht mehr das Haus, das lange dem Sturm und dem Unwetter standhielt. Jetzt fiel es auseinander, und die Streichhölzer verteilten sich über die ganze Welt. Nichts schien uns mehr zusammenzuhalten. Ich schaute lange hin, fand aber nicht, was mich einst mit diesen Menschen verbunden hatte. Kannten sie meinen Schmerz überhaupt, wussten sie, wie es für mich war, als der Krieg meine Welt zerstört hatte? Was hatten wir noch gemeinsam? Etwa, dass wir alle litten? Und wusste ich denn etwas über den Schmerz der andern?

Nein, jeder ertrug seine Verluste allein. Jeder füllte auf seine Weise seine Leere. Jemand war als Freiwilliger hier und hatte Haus und Familie, jemand kam zur Arbeit hierher, und für jemand war diese Gemeinschaft sein Zuhause, das einzige Zuhause, das er hatte. Ob arm oder reich, ob jung oder alt – jeder hatte seinen eigenen Grund, hier zu sein.

Und trotz aller Unterschiede waren wir einfach Menschen. Das vereinte uns. Und das genügte mir. Ich fragte nicht mehr wie früher danach, was diese Leute hierhergeführt hatte. Ich bemühte mich nicht mehr, ihre Geschichten zu erfahren, so wie ich es auch nicht eilig hatte, meine zu erzählen. Am wichtigsten für mich war die Nähe zu den andern. Und dass wir trotz unserer Schmerzen jeden Tag von neuem lernten zu lieben.

Und wenn ich früher noch keine Antwort auf die Frage hatte, warum ich mit Obdachlosen zusammenarbeite und keine für mich würdige Arbeit finde, so hatte ich sie jetzt gefunden, diese Antwort. Doch um das zu verstehen, musste ich leider viel durchmachen und gar mein Zuhause verlieren. Von jetzt an aber wusste ich, wofür ich lebte. Ich lebte, um den andern nahe zu sein.

Ich hatte mich immer gefragt, auf welche Weise einem die Erkenntnis kommen würde, dass es Zeit war zu gehen. Oft schien mir der Abschied eines andern verfrüht, und ich konnte nicht verstehen, von was sich jene Jungs leiten ließen, die uns beim Mittag- oder Abendessen ganz nebenbei dafür dankten, diesen Lebensabschnitt mit ihnen geteilt zu haben, und uns mitteilten, dass sie am nächsten Morgen abreisen würden.

Ich hätte es auch weiterhin nicht verstanden, wenn ich nicht eines Tages oder besser gesagt, eines Nachts, zur Erkenntnis gekommen wäre, dass nun auch für mich die Zeit gekommen war zu gehen. Das kam so einfach und natürlich wie das Erwachen vom Sonnenstrahl und dem morgendlichen Gesang der Vögel. Und auch wenn mir bei dieser Erkenntnis die Tränen in die Augen traten, erfüllte doch das Licht mein Inneres und ließ der Dunkelheit keinen Platz.

Ich wollte es den Jungs nicht im Voraus sagen. Sie hätten sonst gedacht, ich ginge wegen ihnen, und sie hätten mich gebeten zu bleiben. Aber ich ging nicht wegen ihnen, sondern dank ihnen. Dank ihrer täglichen Sorge und grenzenlosen Liebe, dank des Gefühls von Zuhause, das sie mir vermittelten. Hier, zusammen mit ihnen, hatte ich mein Zuhause gefunden. Wie verschlungen meine Wege auch sein mochten, jetzt wusste ich, dass ich einen Ort hatte, an dem ich willkommen war. Und jetzt, wo ich dieses Zuhause gefunden hatte, fand ich auch Gewissheit.

Ich bewegte mich zwar weiterhin auf einem Seil, aber unter dem Seil war ein Netz gespannt, und ich fürchtete mich nicht mehr voranzuschreiten. Meine Schritte wurden mutiger und die Bewegungen sicherer, ich hatte keine Angst mehr vor dem Risiko, keine Angst, etwas abzuschließen und etwas anderes, etwas ganz Neues zu beginnen. Überhaupt hatte ich vor nichts mehr Angst.

Dann kam das so viel besprochene Gefühl auf, überall und jederzeit zu Hause zu sein. Denn mein Zuhause befand sich nicht so sehr auf einer Landkarte, als in mir selbst.

Ich wusste, dass die Jungs ein wenig traurig sein würden, wie ich auch. Aber ich wusste auch, dass schon am nächsten Tag jemand anderes meine Stelle einnehmen und das Haus davon nicht einstürzen würde. Es würde weiter stehen, und neue Compagnons würden die zahlreichen Schachteln auspacken, die Lastwagen würden auf Abruf losfahren und die Kunden in den Laden kommen. Das Leben würde weitergehen, als wäre ich nie hier gewesen. Mit der Zeit würden mich die Jungs ganz vergessen haben, denn wir waren schon so viele, die gekommen und wieder gegangen waren. Ich gewann die Einsicht, wie unwichtig wir waren, oder jedenfalls nicht wichtiger als jeder einzelne Mensch, als jedes einzelne Streichholz des großen Hauses. Ich hatte die Einsicht, dass wir zwar einzigartig waren, aber ebenso einzigartig wie alle anderen Menschen auch. Um dieser Einsicht willen war es notwendig, sein Zuhause manchmal zu verlassen und loszugehen.

Das war es nun. Ich hatte eine Antwort erhalten, für die ich einst eine stabile Welt, eine Arbeit, eine Wohnung, die Freunde und meine Familie verlassen hatte. Und so konnte ich jetzt meine Sachen packen und endlich wieder nach Hause zurückkehren. Zurück in die Ukraine, zu jenen Menschen, die immer noch auf mich warteten, die nicht vorzeitig weggegangen waren, die ich nicht aufgehört hatte zu lieben. Denn die Menschen sind das Zuhause. Und das Zuhause ist

...weiß jemand, wie man das Bild drehen muss?

überall, wo auf einen gewartet wird. Ich wollte ihnen von jetzt an nahe sein. Ich kehrte zurück, um einfach nahe zu sein. Bis zum Schluss.

Einige Jungs begleiteten mich noch ein Stück. Wir verabschiedeten uns, ohne uns wirklich zu verabschieden. Ich vermisste sie bereits, als wir uns noch in den Armen lagen. Und obgleich ich mir einredete, dass die Menschen überall gleich seien, wusste ich: Solche Freunde würde ich nie mehr haben, und deshalb konnte ich sie auch nicht endgültig verlieren. Schließlich gingen wir nicht aus dem Leben der andern.

Ich verließ Odiles Haus wie einen sicheren Hafen. Aber wir verabschiedeten uns, als würde ich nur übers Wochenende in die Nachbarstadt fahren. Es fiel mir schwer, aber trotzdem riss ich mich von diesen Menschen los, ich erhob mich über die Erde und stellte fest, wie sehr ich mich in diesen Jahren verändert hatte, seit ich das erste Mal die Schwelle zur Gemeinschaft übertreten hatte. Wie viele Menschen mir diese Gemeinschaft doch geschenkt hatte. Und auch ohne Zuhause war ich der reichste Mensch der Welt. Das alles dank ihnen – den Menschen, die mir immer nahe waren und sind.

2012–2017

Ebenfalls bei Zytglogge erschienen

Joel Bedetti
Lärmparade
Roman
ISBN 978-3-7296-5078-7

Zürich zur Jahrtausendwende: Janosch und Peter wollen mit ihrer Band «Noise Parade» durchstarten. Schnell zeigt sich, dass die beiden gegensätzlichen Außenseiter das Zeug dazu haben. Der vom streng christlichen Vater kurzgehaltene Peter wird auf der Bühne zur Rampensau, der introvertierte Janosch erweist sich als Hitlieferant.

Weil die Schweiz kein Land ist, um Rockstar zu werden, reisen sie ins raue Glasgow. Nach einem ruppigen Start bringt ein Gig vor Hooligans schließlich die Wende: Der erträumte Plattendeal ist zum Greifen nah. Doch der Preis, den sie dafür zahlen müssen, ist hoch.

Ebenfalls bei Zytglogge erschienen

Marc Wiederkehr
Lange Schatten über Spanien
Wie ein Schweizer
in den Bürgerkrieg geriet
Roman
ISBN 978-3-7296-5089-3

Nach seiner Rückkehr aus dem Spanischen Bürgerkrieg wird André Jobin, der als Freiwilliger gegen die franquistischen Truppen gekämpft hat, in der Schweiz verhaftet. In seinen während der Gefangenschaft niedergeschriebenen Erinnerungen legt er Rechenschaft über seine Beteiligung an den Kampfhandlungen ab. Jahrzehnte später werden seine Aufzeichnungen in einem alten Koffer auf dem Dachboden wiedergefunden. Die geschilderten Ereignisse werfen lange Schatten, die bis in die Gegenwart reichen.

In seinem Debütroman, in dessen Zentrum ein fiktionaler Augenzeugenbericht steht, setzt Marc Wiederkehr den rund 800 freiwilligen Spanienkämpfer/-innen aus der Schweiz ein eindringliches und hochspannendes literarisches Denkmal.

Ebenfalls bei Zytglogge erschienen

Michael Düblin
Die Geschichte nach der Geschichte
Roman
ISBN 978-3-7296-5077-0

Zwanzig Jahre nach dem Tod seines Sohnes besucht Lukas erstmals wieder den Ort, an dem der Elfjährige damals verunglückt ist. Seine Ehe ist unter der Last der Trauer zerbrochen, beruflich ist er auf dem Abstellgleis gelandet. Er wird mit Erinnerungen konfrontiert, mit denen er längst abgeschlossen zu haben glaubte und die ihn die Vergangenheit von Neuem erleben lassen.

Der Roman erzählt die Geschichte eines unverhofften Neuanfangs, dem schmerzhafte Erkenntnis und späte Selbstwahrnehmung vorangehen. Ein leiser Text, der große Regung veranschaulicht.

Ebenfalls bei Zytglogge erschienen

Franziska Laur
Die Schatten der Ahnen
Niedergang einer
Schweizer Familiendynastie
ISBN 978-3-7296-5088-6

Franziska Laur erzählt von ihrer Familie, die ein Stück Schweizer Geschichte geschrieben hat. Von ihrem Urgrossvater Ernst, dem «Bauerngeneral», der seine Männer in den Kampf gegen die streikenden Arbeiter sandte. Von ihrem Grossvater Ruedi, dem Hüter des Silberschatzes von Augusta Raurica. Von ihrem mit seinem Leben hadernden Vater Arnold, der im Mittelpunkt dieser Familiengeschichte steht. Und von ihren beiden früh verstorbenen Brüdern Andi und Stiwi, die in den 68er-Jahren zu politischen Ikonen wurden.

Vier Generationen einer Familiendynastie, über ein Jahrhundert Schweizer Geschichte: eine Familiensaga mitten aus dem Leben.

Ebenfalls bei Zytglogge erschienen

Mara Meier
Im Sommer sind die Schatten blau
Amanda Tröndle-Engel
Romanbiografie
ISBN 978-3-7296-5090-9

Die Solothurner Oberrichterswitwe Amanda Amiet beschließt zu Beginn des 20. Jahrhunderts, die Kunst zum Beruf zu machen. Trotz finanzieller Engpässe und familiärer Verpflichtungen zieht sie in den Künstlerort Dachau, unter die «Malweiber», und erkämpft sich ihren Weg zur eigenständigen Künstlerin.

In dieser Zeit lernt sie den 22 Jahre jüngeren Künstler Oskar Tröndle kennen und lieben. Doch gesellschaftliche Konventionen und die Missbilligung der Familie stehen ihrer Verbindung im Weg. Die Hindernisse scheinen unüberwindlich.

Ebenfalls bei Zytglogge erschienen

Rahel Senn
Ozelot
Roman
ISBN 978-3-7296-5065-7

1958 ist Victoria elf Jahre alt und verbringt viele Nachmittage im Zürcher Frauensekretariat, für das ihre Mutter arbeitet. Sie erlebt, wie sich Frauen in der Schweiz zu Verbänden zusammenschliessen, um sich gegen die fehlenden Rechte der Frau einzusetzen. Zum ersten Mal hört sie den Namen Iris von Roten. Kurz vor der ersten Abstimmung zum Frauenstimmrecht 1959 veröffentlicht Iris von Roten ein ebenso provokantes wie radikales Manifest mit dem Titel «Frauen im Laufgitter» und macht sich damit zur meistgehassten Person der Schweiz. Man gibt ihr die Schuld, dass die Abstimmung scheitert.

Immer wieder wird sich Victorias Leben fortan mit dem ihres Vorbilds verweben.

Ebenfalls bei Zytglogge erschienen

Yasmine Keles
Und dann wurde ich endlich jung
Eine Befreiungsgeschichte
ISBN 978-3-7296-5067-1

Aus tiefster Überzeugung, den einzig wahren Glauben zu verkünden, zieht ein junges Ehepaar Ende der 1960er-Jahre zum Missionieren ins Wallis. Im Rhonetal wachsen ihre drei Kinder in der Gemeinschaft der Zeugen Jehovas auf. Die zweitälteste Tochter Yasmine erfährt in der geliebten Familie und den festen Regeln der Glaubensbrüder und -schwestern Zuwendung und Geborgenheit. Doch je älter sie wird, desto mehr wecken die christlich-fundamentalistischen Gewissheiten ihres Umfelds Zweifel und Widerstand in ihr. Sie entfernt sich innerlich immer weiter von der Gemeinschaft. Doch ein Ausstieg bedeutet den Bruch mit allem, was sie kennt. Was soll sie tun?

Ebenfalls bei Zytglogge erschienen

Samira El-Maawi
In der Heimat meines Vaters riecht die Erde wie der Himmel
Roman
ISBN 978-3-7296-5049-7

Für die zehnjährige Ich-Erzählerin ist vieles nicht so, wie es sein sollte. Ihr Vater wird von der Nachbarin ignoriert und ständig wird sie gefragt, woher sie komme. Und warum wollen ihr eigentlich alle Menschen in die Haare fassen? Ihre Mutter ist eine emanzipierte Schweizerin, ihr Vater ein stiller, entwurzelter Mann aus Sansibar, der als Koch arbeitet und nicht viel über seine Herkunft preisgibt. Nur, wenn er zuhause in der Küche steht, fühlt er sich seiner Heimat nahe und lässt andere über das Essen daran teilhaben. Dann verliert er die Arbeit. Immer mehr entfremdet er sich seiner Familie und dem Leben in der Schweiz. Auch die Tochter fühlt sich zunehmend heimatlos.

Ebenfalls bei Zytglogge erschienen

Daniel Grob
Schueni, der Knecht
Roman
ISBN 978-3-7296-5072-5

Ein Dorf in den Schweizer Voralpen. Johann, genannt Schueni, ist ein Aussenseiter. Er ist krumm gewachsen und seine Gedanken sind verdreht. Er wird verspottet und schikaniert. Nur mit dem Bauern, seiner Geiss und Lena, der Tanneck-Bäuerin, versteht er sich. Doch Lena stirbt, die Zeiten ändern sich und Schueni muss auf eigenen Beinen stehen.

In seinem alles andere als idyllischen Heimatroman zeichnet Daniel Grob ein realistisches Bild eines Bergdorfes zwischen bröckelnder Tradition und ungewissem Aufbruch.

Ebenfalls bei Zytglogge erschienen

Samuel Schnydrig
Klaus
Leben vor dem Steinschlag
Roman
ISBN 978-3-7296-5060-2

Das ist die Geschichte von Klaus: wie er die Musik und den Rausch entdeckt, seine erste Band gründet, sich unsterblich verliebt, aus der Stammkneipe in die weite Welt zieht, von dramatischen Veränderungen überfahren wird und irgendwie doch zum Glück zurückfindet. Episodisch und linear schlägt der Ich-Erzähler eine Schneise aus Zeitraffer und Slow Motion durch siebzehn Jahre praktizierte Chaostheorie.

Der musikalische Generationenroman über die Entwicklung eines Teenagers der 90er-Jahre zum Mittdreißiger der Gegenwart erzählt temporeich und geradlinig eine große Geschichte der kleinen Begebenheiten.

Ebenfalls bei Zytglogge erschienen

Frédéric Zwicker
Radost
Roman
ISBN 978-3-7296-5055-8

Der antriebslose Lokaljournalist Fabian gewinnt bei einem Wettbewerb eine Reise nach Sansibar. Dort lernt er Max kennen, einen ebenso irritierenden wie faszinierenden Schweizer Sonderling im Massai-Kostüm, dem er noch am gleichen Tag das Leben rettet. Drei Jahre später treffen sie sich zufällig wieder. Fabian erfährt von Max' psychischer Krankheit, die ihn von der Schweiz nach Zagreb und Sansibar, in eine Ehe und ins Gefängnis geführt hat. Weil Max' Erinnerungen lückenhaft sind, beauftragt er Fabian mit dem Verfassen seiner Biografie.

Für seine Recherchen setzt sich Fabian – wie Max 14 Jahre zuvor – aufs Fahrrad und bricht zu einem irrwitzigen Roadtrip auf, der ihn mitten ins Leben führt.

Ebenfalls bei Zytglogge erschienen

Jürg Halter
Erwachen im 21. Jahrhundert
Roman
ISBN 978-3-7296-0999-0

Kaspar, ein an sich und der Welt zweifelnder Schriftsteller, erwacht in der Nacht vor seiner Abreise zu einem geheimen Treffen an der französischen Atlantikküste aus einem Albtraum. Er geht in seiner Wohnung «mitten in Europa» rastlos auf und ab, hat Visionen und reflektiert obsessiv: Was bleibt vom Bekenntnis zur Gerechtigkeit, wenn es darum geht, auf eigene Privilegien zu verzichten? Ab wann ersetzen uns Maschinen? Wozu noch ist der Mensch fähig?

Der Gedanke an «die Anderen», seine unbekannten Verbündeten, die er in Brest treffen wird, und die Sehnsucht nach seiner untergetauchten Liebe Josephine begleiten ihn bei seinem haltlosen Taumeln durch Raum und Zeit.

Ebenfalls bei Zytglogge erschienen

Patrick Tschan
Der kubanische Käser
Das wunderbarliche Leben und Lieben des Noldi Abderhalden
Roman
ISBN 978-3-7296-5005-3

In einer bitterkalten Winternacht im Frühmärz 1620 treiben Liebeskummer und Branntwein den jungen Toggenburger Noldi Abderhalden in die Fänge eines Anwerbers der spanischen Armee. Als er kurz darauf den Heereskommandanten vor einer protestantischen Kanonenkugel rettet, wird er als Kriegsheld an den spanischen Hof beordert. Dort entgeht er jedoch nur knapp der spanischen Inquisition und wird nach Kuba verbannt, wo er eine Horde Rinder zu beaufsichtigen hat.

In seinem lebensprallen Roman lässt Patrick Tschan seinen Protagonisten quer durch die Wirren des Dreissigjährigen Kriegs marschieren und bitterem Ernst mit heiliger Einfalt die Stirn bieten.

© Oksana Klutschenko

EUGENIA SENIK

Geb. 1986, im Jahr der Katastrophe von Tschernobyl, im ostukrainischen Luhansk. Lebt seit 2021 in Basel, wo sie ein Masterstudium in Literaturwissenschaft absolviert. «Das Streichholzhaus» ist ihr dritter Roman. Er erschien 2019 in ukrainischer Sprache und wurde vom PEN Ukraine in die Liste der besten ukrainischen Bücher des Jahres 2019 aufgenommen.